万川
reflections

一步万里阔

山的故事

垃圾之城的爱与失

Mountain Tales

Love and Loss in the Municipality of Castaway Belongings

[印] 索米娅·罗伊 Saumya Roy __著　贾艳萍__译

中国工人出版社

图书在版编目（CIP）数据

山的故事：垃圾之城的爱与失 / (印) 索米娅·罗伊著；贾艳萍译. —
北京：中国工人出版社，2022.3
书名原文:
Mountain Tales：Love and Loss in the Municipality of Castaway Belongings
ISBN 978-7-5008-7847-6

Ⅰ. ①山… Ⅱ. ①索… ②贾… Ⅲ. ①纪实文学—印度—现代
Ⅳ. ①I351.55

中国版本图书馆CIP数据核字（2022）第035037号

著作权合同登记号：图字 01-2022-1098

山的故事：垃圾之城的爱与失

出 版 人	王娇萍
责任编辑	邢　璐
责任印制	黄　丽
出版发行	中国工人出版社
地　　址	北京市东城区鼓楼外大街45号　邮编：100120
网　　址	http://www.wp-china.com
电　　话	（010）62005043（总编室）　（010）62005039（印制管理中心） （010）62001780（万川文化项目组）
发行热线	（010）82029051　62383056
经　　销	各地书店
印　　刷	北京盛通印刷股份有限公司
开　　本	880毫米×1230毫米　1/32
印　　张	8.375
字　　数	180千字
版　　次	2022年4月第1版　2024年1月第3次印刷
定　　价	56.00元

我的祖母，教授和诗人，曾写道——

你看到了吗，我的朋友？
在那阴云密布、漆黑一片的山巅，
是否有雪白的云朵将它照亮？

我的叔叔普拉尚特·康德，
虽看不见光明，却教我如何发现，
那闪光的云彩。

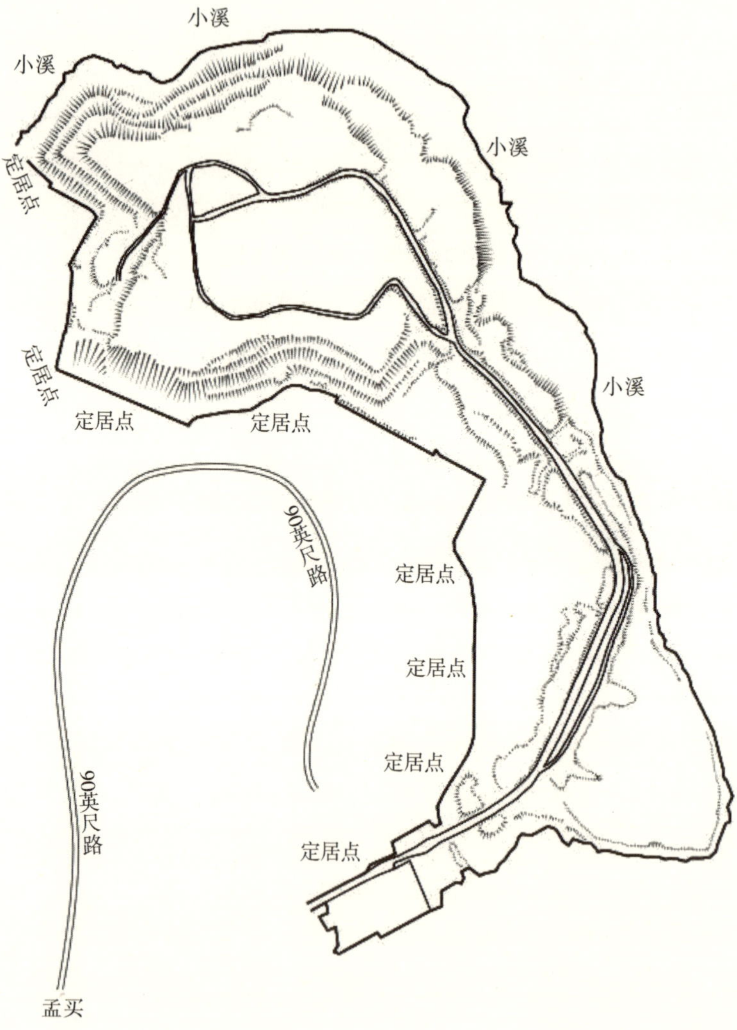

迪奥纳尔，仅供图示

主要人物

在山上

海德尔·阿里·谢赫（Hyder Ali Shaikh）：迪奥纳尔垃圾山的拾荒者，法尔扎纳和其他兄弟姐妹的父亲

沙基蒙·阿里·谢赫（Shakimun Ali Shaikh）：海德尔·阿里的妻子，法尔扎纳和其他兄弟姐妹的母亲

杰哈娜·谢赫（Jehana Shaikh）：九个孩子中最大的孩子

杰汉吉尔·谢赫（Jehangir Shaikh）：海德尔·阿里的大儿子，在兄弟姐妹中排行第二

拉基拉·谢赫（Rakila Shaikh）：杰汉吉尔的妻子，三个孩子的母亲

阿拉姆吉尔·谢赫（Alamgir Shaikh）：海德尔·阿里的二儿子，开垃圾车

亚斯明·谢赫（Yasmeen Shaikh）：阿拉姆吉尔的妻子，两个孩子的母亲

萨哈尼·谢赫（Sahani Shaikh）：谢赫家的二女儿

伊斯梅尔·谢赫（Ismail Shaikh）：萨哈尼的丈夫，在垃圾山打零工

阿夫萨娜·谢赫（Afsana Shaikh）：谢赫家的三女儿，家里唯一离开大山的孩子；裁缝，两个孩子的母亲

法尔扎纳·谢赫（Farzana Shaikh）：谢赫家的四女儿，在九个兄弟姐妹中排行第六

法哈·谢赫（Farha Shaikh）：法尔扎纳的妹妹，紧随她之后出生；两人经常一起捡废品

詹娜·谢赫（Jannat Shaikh）：谢赫家中最小的女儿

拉姆赞·谢赫（Ramzan Shaikh）：小儿子，在兄弟姐妹中最小

巴德雷·阿拉姆（Badre Alam）：海德尔·阿里的表弟；住在阿里家的阁楼上

穆哈拉姆·阿里·西迪基（Moharram Ali Siddique）：拾荒者；有名的夜猫子和淘宝者

亚斯明·西迪基（Yasmin Siddique）：穆哈拉姆·阿里的妻子，五个孩子的母亲

赫拉·西迪基（Hera Siddique）：穆哈拉姆·阿里的大女儿，家中最大的孩子；是村里为数不多的几个上高中的女孩之一

沙里布·西迪基（Sharib Siddique）：穆哈拉姆·阿里的大儿子；经常逃课去山里捡废品

萨米尔·西迪基（Sameer Siddique）：穆哈拉姆·阿里的小儿子

迈赫伦·西迪基（Mehrun Siddique）：穆哈拉姆·阿里的二女儿

阿什拉·西迪基（Ashra Siddique）：西迪基家最小的女儿

萨尔玛·谢赫（Salma Shaikh）：拾荒者；30多年前，带着两个孩子来到垃圾山

阿斯拉姆·谢赫（Aslam Shaikh）：萨尔玛的大儿子，娶了希瓦；四个儿子和一个女儿的父亲

阿里夫·谢赫（Arif Shaikh）：阿斯拉姆的四个儿子之一

维他拜·坎布尔（Vitabai Kamble）：据说是垃圾山最年长的拾荒者之一；1970年代中期，随丈夫和孩子来到山的边缘居住

纳格什·坎布尔（Nagesh Kamble）：维他拜的大儿子；10岁就开始在山上捡废品

巴比塔·坎布尔（Babita Kamble）：维他拜的女儿

拉菲克·汗（Rafique Khan）：从事废品生意，同时开垃圾车

阿提克·汗（Atique Khan）：拉菲克的弟弟，也从事废品生意

在法庭上

桑迪普·拉内医生（Dr. Sandip Rane）：住在靠近垃圾山边缘的上流社区；2008年，以未能关闭垃圾山为由，起诉市政当局藐视法庭

达南贾亚·钱德拉胡德法官（Justice Dhananjaya Chandrachud）：孟买高等法院法官，对拉内医生的诉讼案作出裁决

拉伊·库马尔·夏尔马（Raj Kumar Sharma）：当地居民，在离垃圾山不远的绿树成荫的社区长大；2015年12月，向法院提起诉讼，要求治理垃圾山

阿沛·奥卡法官（Justice Abhay Oka）：多年主持有关迪奥纳尔垃圾山的案件

目　录

序　言　001

1　死　婴　001

2　迪奥纳尔　009

3　法尔扎纳　023

4　毒　气　034

5　塔塔瓦　041

6　杰汉吉尔　051

7　厄　运　061

8　大　火　072

9　诉　讼　083

10　黑　帮　090

11　萨尔玛　098

12　梦　呓　108

13 山的鬼魂 116
14 医学试验 124
15 垃圾发电厂 132
16 碾　轧 138
17 生死之间 149
18 纳迪姆 158
19 备　婚 169
20 亚斯明 179
21 延　期 186
22 婚　礼 192
23 徘　徊 199
24 遥遥无期 209
25 你一无所有 217

后　记 226
致　谢 234
注　释 240

序　言

2013 年夏天，我初次见到那些来自迪奥纳尔的拾荒者，他们自称在城市边缘的山上靠捡拾垃圾为生。他们来到我在孟买*的小额信贷非营利组织的办公室，寻求小额低息贷款。我跟着他们回去，一是想了解他们贷款的用途，二是去看看那个陌生的地方。像大多数孟买人一样，我听说过那里，却从未去过。一座巨大的废品之城在我眼前铺开，一座座高达 120 多英尺的垃圾山拔地而起，不断地滋蔓生长。山的一面朝着阿拉伯海，另一面排列着许多居民点。

就这样，我开始了与迪奥纳尔垃圾山及其居民长达八年多的交集。我目睹了笼罩在垃圾山阴影下的四个家庭的生活和拾荒生涯。我尤其关注了少女法尔扎纳·阿里·谢赫，她心中的渴望在城市中闪烁，又黯然熄灭。她的成长故事像这突兀隆起的垃圾山，令人难以置信。这本书将讲述她和家人以及街坊邻居的故事，我很感激他们允许我书写他们的经历。

我以拾荒者的目光注视着这些垃圾山：城市把消逝的荣耀带到这里，把衰败的财富交到它们手中。我出席了数百小时旨在控

---

* 书中提及孟买，先使用旧称 Bombay，1995 年官方改名后称为 Mumbai。

制城市垃圾的诉讼，每次都以为这些垃圾山将要被移除。我早年在山上行走时，一位拾荒者告诉我："垃圾坐着火车来到这里。"就像这里流传的许多故事，它听起来多么的不真实。然而多年以后，当我来到牛津大学的博德利图书馆，查阅有关垃圾殖民记录时，发现这一切竟是真实的。

迪奥纳尔的垃圾山小镇构成了一个独特的世界。然而，无论在世界何处，我总能看见一股不屈不挠的力量把垃圾垒成高山，就像迪奥纳尔一样。一位记者朋友曾报道过莫斯科郊外的"垃圾山中的珠穆朗玛"。在我研究迪奥纳尔较为坚固的垃圾山时，德里那座和泰姬陵一样高的垃圾山像雪崩一样轰然倒塌，吞没了无辜的生命。同样的惨剧也曾发生在科伦坡、亚的斯亚贝巴的垃圾山。我曾听说，一艘载满城市垃圾的货轮从纽约启程，沿着海岸边漂浮，却没有一个州愿意接纳并填埋这些垃圾。后来，一位前市政府官员缩短了它的漂泊，将垃圾运回去，填埋在纽约的垃圾山。这是我听过的最伟大的纽约都市传奇之一。

多年在垃圾山考察的经历使我明白，虽然来自迪奥纳尔的故事那么令人不可思议，但它们大都是真实的。类似的故事也曾在很多城市以各种方式重演。漂浮在海上的巨型废弃物甚至形成了岛屿。我把这些垃圾山视为现代生活的倾泻——我们为了满足自己的贪婪，无休止地追逐物欲，导致垃圾山不断延伸，成为无数拾荒者赖以生存的地方。而我们却欲壑难填，索取得更多，无视那个由我们抛弃的废弃物所制造的世界。

接下来我将讲述迪奥纳尔垃圾山小镇，以及生活在它阴影下的拾荒者的故事。他们的故事也发生在别处。

1 死 婴

4月一个炎热的下午，法尔扎纳·阿里·谢赫在山上的一片空地上翻拣着。阳光暖暖地照着她的头顶，她的眼里闪烁着不同的色彩。空气里弥漫着一股臭虾味。她用长长的垃圾叉把半透明的鱼鳞、噼啪作响的虾壳、动物内脏和粪便戳到一边，把刚倾倒一地的破碎的玻璃瓶瓶罐罐铲起来。

叉车铲走玻璃后，四周升起烟尘和热气，模糊了法尔扎纳的视线，让她看不清散落在周围的垃圾。空气里弥漫着燃烧的气味，夹杂着腐肉的恶臭。一群觅食的鸟飞落在她身边，寻找动物的内脏。法尔扎纳的视线一直盯着玻璃，她用叉子在垃圾堆里翻拣，竭力把它们找出来。她通常不在“虾圈”捡垃圾——大家都这样称呼这座垃圾山。它原是这座城市的废弃屠宰场和港口之间的一大片空地。那天下午，她和她的妹妹法哈追着一辆垃圾车蜿蜒地爬上了这个摇摇晃晃的山坡。

法尔扎纳干活很麻利，她把车上掉下来的玻璃罐、玻璃碎片和盐水袋都铲进她拖着的大垃圾袋里。这辆垃圾车可能刚从一家医院出来，车上的东西准能卖个好价钱。在她周围零零散散地聚拢了一群人，都盼着得到这些玻璃。法尔扎纳虽然才17岁，却身材高大，体格健壮，无所畏惧。

她能够一眼认出塑料瓶、电线、玻璃、德国银——一种常用于制造电器和机械的合金，或者碎布。别人还未靠近，她已抢先一步捡起。

她抬起头，以确认法哈也在附近捡垃圾。应该快到父亲送午饭的时间了，她想。她继续用叉子叮叮当当地在玻璃堆里翻搅。这一次，她挑出来一个沉甸甸的蓝色塑料袋。她猜想里面肯定装满了小玻璃瓶，这些东西常能卖个好价钱。山坡上热烘烘的，到处是苍蝇。她蹲下来，解开绳子，轻轻地掀起袋子，期待着精致的小玻璃瓶倾泻一地，在阳光下叮当作响，闪闪发光。却听“扑通”一声，一个大玻璃罐滚落在空地上。她探身朝里一看，辨认出瓶里游动着胳膊、腿、脚趾和光秃秃的小脑袋。她眯起眼睛，又看了看，不觉地尖叫起来。几个朋友闻声聚拢过来，仔细查看着这个漂浮着四肢的罐子。

法尔扎纳打开盖子，里面出现一个女婴，仅比她干瘦粗大的手掌稍大一些。除了各种消耗品，这座城市还持续不断地向垃圾山运送死婴，通常是女婴。母亲不忍告诉家人生了女孩，有时会把婴儿直接扔进垃圾桶。法尔扎纳偶尔会在翻拣垃圾时发现他们。她拽出女婴，竟连带出了两个男婴，他们的腹部和女婴的腹部连为一体。这三个婴儿可能是同时死的，他们无论是连为一体，还是彼此分开，都无法活命，她想。听说月食会导致未出生的婴儿在子宫内分裂或变形，这三个婴儿一定是三胞胎，法哈对大家说。

法尔扎纳伸出双臂，捧起这些没有生命的婴儿。她轻轻地抱着他们，在摇摇晃晃的山坡上小心翼翼地走着。矗立在她身后的山仿佛摇摇欲坠的船骸，堆满了来自孟买的垃圾，上面仅覆盖了一层污泥将其固定。

她停下脚步，等着朋友们赶上来。站在下一个山头俯瞰，他们看见四周一座座陡峭的垃圾山蜿蜒伸向远方，形成一道银色的新月。月牙内侧挤满了用垃圾建材搭建的房屋，外侧环绕着一条波光闪闪的小溪，汇入阿拉伯海，环抱着岛城孟买。法尔扎纳和其他拾荒者称垃圾山为“哈阿迪”(khaadi)，这是一个印地词语，意为小溪，没人清楚这个名字从何而来。站在高山上的空地上，恍如漂浮在连绵起伏、奇臭无比的垃圾海洋，它逐渐消失在远处无边无际、波光粼粼的蓝色大海中。法尔扎纳继续穿行在高低起伏的垃圾堆里。

走到小溪边，法尔扎纳的朋友们开始用垃圾叉在柔软的沙里刨坑。在那里，山坡上的垃圾渐渐地汇入小溪。几个拾荒者从家里走出来。他们的房子就搭在几根桩子上，退潮时，房子浮在垃圾上，涨潮时，则几乎被垃圾浸没。他们走过来，看到死婴后，便一起帮忙铲沙、挖坑。潮水在上涨，海浪缓缓地向他们逼近。撕破的衣服和塑料袋从红树林的树枝上飘落下来，漂浮在水面上。一阵微风吹过小溪，穿过古老的树林，缠绕在树枝上的塑料袋和树叶沙沙作响。法尔扎纳不禁瑟瑟发抖。

她把婴儿放进浅浅的坟坑里。她的朋友们用沙子掩埋他们，低声祈祷。傍晚，他们通常从这里经过，如遇到涨潮，就涉水游过去。法尔扎纳喜欢在这里停留，直到夕阳隐没在恶臭的垃圾山后，周围笼罩着灰蒙蒙的粉红色晚霞，波浪闪着金属般的光泽。

她认为那是这座山最美的时刻。

那天下午，法尔扎纳和法哈匆匆地越过小山回去。父亲没有吃饭，正站在幽静的山坡上等她们。海德尔·阿里·谢赫又高又瘦，一脸憔悴。看到她们，他咧嘴笑了，露出遍布烟草垢斑的牙齿。他们坐下来吃饭。姐妹俩都穿着沙丽克米兹（salwar kameez-es，传统印度服饰），外边套上棉夹克，以防沾上泥土和垃圾。她们把蓬松的长发扎起来，用围巾裹着，几缕头发露在外边。法尔扎纳沉默易怒，充满青春期的躁动，而15岁的法哈却长着一张娃娃脸，总是面带笑容。法哈一边吃着父亲从家里带来的午餐，一边说着她们早上的历险。父亲一反常态，极其简短地告诉她们不要再靠近坟墓。“那些东西会一直纠缠你。”他说。

在法尔扎纳出生的几个月前，海德尔·阿里就搬到了山脚下。他十几岁时从比哈尔邦的村庄来到孟买。多年来，他一直在那里做刺绣工的助手。他喜欢长时间安静地在紧绷的绣架上穿针引线绣花边图案。他蜷缩在绣架下睡觉，脸上和身上印上了半开的花朵、舒展的藤蔓、没有翅膀的鸟的影子。后来，他的妻子沙基蒙和九个孩子也跟着他来到孟买，海德尔·阿里不得不在刺绣世界外寻找生计。

他曾听说，在垃圾山总能找到工作——那是城市边缘的一个巨大垃圾场，来自孟买的废弃物倾倒在那里，之前未进行任何正式的分解、焚烧或回收。垃圾一直堆在迪奥纳尔（Deonar），垃圾山越来越高，周围变得越来越臭。他听说那儿的垃圾山比山上最年长的拾荒者还要古老，比全国其他垃圾山都要巨大。它们占地 326 英亩,[1] 有些竟高达 120 英尺。[2] 它们是这座城市有合法居住权的市民喜新厌旧、贪得无厌的纪念碑。

海德尔·阿里的朋友们整天在山坡上搜寻，把收集的垃圾出售给商人，再由他们转卖、制造新的产品。他们寻找可以压成薄片或拉成细丝的破损塑料。他们卖掉的玻璃瓶可用来重新罐装饮料，金属可熔化制作成新的小工具零件，碎布可塞进玩具和被子里或缝制衣服。海德尔·阿里听说，在垃圾山可以赚到不少钱，而且还可以在山边为他的人丁兴旺的大家庭觅一处栖息地。他也听说垃圾山养活了拾荒者，为他们提供食物，让他们发家致富，但也点燃了彼此的恩怨和纷争。

于是，他在 1998 年举家搬迁到山边的一个小巷，它环绕着一条通向山里的排水沟。这条巷子叫班加拉加利（Banjara Galli），或叫吉卜赛小巷（Gypsy Lane），曾是流浪居民聚集的地方，他们离开后，由拾荒者取而代之。几个月后，法尔扎纳出生了，接下来是两个女儿和一个儿子。九个孩子的到来很快填满了这个建在仍不断延伸的山麓上的房子。一开始，海德尔·阿里试图寻找一些刺绣活，而沙基蒙则用杜帕塔头巾把法尔扎纳绑在背后，走进了垃圾山。由于很难找到工作，他很快也就跟着她来到了连绵起伏的垃圾场。一开始，垃圾散发的恶臭让他呕吐。他瘦骨嶙峋的手发臭，吃饭的时候，他感觉吃进了垃圾的味道。饥饿使他头晕目眩。山上的垃圾在他眼前游来游去。他一连几天吃不下饭，睡不着觉，本已消瘦的身体越发虚弱。

他想出了一个捡垃圾技巧来保护自己的手和食欲。他用碎布把一只脚的脚趾紧紧缠起来，另一只脚踩在摇晃的山坡上尽力保持平衡。他弯下膝盖，抬起一条腿，用脚趾紧紧抓住一块布，把它放进沙基蒙打开的袋子里。在这种杂技表演中，海德尔·阿里经常失去平衡，脸朝下摔在泥泞的垃圾中。周围是一群拾荒者，如果他不能动作敏捷些，其他人会抢先一步捡到垃圾。他不得不放弃他的屈腿杂技，改用手抓，以加快干活的速度。他的手和脚被玻璃和金属割得伤痕累累，他学会了躲避那些抢吃垃圾的流浪狗和鸟。海德尔·阿里、沙基蒙和孩子们坚守在卡其色和橙色相间的卡车旁，等着来自城市的废弃物源源不断地倾倒在越来越高的山坡空地上。

海德尔·阿里常告诉法尔扎纳和她的兄弟姐妹们，在这个庞大的垃圾填埋场，没有什么东西他没见过。一切赋予孟买人生命意义的物品——从坏手机到高跟鞋，再到布满坏疽的四肢——都埋葬在这里。像大多数拾荒者，他相信草草掩埋在这里的人和物的灵魂会在山风中游荡。他把在垃圾里捡到的乌尔都语书籍交给神职人员时，听他们说上帝在创造人的同时也创造了灵魂，其中邪恶的灵魂被称为撒旦。[3] 人们看不见也听不见，它却存在于无形中。据说，它代表了人性中的恶，以及不断升起、永无止境的欲望。这些东西紧紧地抓住人们，将他们引入歧途。

神职人员告诉海德尔·阿里，撒旦隐藏在肮脏的地方，从无烟的火中升起。山上层层叠叠的腐烂垃圾悄悄地、不断地酝酿着火光。他曾见过浓烟在山上升腾，而燃烧的火焰藏在山里；也曾见过无烟的火焰在飞舞；还曾见过如闪电般划过山丘的火光冒出滚滚浓烟，烟和火扭在一起舞动。他曾差点被困在这些游走的山火中。拾荒者相信，撒旦一定会出现在山上——那一堆堆笼罩着火焰和烟雾、多得令人眩晕的垃圾升腾着人们无法得到满足的欲望。撒旦正潜伏在那里，等候着新的栖息地和年轻的宿主。

海德尔·阿里听说有朋友在山坡上被潜伏的撒旦绊倒。而另外一些人则警告他远离某些山坡，声称曾在山脚下用废弃塑料和破布搭建的家里遇到了伊斯兰神话中被称为“哈比”的幽灵飘浮在空中，向他们索要租金。海德尔·阿里的朋友穆哈拉姆·阿里·西迪基曾告诉他，他一走近山坡上自己的那堆白色碎布，就会听到一个女人冲他喊，要他从整齐叠放的布堆里取回她的裹尸布。

海德尔·阿里知道，所有孩子中，法尔扎纳最喜欢待在山上。她是第一个出生在他们身边的孩子，在山脚下的缓坡上学会了走路。她刚刚能够从家里走出去一小段路，就摇摇晃晃地跟在他们身后。从此，把她从身边赶走成了一场打不赢的仗。沙基蒙让海德尔·阿里把法尔扎纳送回来，担心从车上倾倒的垃圾会将她淹没。沙基蒙听说有的孩子被狗咬伤，蹒跚学步的孩子从垃圾山崖上摔下来，或从山坡上滚下来。海德尔·阿里经常发现法尔扎纳在废弃的汽车挡泥板上荡来荡去，或者在垃圾堆里找玩具。他把她送回家，她就哭闹。他刚回到山坡上工作，发现她又跟来了。

几个月来，法哈和法尔扎纳都会记着她们埋葬婴儿的日子，因为那天她们挨打了。她们回到家时，大哥杰汉吉尔正等着她们，脸上充满了愤怒。“你觉得你们已经变成男人了吗？怎么可以埋葬别人的婴儿？”他提高了嗓门质问道。不等她们回答，比法尔扎纳大八岁的杰汉吉尔扇了她一巴掌，然后又扇了法哈一巴掌。他问她们为什么不给他打电话。他说，那天下午他就在垃圾场附近的一块空地上。他会处理好这件事，或者让市政官员去处理。别卷进这些破事，他冲她们大喊。做这些事从来不会有什么好结果。

法尔扎纳哽咽着，说不出话。和杰汉吉尔打架从来不是个好主意。家里人都知道身体强壮、性格刚烈的大哥暴怒时会多么可怕。

在成年前的那个漫长的夏天，法尔扎纳都在垃圾山上工作。山坡上烟雾弥漫，大火不断地燃烧，空气中充满刺鼻的气味。大雨到来之前，山上升起潮湿的热气。新来的警卫在烟雾缭绕的山脚下巡逻。

这一切很快就会结束，她冷静地告诉海德尔·阿里。炙热的太阳将让位于孟买漫长的雨季，雨水将浸湿燃烧的小镇，扑灭大火。那年夏天也将在神圣的斋月中结束。在斋月里，白天的斋戒和盛宴大都会延续到夜里。在第一次斋戒的三天前，也就是 2016 年 6 月 2 日，法尔扎纳将年满 18 岁。

海德尔·阿里后来相信，在那个漫长而炎热的夏天——也就是法尔扎纳捡到装满死婴的玻璃罐子的那个夏天——山上邪恶的幽灵侵入了女儿的身体，尽管当时他们并未察觉。

2 迪奥纳尔

迪奥纳尔山的阴影比海德尔·阿里所了解的还要长，要从它的阴影中走出来比他想象的要困难得多。他常请求维他拜·坎布尔帮助他从这些阴影中逃出来。维他拜也住在小巷里，和他家只隔几栋房子。他第一次看到她时，她就像一团滚动的灰色云团，披着宝石色的纱丽，在山上追抢运来的垃圾。拾荒者们说，她在山坡上年纪最长，在垃圾还未堆成山之前就已经来到了这里。她讲述着那些萦绕着群山光环的传奇，那些比最年长的拾荒者还要古老的故事。这些故事像大多数传说一样，有些是真实的，有些只是杜撰出来的。

“1896 年 7 月 6 日的早晨，一股貌似硫氧化合物的强烈气味从岛的北部产生，从盐道横穿马通加和空旷的土地，一直向北扩散。”孟买的卫生官员韦尔博士（T. S. Weir）在市政专员寄往伦敦的精心编制的年度行政管理报告中写道：[1]

这时，人们观察到一群老鼠在西韦地区迁徙，我相信这是老鼠腐烂的气味，因为在郊区发现了大量的死老鼠。今天上午，警察署长和我碰巧去了该岛北部，安排对进入孟买的公路进行交通检查的事宜。我们试图查明原因。那气味非常难闻，污染了四周的空气。

9月和10月的晚上经常能看到蓝色的薄雾和彩虹，我在孟买很久未曾看到这种现象。在这个季节，疖子是流行病。9月9日，刮了一场大风，天空就像季风风暴要来临。傍晚，下起了雨。稍后不久，在西海岸发现了死老鼠。

几天后，在孟买的印度区域工作的阿卡西奥·维加斯医生（Acacio Viegas）被叫去治疗发烧的病人。在治疗期间，除了发现一个小小的红肿外，[2] 维加斯找不到任何原因来解释病人的高烧和乏力。第二天，他还没来得及诊断出病人的病情，病人就因高烧而死去。通过化验病人伤口处的液体，他确定他们患了腺鼠疫。接着，他在报纸上看到更多人死于瘟疫。

自从16世纪英国人从葡萄牙人手中接管孟买，这座城市因鸦片和棉花贸易，已从昔日的岩石渔岛变成了大英帝国最宏伟、最重要的贸易港口之一。英国人建造了一座堡垒，通过填海造地将岛屿连接起来，在银滩建造了富丽堂皇的欧式建筑，成为印度的上流繁华区。英国人在堡垒墙内享受着微风轻拂，仿佛这里是热带地区的伦敦，城堡外的小巷里却挤满了从印度全国各地涌来的寻找工作的移民。随之而来的是垃圾和传染病。不久，韦尔开始收到每天数百人死于瘟疫的报告。法国因此对印度乘客和货物实施了限制。[3]

官员们认为，从印度北部宗教集会返回的朝圣者把疾病带到了这座城市。[4] 后来的殖民政府报告得出结论，这种疾病起源于中国云南，由商船传播到此。老鼠在遍地横流的污秽中乱窜，携带着病菌穿行在堡垒外的街头巷尾。[5] 随着时间的推移，马哈拉克西米（Mahalakshmi）的垃圾倾倒场——多年来孟买人一直在这里倾倒垃圾——几乎延伸到周围的住宅区，散发出难闻的气味，招来老鼠和疾病，令附近的居民感到恶心，并威胁到贸易。但是，韦尔博士推动的疫情防控运动却颇不顺利，犹如荆棘隔在殖民政府和孟买居民之间。他写道："只有一种措施预期可以产生效果，那就是隔离。"[6]

军队开始在城市安营扎寨。他们进入堡垒周围印度人居住的狭长的小巷，拆除屋顶瓦片，让阳光照进黑暗的房屋，清空堆满数月供应品的粮仓，把海水灌入排水沟和下水道进行清洗。污水涌入房屋，带出来死老鼠、垃圾和下水道的污秽。士兵们挨家挨户搜查病人，命他们在屋外站成一排，检查他们的淋巴结是否肿大。他们烧毁病人的财物，用石灰清洗、隔离他们的房屋，将他们的家人关在医院长达数周，[7] 甚至在瘟疫受害者的坟墓上也铺了生石灰或木炭，以遏制瘟疫跳蚤。

恐惧和谣言笼罩了这座城市。许多印度人把病人藏在衣柜里，持刀保护他们，以防他们被关进医院，担心他们会孤独地死在那里。[8] 一名鼠疫患者从一辆行驶中的救护车上跳下来，走了很长一段路。[9] 后来被发现时，他已经死了。韦尔在年度管理报告中写道："他们认为自己会在救护车里被电击而死。他们对我说，'你们把我们像疯狗一样杀死，好像我们真的是疯狗。'"[10]

一天深夜，孟买市政委员斯诺（P. C. H. Snow）跨过英印之间日趋扩大的鸿沟，走进印度人居住的小巷。他发现了一个被忽视的小镇，这个小镇被挤得水泄不通，瘟疫势必迅速蔓延。在一个房间里，斯诺发现 19 个男人、21 个女人和 17 个孩子并排睡在一起。“事实上，这个房间是一条走廊，在两堵封闭的墙之间有一扇门……在这个房间外做的任何事情，对那些在里面受苦的人有什么帮助呢?”他写道。[11] 该城的预算因为疫情已没有盈余，而疾病只会进一步蔓延，现在已扩散到这个狭小的岛屿城市的边缘。斯诺写道，他看到一些病人神志不清地游荡在城市的街道，或躺在路边，[12] 有些人也许还有救，另一些人则已死去多时了。据报纸报道，那一年即将结束时，每周都有超过 1900 人死于鼠疫。刚建成的维多利亚车站挤满了要离开孟买的居民。

1896 年 10 月 14 日，随着瘟疫管控措施越来越严厉，一群印度人给斯诺写信，说执行这些规定只会使更多的居民离开这座城市，[13] 而那些已经逃离的病人把瘟疫带到了邻近的历史名城浦那(Pune）以及更远的地方。在这两个城市，留下来的居民常以暴力抗议帝国及其士兵侵占他们的家园，践踏他们的人身自由，妨碍他们的宗教仪式。

10 月 30 日深夜，斯诺和韦尔来到了警察局长文森特（H. G. Vincent）的办公室。这是一幢富丽堂皇的石砌建筑，对面是有电灯照明的闹市区。商店早就关门了，愤怒的人群在附近黑暗的小巷里越集越多。文森特恳求停止瘟疫管控措施，他担心会引发骚乱。他和韦尔担心垃圾清运工会加入离开孟买的人群。斯诺写道，这可能会引发“巨大的恐慌和城市人口逃离”。[14] “不出几天，孟买就会变得无法居住，污水横流，垃圾成堆，到处散发着恶臭，没有工作人员进行日常卫生清理，更不用说采取任何预防鼠疫的措施了。”当天晚上，这三名长官取消了对瘟疫患者的隔离管制。

他们让城市所有社区进入各自的防疫营地、医院和墓地，清除那里堆积如山的垃圾。他们希望通过这种方法来消除纷争，消灭多年的顽疾，如疟疾、麻疹、腮腺炎、水痘、天花、霍乱和肺结核。

1897 年年初，英国官员在遥远的海滨村庄迪奥纳尔找到了一片占地 823 英亩的沼泽地，他们计划即刻起把孟买的垃圾运到那里，取代垃圾横流、老鼠成群的库拉（Coorla）和马哈拉克希米垃圾场。同年 5 月，政府从土地所有者阿德希尔·卡梅吉·卡玛手中收购了这片土地。[15]

满载着城市垃圾的“垃圾”专列于 1899 年 6 月 7 日开始抵达迪奥纳尔，在这之前，由于担心垃圾的臭味会使附近经过的客车上的乘客感到恶心，工程被延期。[16] 市政府雇用工人清空货厢，把垃圾倾倒在那片辽阔的土地上。那里灌木丛生，杂草一望无际，海水淹没了部分土地。一份市政府报告称，由于垃圾中含有大量的碎玻璃和旧铁，清理车厢垃圾的工人的脚和腿经常受伤。“伤口通常很严重”，拖延了火车卸货、返回城市的行程。工人们发烧，眼睛感染，却必须把新运来的垃圾堆放在远离轨道尽头的地方，工作变得更加艰难。工人们慢慢地适应了垃圾和伤病，到达迪奥纳尔的垃圾每天装满两列火车，每列 25 个车厢。

为了防止海水渗进迪奥纳尔垃圾填埋场，避免垃圾流进小溪，人们在迪奥纳尔边缘建起了堤坝，从此，来自孟买的遗骸和

“鬼魂”开始充满垃圾场。[17]那一年的市政委员会报告中说，官员们希望23年后，垃圾能够填平沼泽，变成“一处有价值的市政地产”，然后政府把它以超过10万卢比的租金租赁给农民，让他们在堆满腐烂垃圾的土地上耕种。随着城市的不断延伸，这块土地将成为城市新的边缘。报告总结说：“人们认为，通过这种方法，可以将大片的垃圾地和有害健康的沼泽地变成肥沃的农田。”[18]

随着孟买的不断发展，城市垃圾的确逐渐填满了遥远的迪奥纳尔沼泽地，垃圾从城里清运出来后，瘟疫消退了。政府工作人员挖开街道以修复排水沟，扩建下水道，拓宽街道，打开通道让海风吹进来，为不断增长的外来人口建造家园。在街道下面，他们发现了一些陈旧垃圾，大概是在建城40年前堆积起来的。运垃圾的火车把它们拉走，并在近90年的时间里，继续把城市的废弃物运输到一望无际、远离人们视线的迪奥纳尔垃圾场。这种安排让城市和垃圾之间的冲突保持了暂时的平静，直到一个多世纪后，矛盾再次爆发。

1960年，孟买成为新成立的马哈拉施特拉邦（Maharashtra）的首府。城市迅速扩展，开始延伸到建在垃圾上的农场，并将之纳入城市范围。在英国行政官员离开这个国家十多年后，垃圾填埋场实现了他们的计划。雨水有时会把垃圾场边缘的垃圾冲进大海，海水把垃圾送回城市，然而萎缩的填埋场很快又被填满了。

几年后，维他拜·坎布尔来到孟买，那时她还是一个年轻的母亲。在1960年代中期，她和丈夫在人行道上用塑料布和纱丽搭建了一个家。它位于孟买市中心，与国家电视台新建的演播室和高耸入云的天线隔街相望。风吹开屋顶时，细长的天线映入眼帘，还能看到城市上空的星尘。电视台的天线帮助维他拜在下班后找到回家的路。她为有钱人家洗碗，而她的丈夫则打零工。她的女儿就是在这间和电视塔相望的房子里出生的，维他拜认为她在这里实现了她的孟买梦。

像维他拜居住的移民定居点，从几十年前斯诺曾报道过的那些廉租房开始，沿着城市的铁轨和不断延伸的水管，穿过人行道和街道，向外膨胀扩展。但这座城市却渴望把这些人排挤出去。

一天，维他拜收到市政府的信函，说给她批了一块地，让她瞬间变成土地拥有者。这些文件成了她最宝贵的财产。她带着孩子、丈夫、她的全部家当和土地分配文件坐上一辆市政卡车，穿过城市，直到它逐渐消失在一片盐田和红树林中。当她看到眼前恶臭的垃圾倾倒场和用粉笔标记的属于她的那片碎石地时，维他拜拥有自己的家园的梦想破灭了。

其他人不像维他拜，他们反对市政府将他们转移到迪奥纳尔。那些年，维他拜家周围用布和塑料建成的杂乱社区经常被大火烧毁，居民们试图在余烬中重建家园，而市政府却利用这个机会，把他们重新安置在迪奥纳尔。许多人已经向法院上诉，声称有人故意纵火，目的是把他们的社区交给开发商建造公寓和办公楼。[19] 孟买的扩建梦想驱逐了这些外来人，他们怀着失望坐上卡车，就像当年火车载着被城市抛弃的垃圾一样来到迪奥纳尔，而城市在他们的家园上不断扩张，向上延伸。

市政当局急不可耐地赶他们出城。那些年的报纸上说，孟买的街道和人行道上仍然充斥着垃圾，挤满了人，盖满了劣质的房屋，这些房屋非常脆弱，几乎能被城市上空猛烈的季风吹走。城市街道上的垃圾越堆越高，滋生苍蝇和蚊子，散发恶臭，令居民作呕。运垃圾的火车早晚各开一列，沿线的居民都知道要关上窗户，以免闻到车里的臭味。市政府组建了一个垃圾车队，用拖车、驴和拖拉机作为补充，不分昼夜地向迪奥纳尔沼泽地倾倒垃圾。

为了安抚抵制搬迁的移民，城市将垃圾场的边缘地带划为贫民区。据记者报道，那里有宽阔的道路，混凝土房屋，带有编号的街区，每 10 个人有一个厕所，还有可以容纳小企业的大作坊。[20]

但是维他拜和其他大多数人一样，并没有获得像报纸上描述的那样一个家。她得到了一块碎石地，用粉笔标记了边界，以防她进入邻居的领地而引起争斗。这块地弥漫着来自遥远的城市的垃圾臭味，在她的记忆中，这种气味比几年后还要难闻。事实上也许是她已习惯了：已经沉淀在她体内的垃圾气味，还有拾荒时遭受的累累伤痕。那些垃圾都是孟买为了实现城市的梦想而抛弃的废弃物。

移民定居在垃圾填埋场边缘两端长满鲜花的沼泽地，分别称为“莲花殖民地”（Lotus Colony）和“帕德玛纳加尔”（Padma Nagar），或“莲花之城”。在它们之间慢慢出现了一连串小村落，排列在垃圾山周围，形状宛若新月。从城市到达这里，首先看见的是莲花殖民地，然后是巴巴纳加尔（Baba Nagar）——名字来源于一个曾在荒凉的沼泽地漫游的神秘主义者。没有人确切知道拉夫克纳加尔（Rafiq Nagar）——也被称为拉夫纳加尔（Rafi Nagar），在哪里与尼兰卡里纳加尔（Nirankari Nagar）会合，在哪里与桑杰纳加尔（Sanjay Nagar）相连。它位于垃圾山最深处的角落，以1970年代一位政治家的名字命名，这位政治家因拆除德里的贫民窟、创建现代化城市而闻名。法尔扎纳和她的家人居住的班加拉加利（Banjara Galli）是其中的一部分，实际上已经被多次拆除。没有人知道香提纳加尔（Shanti Nagar）或"和平之城"的名字是从哪里来的，因为它的后面是一堵墙，卡车在墙后不停地轰鸣，来回穿梭，往山上倾倒垃圾。小镇尽头是帕德玛纳加尔。周围还有班甘瓦迪（Bainganwadi），也称为"茄子村"；班德拉普洛托（Bandra Plot），意思是给来自班德拉豪华郊区的居民提供的空间；以及其他一些小片村落——它们的名字或与村史有关，或表达对未来魅力城市的向往。

随着垃圾场的填满和延伸，它开始散发出有毒的气体，毒气像光环一样笼罩在填埋场的上空。垃圾只进不出。孟买被称为"梦想之城"，而迪奥纳尔成了城市废弃物的大坟场：这是一个奇异的有毒世界。它腐臭的空气和不洁的水与城市无形地连接。

对维他拜来说，回城工作最便捷的方式是坐在散发着恶臭的敞篷垃圾火车上。她和其他拾荒者从车厢上卸空肮脏的财富，囤积出售。维他拜在填埋场的沼泽地跋涉，到处搜寻宝藏，有时会踩到污泥里露出来的动物尸体，或遭遇鬼魂。她经常回头去找她的大儿子纳格什，和跟在她后面的小女儿。他们都是被遗忘的人群，靠城市吐出的垃圾维持生计。

1992年，垃圾山刮起了寒冷的冬季风。因拆除位于印度北部的巴布里清真寺，这座城市爆发了骚乱，而小巷里的混乱比别的地方都严重。印度教的教徒认为这座清真寺建在了罗摩神（Lord Rama）的出生地。维他拜是印度教教徒，她没有注意到周围邻居都是穆斯林。数周以来，她一直待在家里躲避街坊四邻。她听说暴乱者会乔装成警察，很多邻居失踪，死者被扔到垃圾坡上，而生者躲在死尸里。她出来时，她的一些邻居在回家的路上被殴打，而其他人则在不断地寻找失踪的亲人。

印度教教徒感受到了小巷里的紧张气氛，开始离开这里。有些人越过小溪，搬到了新成立的新孟买（New Bombay）市，或者遥远的位于城市边缘的高档小区。孟买的街头巷尾原本相互融合，各种语言相互碰撞，烹饪风格迥异，现在却变成了种族隔离的情况。穆斯林正迁往遥远的环境恶劣的飞地，而负担不起的人则来到垃圾山，挤满了垃圾山周围的小巷。

海德尔·阿里把从垃圾里捡到的书交给神职人员时，他们告诉他，等人们安顿下来，社区外围的废墟、山脉和肮脏的角落会变得光明、洁净，在那里寄生的撒旦就会逃遁。其中一位说："不洁和龌龊的生活是对撒旦的邀请。"由于无处可去，拾荒者们来到了垃圾山脚下和小巷里。小巷里挤满了人，生活却依然动荡不定。维他拜在垃圾里淘宝，随着日子一天天过去，她最终留了下来。

2013年4月，在一个温暖的下午，维他拜第一次来到我的办公室，申请贷款购买她从垃圾中得不到的东西。她是第一批向我们的基金会寻求贷款的垃圾山居民。2010 年夏天，我和父亲成立了一个基金会，为该市最贫困的居民提供小额低息贷款，帮助他们发展自己的业务。在担任记者近 10 年后，我不愿仅报道印度持续增长的经济，还希望触及其背后的阴影——贫民窟不断扩张，垃圾堆积成山。印度的经济是由人们贷款购买新玩意、度假和婚礼来推动的，我曾写过银行如何挂断来自贫民窟和孟买穆斯林聚居区的人们的电话。[21]

我们把办公室设在城市锡永区的一条住宅小巷里，周围是一排排望不到头的晾衣绳。起初，我们只能听到巷子后边火车经过轨道的声音，但随着业务消息的传开，这个城市的水产贩、水果贩、街头小吃摊贩、鞋匠和裁缝开始挤满了我们的办公室。我见过一些小贩，他们用大蒜交换生活垃圾并转手倒卖；还见过一些鞋匠，这个城市大部分的鞋子都由他们制作。他们的形象在我的脑海中慢慢地拼接成我生活了多年的城市的另一面。我问他们如何从微薄的生意中获利（他们通常同时做好几种小生意），他们一脸茫然，没有明确的答案。

我在基金会里遇到的贷款人中，几乎没有人比维他拜更令我着迷。那个夏天的下午，我坐在薄垫上，她缩在一旁，手脚上满是伤痕，那是她在不断上升的垃圾山上生活了 40 多年的印记。她的头发已花白，但说起在垃圾山寻宝，她涂着银色眼影的眼睛里充满了兴奋。维他拜的勇气和拾荒生涯回忆让那个慵懒的午后熠熠生辉。

我担心她的奇特生意是否能够偿还贷款。“如果你只能捡垃圾卖，我们的贷款如何帮助你？”我用马拉地语问她。“垃圾会越来越少吗？”维他拜立刻反问道。她指出，她在孟买增长最快的行业之一工作。她提出要带我去亲自看一看那些绵延不断的垃圾山，在那里，她和其他拾荒者一起挖寻宝藏。如果她自己无法捡垃圾，她就用我们的贷款从别的拾荒者手里买，然后再卖给垃圾商。她很快把我带入迪奥纳尔小镇——见到她之前，我对那个地方几乎一无所知，但很快就像其他许多人一样对它着迷了。

维他拜获得贷款后不久，也带着女儿巴比塔来申请贷款。几周后，我看到维他拜从车库改建的长长的等候区走过，她身后跟着海德尔·阿里，他肩膀瘦削，眼睛深邃。她把住在附近的海德尔·阿里，穆哈拉姆·阿里·西迪基和阿夫塔·阿拉姆（Aftab Alam）带了过来，组建了一个小组，和她的儿子纳格什联合贷款。如果其中一人不能按周分期付款，就由其他的人垫付。

海德尔·阿里懒洋洋地躺在我对面铺着薄垫的地板上，阳光洒在他的脸上。他开始讲话，提到了比哈尔邦的前首席部长拉鲁·亚达夫，说他以幽默和善调侃而闻名——常常是调侃自己。我从海德尔·阿里的贷款申请表中抬起头。“你认识他吗？”我问。他转过头否认了。“你见过他吗？”我接着问。他再一次转过头，瘦骨嶙峋的脸上露出笑容。我明白他想聊一些关于他自己的事情：在那几页填满了个人信息的表格中没有涉及的内容。从此，我开始将幽默和无拘无束的笑声与海德尔·阿里联系起来。

与维他拜和她的家人不同，海德尔·阿里说他不想继续待在拾荒这个行当。他向后一靠，手撑在灰绿色的地垫上，发红的手掌压上了条纹印，而他几乎未察觉。他告诉我如何走进垃圾山的阴影，梦想着有一天能走出去。他想用这笔贷款开一家刺绣作坊，就像他年轻时工作的地方。他会从村里带来刺绣师，制作新娘礼服，在城里出售，赚取佣金。他希望这个工作能让他远离垃圾山，让一家人的生活慢慢好转起来。

2000年年初，海德尔·阿里在垃圾山边定居几年后，迪奥纳尔成了可能是世界上最大的垃圾城，在那里堆积的垃圾没有经过任何正式的分离或处理。在城市日益膨胀的欲望的推动下，这些垃圾山已经高达20层公寓楼的高度。这座城市已经延伸到戈莱（Gorai）和马拉德（Malad）的一些较小的垃圾填埋场。马拉德的填埋场被转给了一个开发商，开发商很快在上面盖上了玻璃和铬合金建筑，里面有呼叫中心和娱乐公司办公室。然而在那里工作的高管们时常觉得头疼，办公室的电脑也很快生锈。后来我听说这叫“病态建筑综合征”：科学家们发现，那些被仓促关闭的垃圾场产生的气体数年都不会沉淀下来。[22] 相反，它们会渗透到上面高耸的建筑物中，致使里面的人生病，设备生锈。

这座城市陷入了日益严重的僵局。过去被填埋在马拉德的垃圾来到了迪奥纳尔，致使迪奥纳尔垃圾山不断延伸，聚集在其周围的孟买拾荒者越来越多。他们走得更远，捡回更多他们赖以生存的垃圾。填埋场散发出污浊的气味和烟雾，市政府便喷洒草药除臭剂和消毒剂。政府必须清理城市街道和人行道上的垃圾，否则就会暴发令人难以想象的大规模传染病，就像英国殖民报告中曾记录的那样。但是这些垃圾山开始侵入这座长期忽视它们的城市。官员们担心，如果它们再高一些，部分山体可能会因垃圾滑坡而倒塌。飞往孟买的航班可能会撞到山顶。由于没有解决方案，城市允许孟买的加长垃圾大篷车继续向不断增高的垃圾山倾倒垃圾。

3 法尔扎纳

法尔扎纳最早的记忆是看着她家的房子倒塌在泥泞的垃圾堆里，隔几天又重新搭建起来。海德尔·阿里曾教过她的哥哥和姐姐们在他外出工作的时候，如何认出驱逐他们的市政官员的汽车。法尔扎纳帮着清空房子，市政官员则拆卸用从垃圾山捡回的竹子搭建的房子，然后站在一旁，看着用垃圾塑料和锡板做成的墙壁哗啦一声倒在地上，咯咯地笑着。

2000 年 9 月，在法尔扎纳刚满两岁的三个月后，印度环境部制定了垃圾管理条例。[1] 最高法院被全国堆积如山的垃圾所震动，要求政府部门管控垃圾。几乎没有一个地方像迪奥纳尔那样，垃圾堆得高耸入云，令人头晕目眩。根据规定，像法尔扎纳家这样的非法拾荒家庭被禁止进入垃圾城。负责执法的市政当局加强了多年来一直在持续的驱逐行动。

但是市政官员刚一转身，拾荒者们又建起了房子。追逐那些源源不断地被运到垃圾山的城市废弃物已经成为一种非法但不可遏制的瘾。压扁的塑料瓶被捆绑在一起，几乎与拾荒者比肩，这可以维持他们一天的生活。海德尔·阿里听说有人发现了一颗手掌大小的祖母绿，足以改变他们的生活。他看到那些围塘拾荒者在山坡上围着垃圾筑起堤坝，然后注满水，在潮湿的沙子中筛选混入城市灰尘中的金粉。“一个人的垃圾是另一个人的宝贝。”海德尔·阿里这样给我解释他在这个地方的工作。无穷无尽的垃圾被运送到这里，垃圾堆得越来越高。拾荒者囤积垃圾，出售垃圾，睡在垃圾上面，以垃圾为食，呼吸拂过垃圾的空气。

五年前，也就是1995年，孟买更名为“Mumbai”。曾经拥挤狭小的方盒型公寓如今让位于拥有一流便利设施并配有垃圾槽的封闭式社区。这些社区一直延伸到郊外，皆以不在热带城市生长的树木命名，如雪松、橡树和桦树。孟买出现了购物中心、健身房和多功能影院，随着印度的财富日益增长，这个城市也焕发出勃勃生机，到处都充满了新的事物，而废弃物则来到了垃圾山，在拾荒者的手中获得新生。

人们的欲望越来越强烈，垃圾填埋场到处都是纯净水塑料瓶，剩了一半拾荒者从未见过的食物的便当盒，脏尿布，以及各种新设备的电线。印度人喜欢用小袋装洗发水、染发剂和番茄酱，即使那些以惜物为荣、东西代代相传的家庭也是如此，只因这些一次性消耗品能给人提供一种崭新的愉悦。塑料袋和用铝箔、纸、塑料层层包裹的盒子取代了玻璃和金属容器，里面的东西一旦被掏空，这些包装就会从被扔弃，永远留在垃圾场。空虚、悲伤、渴望和希冀：只有不断地购买和拥有才能熄灭这些欲望。

在小镇上，越来越多的垃圾从卡车里倾倒出来，它们可能是废物，也可能是黄金。懒散的海德尔·阿里只找到了水泥地板的碎块，而他的朋友、和他一起向我们贷款的穆哈拉姆·阿里却淘到了长长的大理石石板，这些石板最近才铺满孟买的住宅。这座城市不断增长的财富涌向了垃圾山，海德尔·阿里和穆哈拉姆·阿里就浮在这浪潮上淘金。然而，海德尔·阿里因懒散所获甚微，穆哈拉姆·阿里却凭着运气和干劲把孟买那些虫蛀的珍宝捧到了手中，这让他和孩子们的生活与其他拾荒者不同。

还在蹒跚学步的时候，法尔扎纳就在家里一堆堆五颜六色的碎布周围摇摇晃晃地走来走去。沙基蒙·阿里、海德尔·阿里和年长的孩子们在山坡上收集这些碎布，把它们塞进大袋里，顶在头上，下坡时，这些东西就在他们眼前晃来晃去。这些布头都是城里的裁缝作坊的边角料，很快这些堆满他们房间的布片就会被卖掉，用来填充枕头、被子和玩具。然后，新的布头将再次堆满地板。法尔扎纳在家里的碎布周围学步，为以后在屋后耸立的垃圾山上拾荒做练习。

海德尔·阿里在山坡上若找不到年龄较大的孩子，就让法尔扎纳拿着他捡到的有用的东西。沿着班加拉加利小巷有一条从山上流下来的水渠。她找来泥块去填这些排水沟——布满了褪色的绿色、橙色或银色玻璃的大水泥块，或者是1970年代和1980年代在孟买公寓里铺设的漆黑的石头块。市政警卫有时会赶她，她就在摇晃的山坡上跑，经常会摔倒，或掉落手中的石块。带回家的碎石块或被出售，或用来填补他们家下面的泥塘。

海德尔·阿里在附近的乌尔都女子小学为法尔扎纳登记入学。每天早上，她和她的姐姐阿夫萨娜和杰哈娜一起步行上学。每天下午，从小溪那边吹来的微风把山上的气息带进家里，吸引她走向山坡。站在垃圾山顶上，法尔扎纳一边沉浸在一望无际的海水和自由的海风中，一边寻找着在山坡上拾荒的其他姐妹——萨哈尼、杰哈娜和法哈。很快，天平向群山倾斜，她越来越靠近垃圾山。她和姐妹们每天下午都在小溪里游泳，收集碎布，把父亲堆放在山边的布堆垒得越来越高。

在卡车卸货时，周围的拾荒者疯狂争抢，而海德尔·阿里却仿佛戴着隐形耳机，听着柔和的音乐在闲庭信步。“这里从来没有人挨饿。”他曾听年长的拾荒者说。这让他释然。他把一天的收获放到山坡上的垃圾存放处，它们看起来比他离开时还要多。显然，孩子们在帮助家里维持生计。他无法拒绝他们来山上帮忙。

大儿子杰汉吉尔从未上过学，他和父亲海德尔·阿里竭力让他的姐妹们留在学校，远离垃圾山。杰汉吉尔如饥似渴地追逐那些被人遗忘的财富，它们好像一直躲着父亲。在这种令人疯狂的拾荒瘾中陷得越深，他就越想让他的姐妹们远离它。他把她们从山坡上拽回来，或者逼着她们去那个朝着垃圾山的四层教学楼，然而他的努力却渐渐败给令人恶心的垃圾山的诱惑。第二天下午，她们又回来了，跟在垃圾车后。

法尔扎纳长得四肢发达却“脑子不够用”，姐妹们都这样说。她们认为，是山上的垃圾渗入了她的脑子。随着垃圾山越升越高，季风带来的雨水越来越多，山体滑坡，垃圾冲进了他们的家园。法尔扎纳在哗哗的雨声中睡着了，醒来时发现拖鞋在身边漂浮着，夹杂着一些从山坡上冲下来的乱七八糟的东西。她睡眼惺忪地把裤子卷到膝盖上，蹚水去捡漂到邻居家的书和鞋子。

然后，她爬上吱吱作响的山坡，离开了学校。她和姐妹从山上把臭气熏天的木板拖回家，让杰汉吉尔和他们的兄弟阿拉姆吉尔把木板钉在墙上，然后把湿漉漉的东西都挂在上边。晚上，他们爬上木板，睡在一堆物品中。满山都是水，在房子底下哗哗地流。雨停了，法尔扎纳帮助沙基蒙把灌满房子的水排出去，捞出浸湿的食物和已经成了糊状的垃圾，把它们晾晒在阳光能透进来的地方。她拿出沾满水的笔记本，上边的字迹都模糊了。

给她补课是徒劳的。“她的脑子里全是牛粪！”她的朋友亚斯明这样说她。亚斯明比法尔扎纳大几岁，也住在这条小巷。她身体瘦弱，说话很冲，只在假期回家。她后来嫁给了阿拉姆吉尔。为了让亚斯明远离山区，她的父母把她送到古吉拉特邦的一所伊斯兰学校。后来，海德尔·阿里让亚斯明教法尔扎纳读《古兰经》，但这些经文在法尔扎纳的脑子里留不下一点痕迹。她满脑子想的都是山上的垃圾，她的朋友们也是这样。学校里的学生都涌上了垃圾山。

穆哈拉姆·阿里的女儿赫拉优雅、专横、脾气暴躁，她是小巷里为数不多的几个上了中学的女孩之一。她只比法尔扎纳大两岁，几乎从不捡垃圾。法尔扎纳下午去山上捡垃圾时，看到赫拉去上课，她母亲给她报了阿拉伯语课、电脑课和裁缝课。“她们家特别干净。”法尔扎纳回忆说。

在垃圾山区，高大潇洒的穆哈拉姆·阿里在众多拾荒者中算是出类拔萃的。法尔扎纳曾听说垃圾山将财富交到他手中。她的父亲称他为沙坦·辛格（Shaitan Singh）或“麻烦先生”，因为他有收集垃圾的天赋。他是夜间拾荒者之一，也是山里最坚韧的一名寻宝者。垃圾车在夜里到达，山坡上高高的电线杆上仅挂着几盏昏暗的灯，只有最勇敢无畏的人才出来捡垃圾。拾荒者走近卡车，车上倾泻下来的垃圾砸在他们身上，锯齿状的玻璃和金属碎片割破了他们的皮肤。穆哈拉姆反戴着棒球帽，把手电筒固定在上边。他在月光下淘宝，这样就不必和众多拾荒者在白天争抢垃圾。

月光皎洁的夜晚，垃圾山周围的溪流、小河和盐田像玻璃般闪闪发亮。穆哈拉姆到达山顶时，感觉自己仿佛和远处的渔船一起漂浮在小溪中。天气好的时候，这些小船整夜在水面上拖网捕鱼，陪伴着他。他慢慢地晃动着脑袋，借着手电筒的灯光在山上翻拣宝藏。在寂静漆黑的夜里，他在垃圾堆里发现了一个印度教女神的银神像和一个塞满钞票的枕套。

离开的时候，他常遇到来上早班的拾荒者。海德尔·阿里和其他人常取笑他，要他留点东西给他们。当太阳升到头顶时，穆哈拉姆·阿里会返回来，继续追逐那些不断驶来的垃圾车。他把自己的拾荒热比作一场恋爱。他告诉我，这就像日久生情。“你知道当你和一个人在一起的时候，会变得多么依恋他吗？我对这些垃圾山的依恋就类似这样。它们在呼唤我。”

他曾告诉海德尔·阿里，他的父亲是印度北部村庄一座圣人陵墓的守护者。他们家里摆满了发霉的书，用深色封面装订，但已经褪色。穆哈拉姆·阿里和他的父亲不识字，只认识书上的低廉的价格——就几便士。他父亲操持的宗教仪式是从他的爷爷那里传下来的，也可能是从他们家里的书本上学来的。他父亲吟诵着祷文，房间里弥漫着令人陶醉的气味和烟雾，让祈祷者进入恍惚状态。一切消退后，那些从很远的地方来祈祷奇迹的信徒们常常发现他们的病痛已经痊愈。穆哈拉姆·阿里从他父亲那里学到了彬彬有礼的举止和那些经久不衰的仪式。他告诉海德尔·阿里，祈祷可以驱赶邪恶的灵魂，为他带来山上的珍宝。这一切为巷子里的沙坦·辛格增添了传奇色彩。

杰汗吉尔也曾尝试过上夜班，期望碰到像穆哈拉姆·阿里那样的好运。当时杰汉吉尔 10 岁，但是他遇到的不是山里的宝藏，而是一个死不瞑目的女鬼。她一袭白衣，双脚朝后，飘浮在漆黑、空无一人的山坡上。他吓得又开始在白天工作。他开始和年长的男孩、恶霸混在一起，学会了抽烟，像他们一样张口谩骂。

由于海德尔·阿里似乎总是手头拮据，杰汉吉尔开始想方设法弄钱以维持家里的开销。父亲不去追问杰汉吉尔怎么搞到的钱。法尔扎纳听到垃圾山周围的人说，他卷入帮派间为争夺领地和垃圾而引起的激烈斗争中。在家里，杰汉吉尔认为他挣了钱，在家庭决策中有发言权，而海德尔·阿里没有。

父子二人几乎在所有事情上都发生了冲突，但最主要的分歧关于法尔扎纳。她姐姐萨哈尼辍学到山上工作后，当时九岁的法尔扎纳和比她大两岁的阿夫萨娜成为学校里最大的两个孩子。家里的男孩们从来没有去过学校。阿夫萨娜想留在家里，杰汗吉尔与海德尔·阿里斗争，坚持让法尔扎纳留在学校，远离垃圾山。“她们应该保持纯洁和干净。”他对海德尔·阿里重复着他从神职人员那里听到的话，可是法尔扎纳每天下午放学后都去山坡上捡垃圾。

穆哈拉姆·阿里的妻子亚斯明和他们的孩子几乎从未在山上工作过。亚斯明整个下午都待在家里，用从废品店买来的旧电视机看烹饪节目。在废品店，拾荒者收集的垃圾被分门别类，按重量出售。她让朋友们拿来从垃圾里捡到的过期面糊配料，尝试做电视里的美食。她把冻豌豆扔进米饭里做肉饭。赫拉和亚斯明练习着把几匙混合着酸奶的面糊倒入平底锅，慢慢地绕圈摊开，做出像纸一样酥脆的薄饼。他们还借了模具蒸松软的米饼。

赫拉让她的朋友们收集垃圾车里掉出的面糊配料包，用来做印度甜汤丸。在漫长的下午里，他们把湿面糊卷成甜腻的面团球，然后油炸，再蘸上热糖浆。他们边吃着金黄色的甜汤丸，边聊着八卦，咯咯地笑着，糖浆从嘴里喷出来。赫拉帮亚斯明做丰盛的晚餐，而穆哈拉姆·阿里却很少能赶回家吃，赫拉就把剩下的饭菜打包。

更好的运气在等着穆哈拉姆·阿里。一天早上，法尔扎纳正要去上学，一个朋友顺道来告诉她，穆哈拉姆·阿里在垃圾里捡到了一条金项链。海德尔·阿里惊呆了。他已经好几天没见过穆哈拉姆·阿里了。海德尔·阿里走到他家，问他是否真的在山上挖出了金子。穆哈拉姆·阿里说，他生病在家已经一个星期了，昨晚才退烧。屋子里弥漫着软米饭的甜香，而亚斯明只有在丈夫卖垃圾赚了钱时才会做饭。她用剩下的最后一点食物做了饭。

穆哈拉姆·阿里咧嘴笑着说："我带着耻辱离开了家——我必须带点东西回来！"他爬上山坡，希望能轻而易举地找到一些东西，也许是一个装满碎布的袋子，然后就可以回家吃饭了。他打开手电筒，懒洋洋地用垃圾叉在坡上翻拣，突然碰到了什么软软的、滑滑的东西。他在周围继续挖，刨出一个黄褐色皮革的女士手提包。

他拉开皮包拉链在里面翻找，想要发现女人丢弃皮包前忘记清理的秘密世界。穆哈拉姆·阿里曾发现过一些用花字体书写的信件，几瓶精致的香水，一些绣有字母的手帕，洗干净可当白布片卖，有时甚至是皱巴巴的钞票，这些都是从紧张的家庭预算中节省下来的钱。

那天晚上，穆哈拉姆·阿里拉开皮包拉链，打开里面的口袋，看到什么东西在灯光下闪烁。是一条金色项链，刻着华丽的图案，缀着黑色珠子，这是印度已婚妇女的标志。他把它塞进口袋，抬头向四周看看是否有人注意到他的闪闪发光的收获。拾荒者们的灯光在他周围移动，他们正忙着搜寻宝藏。他把手插在口袋里，转身离去。

他回到家时，亚斯明和五个孩子已饿得没精打采。他推开冰冷的晚餐，从口袋里掏出项链，让亚斯明查看是真的金子，还是街上女人们戴的廉价金属。尽管她也不确定，但兴奋和幻想让他们彻夜难眠。

几周后，海德尔·阿里听说穆哈拉姆·阿里自己开了家废品店，实现了众多拾荒者孜孜以求的雄心抱负：成为一名小商人，或者做一些远离垃圾行当的工作，如果运气好的话。穆哈拉姆·阿里和海德尔·阿里等人后来告诉我，这就是他们在我们基金会连续贷款的原因。他们会每周按时支付分期付款，然后再借更多的钱，以满足他们的拾荒瘾。我们的办公室里坐满了来自垃圾山的拾荒者。我们在孟买贫民窟的业务范围中，没有哪一个地方的人能像迪奥纳尔周围的贫民那样持续不断地偿还债务。一开始，我把这归功于我们瘦弱但勇敢的收债人，她警告他们，如果有人敢碰她装满现金的皮包，或者倘若她没有收到该偿还的款项，在我遥远的办公室就会响起报警声。

走在山脚下狭长的小巷里，我感受到拾荒者的狂热。他们偿还我们的贷款，是为了囤积更多的垃圾。垃圾构成了生活，充满了生活。他们试图摆脱垃圾的恶臭和控制，过上另一种生活，但一切的努力显得笨拙而且常常是徒劳的。

我询问他们贷款的用途，一些人向我展示了他们开设的众多废品店，而另一些人则指着房子上面加盖的铁皮阁楼。我们会爬上垂直的金属楼梯，进入充满阳光的阁楼，他们希望这将是他们摆脱垃圾生活的起点。这些阁楼高悬在山坡上，可以俯瞰整座垃圾山。我探身窗外，只见山坡上正在晾晒的纸和塑料在微风中飘动。这些阁楼里放满了一排排半自动的缝纫机，拾荒者购买这些机器来缝制那些预先裁剪好的衬衫或牛仔裤，还有一些缝纫机则用来将鞋底缝到闪闪发光的鞋面下。它们大多在孟买的令人眼花缭乱的闹市上出售。海德尔·阿里的阁楼没有窗户，而且经常无人居住，里面放着一堆薄纱似的、色彩鲜艳的织物。在我后来的多次拜访中，他曾告诉我，这些布料很快就会被缝上亮片。

之后，我们原路返回，来到他黑漆漆的家里。虽然身后垃圾堆成山，家里也充斥着垃圾，但刺绣和垃圾不同，很难找到委托工人，也很难按时交工。刺绣工经常离开海德尔·阿里的作坊，寻找报酬更高的去处。他们过完节就会回来，一连好几个月他都这样对我说，然而节日一个接一个地过去了，也不见有刺绣工回来。他曾努力教长子杰汉吉尔和次子阿拉姆吉尔学习这种需要耐心的刺绣艺术，想让他们成为他的助手。

那些年里，阿拉姆吉尔曾帮助海德尔·阿里勉强维持着刺绣生意，而杰汉吉尔则卷入山上的帮派。在山坡上执法的市政警卫和警察只是敷衍了事。拾荒者在被遗忘的垃圾世界里坚持不懈地寻找生计。四年级毕业的那年暑假，将满10岁的法尔扎纳每天都在山上度过。在杰汉吉尔的逼迫下，海德尔·阿里把她送进了中学。新学年开始了，但法尔扎纳依然陪着他们去山上工作。

一天下午，黑暗拥挤的家里只剩下夫妇二人，海德尔·阿里对沙基蒙嘟哝道："她打算在家做什么？她不想学习！"

沙基蒙含糊地应了一声，表示她在听他讲话，一边小心翼翼地把刚洗完的钢制餐具叠在一起，放在烹饪区。

"你觉得我们的小巷安全吗？"海德尔·阿里提高了声音问道。

"不。"沙基蒙答道。她的声音很轻，在盘子的叮叮当当声中，他几乎听不见。她小心翼翼地把闪闪发光的钢制餐具高高地摞起来，靠在墙上。

海德尔·阿里继续说："她可以帮着干些活。"他的刺绣作坊正在走下坡路。

杰汉吉尔走进房间来拿东西。一看到他，海德尔·阿里反复无常的脾气爆发了，他大喊道，如果杰汉吉尔不想让法尔扎纳工作，那么杰汉吉尔就得自己贴钱。18岁的杰汉吉尔从与父亲的战斗中撤退了。就这样，10岁的法尔扎纳加入了每天聚集在山坡上的非法拾荒队伍。

4 毒　气

2008 年夏天，法尔扎纳辍学来到山上全天工作，此时，缩小垃圾山及其周边填埋场的斗争也达到了高潮。桑迪普·拉内医生住在垃圾山边缘附近的一个上流社区，他起诉市政府藐视法庭，未能缩减迪奥纳尔的垃圾。他说，法院下达了整改命令，然而垃圾仍有增无减。根据后来的法庭命令，他提交了一些照片，“显示垃圾山上空笼罩了一层毒气”。[1]

15 年前，拉内医生在垃圾山脚下开了一个心脏病诊所，本以为会接待老年冠心病患者，却发现候诊室里挤满了患有气喘病的孩子。他怀疑他们的肺部充满了附近垃圾山排放的烟雾，他每天早晨醒来时常会发现这些烟雾从山上升起。拉内知道邻近公寓楼的居民已于 1996 年 6 月向法院提起诉讼，要求该市解决垃圾山及其烟雾排放的问题。

在向法院递交的诉状中，居民们说他们看到夜幕降临时群山被火光照亮，乌黑的浓烟在夜间飘进他们的家中，让他们呼吸困难，[2] 大火燃烧，烟雾飘散，一直持续到日出。他们听说垃圾商唆使拾荒者点燃垃圾，熔化较轻的垃圾——塑料、纸和布——留下铜、银、铅和其他金属（它们是山上最昂贵的垃圾）供他们出售。大火燃烧后留下来的有毒化学物质或“悬浮颗粒物”大量悬浮在垃圾山的空气中，高出规定浓度的七倍。[3] 它们进入拾荒者和附近居民的肺部和血液，使得他们呼吸困难，并渗入他们的内脏。大火造成垃圾山周围空气中的含铅量超过允许量的两倍，儿童吸入这种空气，智力会受到影响。[4]

市政府的回应是，垃圾山火灾的原因是“自燃”。垃圾在缓慢分解过程中会释放出甲烷，在强烈的太阳光的照射下，甲烷会喷出火焰。即使没有倾倒新的垃圾，山上也会出现垃圾自燃。官员们暗示，乌七八糟的垃圾堆积在一起必然会引发火灾，而这不是他们的错。官员们还说，烟雾在夜间飘进上访者家里是因为拾荒者为了获得金属而故意点燃垃圾，也因为附近高速公路上的车流量日益增多。

1996 年居民请愿之后，历任法官都要求市政府在别处另建一个现代化的垃圾山区。而在此之前，他们一直督促迪奥纳尔按照规定处理那些长期堆积的巨型垃圾山，用泥土覆盖垃圾山顶，将其固定，形成均匀分布的山丘。他们设定了时间表，限期将山间的蜿蜒土路铺上柏油，修理周围的路灯，并在易燃地带周围加强安保，以防拾荒者进山纵火。他们要求安排消防车和洒水车巡逻，以遏制此起彼伏的火灾和不断升起的浓烟。[5] 他们推动垃圾山区做出改变，展现城市的现代化。城市的欲望催生了这些垃圾，而垃圾山则是城市的黑暗面。

1996 年，身材高大、意志坚强的拉内医生被任命为法院委员会委员，多年以来，他每周三都坐在垃圾填埋场的一间移动小屋里监督垃圾山的治理工作。他注意到垃圾山上布满了像海德尔·阿里及其家人一样的非法拾荒队伍。

垃圾山是有序地堆起来的。首先从市政办公室附近开始，这里曾是运输城市废弃物的火车终点站。靠近办公区的第一座垃圾填埋场主要处理城市的厨余垃圾。其他七座垃圾山沿着蜿蜒的小溪一字排列，堆满了城市扔弃的其他各种垃圾，顶部皆用泥土覆盖。最后一座垃圾山面对着大海。

拉内医生看着电线杆和电线运到垃圾山区，用于安装路灯。但是路灯并没有亮。他听说拾荒者偷窃路灯来购买毒品。电缆或者被垃圾压断了，或者从运输卡车上掉下来。后来在高高的电线杆上安装了几盏灯，灯光遥远微弱，照着夜间拾荒者的身影。

按照垃圾处理规定，市政当局开始断断续续地测量悬浮在垃圾山上空的化学物质，结果经常显示空气质量正在恶化。附近的医生告诉我，他们的病人有一半以上患有呼吸系统疾病，如哮喘、支气管炎和持续咳嗽。拾荒者的肺功能很脆弱，更容易感染结核病和耐药性结核病。这是一种通过空气传播的感染病，在垃圾山周围小巷的拥挤房屋中肆虐。拾荒者还易患有间质性肺病，这会使他们肺部周围的组织变厚，并在五年内出现呼吸困难和咳嗽的症状；[6] 或者患有慢性阻塞性肺病——肺中的气囊变弱，气道严重发炎。虽然后者会活得更久，但医生知道，这两种病都无法治愈，只会恶化。他们给病人开了氧气泵，但他们知道病人买不起。

“问题是，你无法判断一个人是否因为生活在垃圾堆附近而生病。你需要一位专家。”那不勒斯的环境历史学家马可·阿米耶罗在我开始调查垃圾山附近居民的健康问题时告诉我。他所在地区的黑手党从意大利北部把有毒的工业废弃物丢弃在垃圾填埋场、荒凉的乡村道路和那不勒斯附近的农场，而这些农场以生产地中海农产品而闻名。司机们远远就可看到一堆燃烧的电线所产生的火焰，这些电线被点燃来提取里面的铜（法尔扎纳常这样做，以捞一些小油水），因此坎帕尼亚地区被称为“火海”。那时，该区某些癌症的发病率已上升到全国发病率的两倍，因此该地区也被称为“死亡三角”。[7]

多年来，随着孟买法庭听证会的进行，市政府的律师们描述了该市如何试图让垃圾填埋区的小镇远离城市范围，以防止垃圾渗入城市的空气和水里。但垃圾山逐渐蔓延。官员们估算，迪奥纳尔垃圾填埋场有近1300万吨垃圾，怎么可能像规定要求的那样在它下面放置隔离板？山丘绵延超过326英亩，怎么可能做一个顶棚来阻挡被污染的空气飘向城市？他们说，建在垃圾上的隔离板很不稳定，肯定会倒塌。市政府的律师们请求延长治理的时间。

有时，拉内医生听说市政府准备按照法院的要求，采用世界其他城市的做法，通过焚烧垃圾来发电。但孟买的垃圾因被雨水浸湿，或因腐烂的食物而过于黏稠，致使焚化炉无法工作。政府试图缩小垃圾山区的规模，然而它却在不断地延伸。

与此同时，这个狭长的小岛城市的空地已经被垃圾填满了。郊区不断扩张，甚至把那些偏远地区的垃圾填埋场也划到居民区，垃圾的臭味让居民恶心。他们不希望自己的房屋（他们用多年的积蓄购买）周围堆满了城市垃圾。农民不希望垃圾污染他们的田地。市政府开发的任何空地都有竞争对手提出索赔。

在1996年请愿之后的几年里，法院接二连三地下达限期处理垃圾的命令，但垃圾山却纹丝未动。虽然海德尔·阿里和他的同伴在垃圾山拾荒已被依法取缔，垃圾的烟雾也熏得他们作呕，但迪奥纳尔的亡命之徒仍然占据着这片填埋场，搜寻一切他们认为有价值的东西。成群的苍蝇围着他们飞，警卫看见他们也视若无睹，任其继续在垃圾堆里搜寻孟买的财富残渣。这座环绕在大海之中的城市逐渐向上发展，紧随其后的是不断升高的垃圾山和笼罩在山上的毒气光环。

在法院的施压下，市政府于2006年任命了一名私人顾问，他提交了一份关于解决迪奥纳尔和穆隆德（Mulund）垃圾山问题、关闭戈莱（Gorai）垃圾山的报告。报告称，迪奥纳尔长年堆积的垃圾可以制成丰富的堆肥，而建一个垃圾堆肥厂能够缩小垃圾山区的规模。为此，市政府将在这三个垃圾场上花费超过1050亿卢比（14.7亿美元），其中近一半将用于解决迪奥纳尔垃圾山区的问题。[8] 这是自一个多世纪前迪奥纳尔成为垃圾填埋场以来，孟买市政府在处理城市垃圾方面最雄心勃勃的尝试。

2006年年初，市政顾问和官员对这些项目进行了招标。政府担心一家私人公司是否有能力管理迪奥纳尔垃圾山区，因为那里的山坡上遍布着拾荒者，他们把家建在山里，帮派间为争夺垃圾而互相殴斗。[9] 重建迪奥纳尔的竞标公司没有一家符合技术条件，合同也没有签订。垃圾被源源不断地运来，又被拾荒者偷偷摸摸地运走。然而来的多，去的少。垃圾山越来越高，以至溢出到小溪里，垃圾山区仍在悄悄地不断扩张。

长达十多年等待垃圾山搬迁或缩小规模，让拉内医生疲惫不堪。2008 年夏天，他以藐视法庭罪起诉市政府的不作为。他说，在过去 12 年里，来自孟买的垃圾越来越多，垃圾山上的有毒气体只增不减，沉重地飘浮在山区周围的城市上空。拉内指出，那里四分之一的死亡病例来自呼吸系统疾病。相比之下，在远离垃圾山的地区，这一比例还不到 1%。他提交的一项医学研究表明，雾霾中含有致癌化学物质甲醛。[10] 另一项研究发现，致癌物苯的浓度也在垃圾山区的空气中增高，超过研究人员在世界其他地区的垃圾填埋场观察到的指数的几倍。[11] 虽然它低于其他国家规定的允许限值，但该研究的作者迪班加利·马琼达告诉我，这些限值是针对短期的接触，而拾荒者几乎终生吸入苯和其他气体。她称这种接触为“慢性”，其健康风险相当大：“垃圾填埋场排放的气体和空气中的其他污染物利用阳光在大气中制造了一系列其他有害灰尘和气体。这些在大气中衍生的污染物，被称为二次污染物，会造成严重的空气污染，甚至会导致气候变化。”住在垃圾山边缘的人的预期寿命只有 39 岁，只比普通印度人平均寿命的一半略高一点。[12]

垃圾山治理听证会重新开庭时，拉内在法院殖民时期修建的长廊一边踱步，一边思考着对策。“我不达目的，誓不罢休。”他后来告诉我。市政府请求给予更多时间。法官达南贾亚·钱德拉胡德逐渐失去了耐心，在他的判决书中流露出一丝不耐烦。他说：“猖獗且不受监管的垃圾倾倒行为仍在继续，尽管法院通过了法令，但当局并未认真采取措施去缓解这个问题。”[13]

我后来问海德尔·阿里，呼吸垃圾山上的有毒空气是什么感觉？他挺了挺瘦骨嶙峋的胸膛。“我有什么问题吗？”他问我。他喜欢自夸比认识的所有人都要健康，即使已在越来越高的垃圾山上工作了20年。他曾看到朋友们在山上的拾荒生涯无声无息地被子女取代，然后退居在巷子里，被肺结核吞噬。有些人离开了垃圾山，搬到远处的村庄，希望那里清洁的空气帮助他们康复，他们再也没有回来。他爬上山坡去工作的时候，经常看到在路边呕吐的拾荒者，他们虚弱的胸膛起伏着，连平缓的坡也无法爬上去。其他拾荒者已经隐退在雾霾里，消失在对城市的虫蛀宝藏的不懈追逐中，没有人会注意到他们的死活。但海德尔·阿里和他的朋友们却并不认为给他们带来财富的垃圾山以及拾荒生涯和他们的健康有任何关系。

5 塔塔瓦

法尔扎纳清晨在垃圾山上工作时常先收集那些熟透的西红柿和茄子，它们和其他被扔弃的食物裹在一起，或者在雨水中发芽。朋友们模糊的身影一出现在崎岖的斜坡上，她便把这些捡到的东西朝他们身上扔去，弄得他们的衣服满是污渍。他们身上生疼，莫名其妙地东张西望，发现原来是法尔扎纳，便也争先恐后地去找西红柿。他们还从昨夜运来的垃圾堆里翻找西瓜皮或臭鸡蛋，朝她回扔过去。大家手里拿着腐烂的水果，在充满阳光的松软山坡上嬉笑追逐，开始了番茄大战游戏。被遗忘的垃圾山上闪现着他们的身影，回荡着他们的笑声。

雨后的山上又湿又热，番茄大战结束后，他们往往大汗淋漓，身上沾着凝固的果肉。法尔扎纳会到山下的水罐车漏水的水龙头下冲澡。和她一起拾荒的其他家庭成员，都拒绝她的番茄欢迎仪式，或成为她的首选投掷目标。在大山的浓雾和绵延的阴影中，法尔扎纳长成了一个勇敢的姑娘。我后来问她，她的独立冒险精神从何而来，她快活地说："我一直都是这样啊！"

2008 年 6 月，新学年开始了，孟买也迎来了长达数月的雨季。法尔扎纳转眼就 10 岁了，她整天都在山上工作。乌云低沉，笼罩着垃圾山。她看着一辆辆卡车驶进垃圾山。堆满了陈旧垃圾的山坡上覆盖着一层肥沃的泥土，长满了青草，像晶莹发亮的绿宝石。

法尔扎纳被暴雨淋得浑身湿透，天上的云倒映在低洼处的积水里，她穿行在云中。一开始，水看起来很清澈，就像包装最昂贵牛奶的厚实的空塑料袋。法尔扎纳捡起被压扁的塑料瓶，它们就像水面上漂浮的气泡和莲蓬。

大雨继续肆虐垃圾山区，山坡上杂草丛生、泥泞不堪，山顶也染成土棕色。走在山坡上齐膝深的泥里，法尔扎纳的身上变成了棕色。她躲闪着在雨中放牧的牛群，扎进水洼里，收集漂浮在水面上的瓶子、手套或玻璃制品。她从水里钻出来喘口气，浑身是泥。她看到朋友们也来了，也是满身污泥。她又重新扎进水里，继续搜寻。

法尔扎纳装满垃圾袋，边向山下走去，边收集菠菜、黄瓜和其他蔬菜做晚餐。她寻找在雨水浸湿的垃圾里生长的南瓜，以及结在又高又细的树上的番木瓜。法尔扎纳听说不是每个人都吃垃圾里长出的蔬菜。一些人用她叫不上名字的植物叶子擦拭伤口，或者咀嚼这些叶子，让自己兴奋起来，以便在山坡上工作更长的时间。

随着雨季慢慢过去，法尔扎纳和姐妹们开始等待排灯节的到来。她们像垃圾山区大多数居民一样，是穆斯林。但在山坡上，排灯节意味着凉爽的冬天和奶油糖果色的甜食，甜食上面撒着藏红花丝、碾碎的豆蔻、切片的开心果。一连几天，垃圾车上滚落下来的都是这些甜食。城市的甜食制造商制作了数百磅的甜点，他们说若不能在一天内食用，制作这些甜点的新鲜奶油就会变酸。商店里卖不出去的甜食都被送到了迪奥纳尔，供垃圾山的拾荒者在排灯节派对上享用。赫拉——她只有在收集甜食时才来山上——后来告诉我，垃圾山“满足了我们的每一个愿望”。

温暖而短暂的冬天很快就让位于炎炎长夏。炽热的阳光把垃圾山区烤成了金黄色。法尔扎纳看到四周连绵起伏的山坡上的垃圾，或折射着强烈的阳光，或晒得褪色，山坡边缘的小溪在阳光下闪闪发亮。植物很快就枯萎了，山坡上只剩下一大片干枯的泥土和垃圾。只有泡在水里游泳，或者在垃圾里发现装满了过期冰激凌的蓬松白色盒子才能让人解暑。

法尔扎纳知道，当一串串有霉点的红色荔枝从卡车上倾倒下来时，夏天就快结束了。她用牙齿撕开鳞片状的皮，里面的汁液顺着她的下巴流了下来。她边咀嚼边吐出长长的黑色果核。她吞下半透明的白色果肉，感到一阵凉爽，这是桑拿夏日的最后一抹甜蜜。

法尔扎纳突然长得和父母一样高了，并且像母亲一样健壮。她用浑身的活力去追逐这个城市永不停歇的垃圾车。她注视着卡车缓缓驶上满是碎石和垃圾的山坡。车一到山上的倾倒场，她和其他拾荒者就跑过去，没等车停稳卸货，他们就爬上车的侧栏。她紧紧靠在车的侧栏以免摔下来，双手伸进车里，抢在别人之前攫取最值钱的垃圾。如有燃烧的垃圾从车里倾泻出来，她就抓住栏杆，身子扭向一边。薄薄的塑料袋、冒烟的烟头和其他垃圾裹在一起，就会燃烧。她从垃圾里拿出煮熟的鸡蛋或几袋薯片，和她的姐妹和朋友们围坐在一起吃。倘有吃不完的东西，法尔扎纳便抱到山下给她的弟弟妹妹们吃。

不像无忧无虑的法尔扎纳，海德尔·阿里担心来自城市的遗骸、尸骨焚烧后的欲望——那些离开尸体的幽灵被放逐在山上。对他来说，它们是一种永远存在的危险。它们徘徊在山坡上，悄悄地不被人察觉，专门来引诱他的女儿们。他告诉法尔扎纳，在延伸到小溪的垃圾山填埋场，他曾看到无人认领的尸体从垃圾车上滚落下来。他也曾目睹了孟买火葬场的灰烬倾倒在山顶上。

海德尔·阿里把他在山上多年拾荒生涯中积累的经验和定下的规矩传授给法尔扎纳，提醒她远离京加环山（Jhinga Loop），那是离市政府最近的一座垃圾山。他邻居的儿子沙比尔称它为“脂肪堆”。那里堆满了动物的尸体、粪便和血液，踩在上边又险又滑。沙比尔的一名员工在土堆上放风筝时，掉进了黏糊糊的垃圾堆，不得不让人把他拉出来。家庭垃圾从不倾倒在那里。海德尔·阿里相信，那里游荡着鬼魂。大约八年后，法尔扎纳在那里发现了腹部长在一起的孪生死婴。法尔扎纳的姐姐萨哈尼曾回忆道：“如果你让法尔扎纳别做什么，她就偏要做。”说话时，萨哈尼涂着眼影的一双杏眼含着笑意。

有时，法尔扎纳的朋友们会在清晨来她家唤她，当时家人都还在睡觉。法尔扎纳就和他们，还有任何可能叫醒的姐妹一起上山。他们跑到填埋场的空地，在那里，卡车已把孟买的豪华酒店或机场的垃圾运送到这里，他们就坐在山顶上把酒店的残羹剩饭当早餐。赫拉后来指着阿里夫——一个 14 岁却因患肺结核而身体萎缩的伙伴——告诉我说，他们吃过的面包和阿里夫一样高。他们用航空餐食包装里的刀叉把早餐面包卷切成薄片，然后从扔弃的自助早餐配的一次性调料袋中取出黄油、果酱或番茄酱涂在上面。吃过早饭后，赫拉去上学，法尔扎纳和她的姐妹们则继续跟在垃圾车后捡垃圾。

随着孟买人开始穿成衣，垃圾山上的缝纫布片变得越来越少，法尔扎纳便开始收集塑料、铜丝和德国银，而不是海德尔·阿里要的那些鲜艳的下脚料布片。她把垃圾袋里的东西都倒在巷子里，把里面的电线圈堆在一起，从各种电子产品上拔掉线圈，这些产品或因在海边的咸湿空气中腐烂了，或因刚买来就觉得过时了而被孟买的家庭扔弃。她烧了电线外皮来回收铜，把坏了的电视机、生锈的吊扇和录像机塞进她的粗麻袋。她一边用石头砸，一边迅速捂住耳朵，以免听到剧烈的爆裂声。然后，她从一堆碎片中抽出电视机的金属框架。

收集两磅铜丝或德国银需要几天的时间，最多时能赚 300 卢比，相比之下，几磅白布废料只能得到几卢比。法尔扎纳把卖货的钱交给父亲。海德尔·阿里挣得越来越少，一是因为碎布片供应量锐减，二是他干活慵懒，常在工作中与偶遇的朋友们聊天而耽误过长时间。他们告诉他，如今这些碎布角料从纺织厂直接流向巷子里的商贩那里。

垃圾山越高，就越难清理。大约在 2009 年 4 月，钱德拉胡德法官在法庭听证会上要求孟买精干而博学的市政专员贾伊拉·帕塔克（Jairaj Phatak）去迪奥纳尔山区亲眼看看那个被遗忘的世界。[1]帕塔克是一名工程师，刚刚获得了经济学博士学位，他在随行市政官员的陪同下，看到了拉内医生拍摄到的环绕在垃圾山周围的毒气光环，也就是海德尔·阿里和法尔扎纳拾荒的地方。帕塔克在呈给钱德拉胡德法官的报告中写道："我得知，这些烟雾不是拾荒者纵火引起的，而是垃圾中的甲烷气体因自燃释放出烟雾，燃烧时现场并没有人。"

随着藐视法庭的诉讼案迫在眉睫，帕塔克回到了他的办公室，匆匆翻找他不辞辛劳搜集的励志名言。他选择了在其袖珍日记中摘录的美国总统罗斯福的一句名言："在决策的时候，你能做的最好的事情是做出正确的决定，其次是错误的决定，最糟糕的是什么也不做。"

他视察几个月后，市政府的律师们宣布已就一项计划达成一致。几周后，他们在光线昏暗的法庭上进行了陈述。第一批空调刚刚安装在几个高高耸立的法庭上，原本安装在天花板上的长柄吊扇终于安静下来，以往它们转动时发出的嘈杂声常淹没了法庭上审判的声音，而多年来一直敞开通风的吱吱作响的木窗也可以关闭了。

一个新的迪奥纳尔出现在法庭的屏幕上。官员们展示了山间蜿蜒的柏油公路，能够释放垃圾里的火焰的山顶通风孔，以及一个将垃圾变成堆肥的工厂。他们说，一半垃圾将被清理，以腾出空间建造这个堆肥厂，它将为孟买那些衰败的花园提供肥料。干燥的垃圾还可以用来为附近工厂的机器提供燃料。该工厂将为垃圾山上的拾荒者提供市政持卡工作，给他们一个正式职位，有养老金和相关保障。如果一切顺利，孟买的垃圾将在一个多世纪以来第一次以堆肥的形式合法地离开垃圾山。

随着藐视法庭诉讼案的临近，帕塔克和同事重新审查了两家入围公司在两年前的报价。联合磷化物有限公司（United Phosphorus Limited）是世界上最大的种子和肥料公司之一，比较符合条款的要求。2009 年 10 月，市政府和这家公司签署了迪奥纳尔垃圾山合同。它迅速招募了一家有两个合伙人的公司：他们称之为塔塔瓦（Tatva）。[2]

起初，市政府的改造计划并没有让海德尔·阿里感到担忧。拾荒者出售山上慢慢腐烂的食物垃圾。此外，他只看到垃圾山越来越高，一直延伸到小溪里。他认为，城市运送来的垃圾足以满足拾荒者的需要和市政当局的建厂计划。

他和孩子们从每天涌入的上千辆垃圾卡车中选择猎取对象。超长的垃圾车趔趄地驶上山坡，把垃圾倾倒在山上的空地上，这样，公寓楼和郊区产生的垃圾就有地方堆放。法尔扎纳和她的姐妹们在山上探身查看驶进山里的卡其色和橙色卡车，读着车前窗上的字母，它们表明了垃圾来自哪个城区。她们冲向来自富裕社区、满载着值钱垃圾的卡车，自如地穿行在满身泥土的拾荒人群中。

法尔扎纳抢到可以售卖的垃圾，离开渐渐散去的人群，然后拖着从绿树成荫的街区砍伐的树枝或破裂的竹竿，和姐妹们一起把它们笔直地栽在僻静的山顶上。她们把粗麻布、塑料或干枯的棕榈叶搭在上面，作为遮蔽烈日的庇护所，和男孩子们比试着谁搭的棚子更大、更好。

在懵懂躁动的青少年时期，法尔扎纳突然喜欢上了在垃圾车到达之前的间歇里和大家一起在小木屋里八卦。他们从卡车里翻找出米饭或方便面，费劲地点燃小火堆做饭。他们边吃边聊，城市垃圾里的大米又细又长，这在山区的市场上是看不到的。有时他们凑钱买调料和肉末，煮熟后配上城里的米饭，邀请朋友们过来吃。山上年轻的警卫经常和他们一起聚餐，或者来棚子里躲避烈日。他们提醒法尔扎纳和她的朋友们，很快就会有新的警卫来取代他们。

不久，法尔扎纳确实看到山上出现了新的警察、警卫和机器，而市政工作人员则撤退到垃圾山入口处的办公室，在那里，监督工人将山上的垃圾装上卡车，然后卡车逐渐消失在垃圾山的深处。这儿的垃圾山将被铲平，搬到小溪边的其他山上，以腾出空地修建新的工厂。山上流言四起，不知哪些是真的，哪些是谣言。看到他们的生活将发生巨变，海德尔·阿里深陷的眼睛流露出惊讶。过去，清理垃圾山障碍重重，工程一拖再拖，他们的拾荒生活才得以延续，而现在，他眼看着垃圾山开始萎缩了。

在拾荒者的家园和垃圾场之间，出现了一条细长的空地，上边竖起一堵墙，作为垃圾山区的边界，这标志着垃圾山以内将成为塔塔瓦的领地，拾荒者不得进入。塔塔瓦的工作人员在小巷周围搭起了摊位，为大家提供在新建工厂就业的岗位。杰汉吉尔和其他大多数男孩都报名了，希望能得到市政部门的雇用，能合法地在山区工作。他们的眼中燃起了新的梦想。

但塔塔瓦的工作人员发现，法尔扎纳和其他拾荒者生活在散发着恶臭的隐秘世界，非常难管理。他们到达后不久就写信给市政官员请求帮助。他们说，山火不断地燃烧、喷出烟雾。山坡上到处都是非法的拾荒大军、牛群和放牧者，山的边缘则被暴力团伙瓜分。在高峰时段，每小时有200多辆垃圾车到达，每天运送的垃圾量是塔塔瓦应处理量的两倍。而拾荒者和垃圾商都认为这些垃圾属于他们。塔塔瓦问市政府，如何在这样的地方做生意？

而山外风雨欲来。几乎自成立以来，塔塔瓦就因不当竞标备受争议。现在，骚动已经传到了州议会。首席部长下令进行调查。

在迪奥纳尔，塔塔瓦的工作仍在继续。界墙修得越来越远，把拾荒者隔在山的另一边。一开始，法尔扎纳顺着墙根，从裂缝处穿过去工作。然而很快，那堵墙越来越长，似乎没有尽头，她再也无法翻越过去了。拾荒者的工作陷入停滞。垃圾山区终于执行了法院的命令和垃圾处理规定。

法尔扎纳被困在墙外已好几个星期了。她焦躁不安地在墙角踱来踱去。突然，她看到有条绳子固定在陡峭的石墙边缘。她顺着绳子爬上去，翻过界墙，就像其他拾荒者那样，然后去山上干活。一日傍晚，夕阳洒在日渐缩小的垃圾山上。她发现了一条僵硬的蓝色牛仔裤。她捡起裤子在身上比画。乘公共汽车或者人力车缓缓穿过莲花市场时，她曾看到电影海报上穿牛仔裤的女演员。市场渐渐挤满了商店、手推车和摊位。拾荒者在这里出售自己的货物，并买回城里的新奇东西。法尔扎纳和她的姐妹们一样，大部分时候都穿着沙丽克米兹，用长长的杜帕塔头巾遮住头发。她把牛仔裤带回家，反复清洗，留着在旅行时穿。海德尔·

阿里偶尔会带全家去旅行。法尔扎纳不断地翻越界墙去山里工作，她看到垃圾山在逐渐缩小。

拉内医生也看到了界墙在延伸，垃圾山在收缩。“我呼吁的一切都实现了，”他后来告诉我，“我看到部分填埋场已禁止倾倒垃圾。”2011 年 1 月，他撤回了诉讼请求。

同年 8 月，有关塔塔瓦授权合同的调查报告也公布了。报告中说，竞标过程存在一些重大缺陷。[3] 在收到调查报告后，市政府官员写信给政府专员，询问是否要重新考虑或取消塔塔瓦的合同，然而没有收到任何回应。与此同时，阴云笼罩着垃圾山的改造项目和拾荒者的就业前景。

6 杰汉吉尔

2011 年雨季，杰汉吉尔正在山上工作，有人过来告诉他，他的胖老板贾韦德·安萨里（Javed Ansari）——大家都称他沙努·巴伊（Shanoo Bhai）——正持刀朝他家走去。杰汉吉尔急忙往家跑，其他兄弟姐妹紧随其后。他们看见沙努正在割他们家的塑料布围墙。随后房屋轰然倒塌，变为一堆废塑料。沙努走进去，抽出他们从山上带回来铺地的石块，扔到巷子里。

沙努和其他垃圾商一直在镇上争抢垃圾。在塔塔瓦艰难建厂的过程中，垃圾山又开始增长，周围的小巷也开始扩张，居住在小巷的拾荒者的生活越来越受到垃圾商团伙的控制。这些商人劈开边界墙，把界墙往里移，围起垃圾山和填埋场空地，把卡车倾倒的所有垃圾囤积起来，然后将其转售。只要拾荒者在他们的势力范围捡垃圾，这些商人的帮凶就会索取他们袋子里的东西，只付很少的钱，甚至分文不给，然后在他们的垃圾销售店转售以获取利润。他们的手也伸进了小巷。在那里，商人通过非法接线，为居民提供电、有线电视和水，并收取费用。商人们为争夺垃圾山、周边城镇和小巷的控制权而展开了越来越激烈的斗争。

巷子里流传着这样的传说：几年前，沙努被指控为了获得附近垃圾山的控制权，谋杀了一个敌对的黑帮头目。然而这个指控没有在法庭上得到证实。后来沙努回到家乡，那时他还势单力薄，于是他诱导十几岁的杰汉吉尔加入了他的帮派，帮助他在垃圾山建立领地。沙努通过殴打和虐待来训练杰汉吉尔恐吓其他拾荒者，并与别的帮派刀剑相搏。后来，杰汗吉尔对我说，沙努又为我们做了些什么呢？是我们成就了他。

几个月来，沙努一直怀疑杰汉吉尔给正在崛起的竞争对手贾维德·库雷希（Javed Qureshi）装垃圾。沙努看到库雷希的势力范围正一点点逼近他的地盘，于是怀疑法尔扎纳、萨哈尼和法哈也把垃圾卖给了库雷希。于是，在2011年的那个晚上，他拆了他们的房子作为惩罚。雨越下越大，天越来越黑，他们家变成了一个泥泞的水坑。他们冒险走进去，涉水到膝盖深的地方，从他们储存的垃圾中找到一些新的塑料布，紧紧地裹在自己身上，晚上就睡在容易破裂的塑料睡袋里。

尽管姐妹们都避着沙努，偷偷摸摸地捡垃圾，但法尔扎纳却大大咧咧地走在前面，让翻越界墙的男孩子们把她也推过墙去，然后和他们一起围追垃圾车。如果她和男孩子们在玩弹珠时撞见杰汗吉尔，她就会笑着向他们展示自己手上的伤，说她马上就得跟着哥哥回家，然后被哥哥用皮带狠狠地抽打。她和男孩子们混得太久了。当她后来向我解释杰汉吉尔为何打她时，她微笑地说，他很爱我。这样的爱是杰汗吉尔从沙努那里学到的。

2011年冬天，塔塔瓦的两年建厂期限将到期，但市政府仍未获得州政府的建厂土地租赁许可。该工厂尚未建成，付款日期却到了。于是付款被延迟。他们继续谈判。2012年5月和7月，塔塔瓦写信给市政府，提醒政府授权塔塔瓦租赁这个巨型垃圾填埋场，以便开始建造工厂。[1] 市政府又写信给州政府，请求把迪奥纳尔租给塔塔瓦。州政府没有回复，市政府便也没有回复塔塔瓦。

2012 年 11 月 7 日，流放后居住在新孟买的沙努死于交通事故，之前他因殴打商人被提起诉讼。他的家人和帮派成员把他的尸体带回来，埋葬在迪奥纳尔公墓。墓地离垃圾山不远，很多贫穷的穆斯林埋葬在那里，他们在 1992 年宗教骚乱后搬到这里，在垃圾上建造家园，在不断上升的垃圾山上没日没夜地工作。帮派头目乔利·卡帕尼随着早期移民潮来到这里，他曾对我说，除了偷水、偷电，穷人还有啥办法？他们生在这儿，死在这儿。

小巷笼罩在垃圾山的阴影中，新来的拾荒者遍布在小巷的灌木丛，在边缘的墓地里结束他们的一生。掘墓人寻找空隙之地，埋葬不断运来的尸体。有时挖出还未在土里分解的胳膊、腿和仍在肢体上生长的毛发，就迅速往泥土里撒盐或钾，把尸体再次回填，再在别处挖掘，并且希望那些需要四个月才能化为尘土的尸体能在两个月内消失。因为疾病和暴力——它们是徘徊在垃圾山的双胞胎——掘墓人不得不在尚未破旧的坟墓里埋葬年轻人的尸体。一位小巷神职人员回忆曾主持过的葬礼时对我说，这里没有人能活到老。

在沙努的葬礼上，来自垃圾山周边地区的黑帮老大们暂时放下彼此的恩怨，接连走进凌乱不堪的迪奥纳尔墓地。他们注视着沙努的十几岁的喽啰们在杂草丛生的灌木、墓碑和破板凳间穿梭，为沙努举办葬礼。离开时，几名黑帮头目让杰汉吉尔保持联系。杰汉吉尔的朋友米娅·汗（Miya Khan）——被尊称为“先生”（Babu）———因为午后的闷热和前途未卜感而萎靡不振。为了让瘦削的身躯显得高大一些，他精心地把头发梳成闪亮的尖峰似的发型，现在则软软地垂在他的脸上。汗水浸湿了他的衬衫，粘在他的背上。他们对他说，竖起衣领，振作起来。

沙努去世后，杰汉吉尔需要一份新工作：几周后，也就是12月9日，他第二次当上了父亲。他的开支在增加，因为塔塔瓦与市政府的谈判被推迟，他和工厂签下的合法工作遥遥无期。沙努的团伙在他流亡期间就偃旗息鼓了，在沙努死后则完全解散了。

杰汉吉尔只好自己出手。他从山坡上的拾荒者那里购买玻璃，通过贿赂与警卫交好，把成堆的玻璃从不断扩大的界墙缺口运出来。他和姐妹们把玻璃碎片清洗干净，以便能卖个好价钱。杰汉吉尔看到贾维德和他的上司阿提克·汗和拉菲克·汗在垃圾山夺取了越来越多的领地；杰汉吉尔把玻璃卖给贾维德的垃圾销售店时，后者比沙努付给他的钱还多。

1975年，拉菲克·汗和阿提克·汗兄弟俩还是孩子，他们就来到了这里，当时这里是夹在垃圾场和小溪之间的一片潮湿的森林。弟弟阿提克还记得，他10岁刚搬到这里时，曾担心自己会掉进沼泽。他回忆道：“若掉进沼泽里，就死定了。”尽管如此，他的父亲和其他人还是用橡胶轮胎、塑料布和纸板，在迪奥纳尔的沼泽地和垃圾山坡的边缘拉菲克纳加尔搭建房屋，定居了下来。警察和市政人员一次次拆除了他们的房屋，但他们又一次次重建，最后市政府承认了他们的定居点，修建了狭窄的道路，并沿着山坡修建了一所幼儿园。

汗兄弟的父亲开了一家餐馆，兄弟俩开始在那里当服务员。他们从山上运来泥土铺满红树林，在林子里建造塑料板房以出租或出售。但他们知道，这里的所有财富都来自垃圾。2005 年左右，兄弟俩哄骗父亲在面朝垃圾山的道路边上开了一家垃圾销售店，而路边已经有很多像这样的销售店了。商店老板们争先恐后地抢夺从山坡上下来的头顶着收获品的拾荒者。商人们互相倾轧，不惜一切代价击败对手，吸引拾荒者把垃圾卖给自己。在这方面，拉菲克和阿提克兄弟俩表现出前所未有的凶猛。

2009 年 10 月，汗兄弟的竞争对手卡德尔·谢赫（Kadeer Shaikh）在垃圾山和他的销售店之间的狭长土路上被刺死，当时有一小群人在旁围观，却都站在那儿，纹丝不动。卡德尔的母亲拒绝收尸，直到拉菲克和阿提克被控谋杀她的儿子。但当警方寻找目击者来立案时，卡德尔的谋杀案却变得无人知晓。在警方进行调查期间，阿提克被拘留了一个月，然后被释放了，这为汗兄弟的山区老大的形象添光加彩。威胁和暴力的指控堆积如山，但大多数难以证实和定罪。

卡德尔被杀后不久，汗的助手贾维德·库雷希开始出现在山上倾倒垃圾的空地上，而汗兄弟则在山边的办公室里工作。汗兄弟的威名和命令控制了拉菲克纳加尔小巷和周围的垃圾山。在狭窄的小巷，房屋或是面朝潮湿、不见阳光的胡同，或面朝凌乱、阳光灿烂的垃圾山坡，这些垃圾山逐渐消失在海里。穿过小巷，可以看到准备参加有奖比赛的斗鸡，露出泡沫的沙发，以及蜷缩在狭小门框后以遮挡阳光的年迈的歹徒。有线电视、水、垃圾、工作：据说，小巷里的一切生活最终都由汗兄弟和其他帮派控制，他们在山边的洞穴般的棚屋在不断扩张。

随着工厂建设的每一次拖延，这些垃圾山在逐渐消失，而帮派对垃圾山和周围小巷的控制不断扩大。汗兄弟的手下开始在他们的地盘上巡逻，那里挂满了摄像头，可以将任何入侵者的录像传回他们的总部。杰汉吉尔的财富随着贾维德·库雷希的崛起而增加，库雷希借钱给他筹办妹妹阿夫萨娜的婚礼。杰汉吉尔把收集的玻璃卖给商人，商人再将其转卖，熔化成新的形状或罐装新的饮料。后来杰汉吉尔告诉我，他是一等人。

杰汉吉尔给他的女儿取名希法（Shifa），意思是“治愈”。他开始相信她给他带来了好运。他和贾维德·库雷希的生意发展得很快：第二年，杰汉吉尔用几英尺厚的砖取代了家里被沙努割破的塑料板墙，并在上面铺了一层又一层长长的锡板。他又建了一个阁楼，和妻子拉基拉以及女儿们住在那里。拉基拉提到希法时说，是孩子给他的生活带来了好运。随着业务的增加，杰汉吉尔雇用了一些工人——十几岁的拾荒者——来清洗成堆的玻璃。每隔几周，他就把弟弟、妹妹和玻璃清洁工们塞进驾驶室，车厢满载叮当作响的碎玻璃，进城去卖给城里的商人。他把他们放在乔佩蒂海滩，然后他去销售山上的宝藏。

远离垃圾山的法尔扎纳戴着墨镜、遮阳帽，穿着长款束腰外衣和牛仔裤。海里溅起水花，四周环绕的建筑几乎和山一样高。当她的姐妹们用风吹来的沙子堆城堡时，法尔扎纳沿着平缓弯曲的海岸，走到前面很远的地方，沙滩上留下一串串脚印。她走出自己熟悉的垃圾世界，每隔一小会儿就转身背对着太阳，看看自己走了多远。

上午 10 点左右，他们到达海滩。法尔扎纳看到背着双肩包的大学生们也来到这儿，他们要么逃课，要么是浪漫情侣，来这儿躲避窥探的目光。下午，成群的妇女穿着华丽的罩袍或纱丽，拎着精致的手袋，她们整日在封闭的厨房里劳作，只能在固定的饭点间隙来到这里喘口气。法尔扎纳看到沙滩边树影婆娑，落在珠光宝气的新婚夫妇和情侣身上。他们寻找繁华的、阳光灿烂的海滩，以逃离孟买拥挤的家庭。

法尔扎纳突然觉得，她应该属于这个世界，人们物质丰富，需要丢弃废物，而不是囤积垃圾。当杰汉吉尔来接他们回家时，她恳求他再待一会儿。他们看着粉红色天空渐渐变暗，勾勒出逐渐上升的天际线，海水被霞光染红了，古铜色的太阳慢慢地沉没在海水里，熄灭了光芒。他们回到卡车上，穿过蜿蜒的车流，几乎沿着城市运输垃圾的路线行驶。

一路上，建筑物的残垣断壁像拖长的影子跟着他们的车。孟买永不停息的建筑业所产生的大多数建筑垃圾应该埋在遥远的填埋场，否则它们释放出的水泥、石棉、生锈的金属和化学物质会悬浮在城市的空气中，进入居民的肺部，使他们生病。

据说，拉菲克·汗想出了一个妙计，可以绕过昂贵的建材垃圾清运，推迟新建筑的建设，因为一旦拆除的建筑被处理掉，通常就会允许重建。值夜班的市政工作人员看到从城里开来的垃圾车从小镇官方入口远处的墙洞里钻了进来。[2] 那是一个隐秘的区域，只见灰色的混凝土山丘在墙外拔地而起。当垃圾山高得摇摇欲坠时，就会燃起大火，水罐车将其浇灭，推土机将烧焦的残骸夷为平地。垃圾山又会升起来。建材垃圾清运出去，这座城市瞬间焕然一新，汗兄弟的财富也蒸蒸日上。[3]

沿着垃圾山的边界墙再往前走，只见一个杂乱的填埋场，堆满了来自孟买各大医院的垃圾，这儿据说是阿提克和贾维德的领地。他们的手下让拾荒者收集厚塑料手套、盐水袋和瓶子，然后由老板再转手倒卖。而那些卖不上价钱的薄塑料布、购物袋和垃圾袋则被收集起来，装上卡车。拾荒者听说，它们被送到遥远的城镇工厂，在那里被压成小塑料颗粒，销往全国各地和国外。

在建筑垃圾和医疗垃圾之间有一块空地，市政府计划在那里建造一片新的墓地。它已经空置多年，官员们担心雨水和垃圾会从山坡上倾泻而下，使新埋葬的尸体裸露在外。他们看到黑帮团伙在夜里运来废弃建筑的碎片，慢慢地填满了这片空地。几年后，当我见到阿提克·汗时，他告诉我，自从他们兄弟俩被错误地指控谋杀卡德尔后，他们已经离开了垃圾山。是手下人滥用他们的名号在山上非法经营。

2013 年 7 月，塔塔瓦再次写信给市政当局，要求获得该垃圾镇的租约，以便将其抵押，开始建造工厂，从而关停垃圾山。[4] 2013 年 4 月，马哈拉施特拉邦首席部长普里特维拉·查万宣布成立另一个委员会，以调查该市与塔塔瓦的合同条款。[5] 在该委员会调查是否允许将垃圾镇租赁给私营公司时，垃圾镇的命运仍处于不确定状态。

大约在这个时候，海德尔·阿里第一次来到我的办公室，寻求贷款，希望能帮助他走出大山的阴影。他有时带朋友一起来，女儿法尔扎纳也常来。我房间外有一个很长的等候区，对面是一面漆成沃里（Warli）风格的淡草绿色墙壁，画着红色的线条人物，在播种、脱壳、收割并储存庄稼。当他们坐在长廊等候时，法尔扎纳请海德尔·阿里解释墙壁上这些近乎催眠的动作。他磕磕巴巴地告诉她，因为没有土地，他的母亲在村里为有钱的地主舂谷子，以换得少量的粮食。画面上的内容就是他逃到孟买前的少年生活。法尔扎纳想和墙上这种父亲希望逃离的生活合影。

当我和海德尔·阿里在房间像往常一样聊得太久时，法尔扎纳就探头进来，催他快点走。她得回去工作了。在我印象中，她是个略带羞怯的高个子少女，想陪父亲出门旅行，又不能离开太久。那时，我还不知道是法尔扎纳和姐妹们以及杰汉吉尔在维持着家里的生活。我们能按时收到还款，而海德尔·阿里的作坊却经营得一塌糊涂。一些小微信贷机构因为黑帮的控制而远离山区小巷，我们是少数几个还能稳定地收到还款的低息贷款机构之一。然而我没有想到，杰汉吉尔现在已经成了最凶狠的帮派中受器重的副手。

2013年9月，塔塔瓦致信市政府，称因市政府没有能力将该垃圾区出租给它，且没有支付其服务费用，而引发了纠纷。[6] 它要求市政府成立一个委员会来解决这一僵局。这封信的副本开始陆续被送到许多市政办公室。

10月，市政府回信说，将成立一个委员会来解决他们之间的分歧。更多来自塔塔瓦的信件被送到市政办公室，试图督促政府成立委员会以便开始工作。然而没有收到任何回应。去年12月，塔塔瓦向法院提起诉讼，要求市政府支付清理填埋场的费用，赔偿因未能提供建厂租约，导致该工厂至今仍未建成的一切损失。

那年冬天的一个午后，杰汉吉尔正在山上收购垃圾，接到一个拾荒者的电话，让他赶快到小溪边。杰汉吉尔跑下燃烧着垃圾的山坡，发现红树林附近聚集了一群人。他走近一看，发现法尔扎纳和法哈站在一艘搁浅在沙滩上的小船周围。他从人群中伸长脖子，看到在金色的落日余晖中，一位打扮成新娘的中年妇女躺在船舷上。她已经死了。

他让法尔扎纳转身离开，但她目不转睛地盯着那女人手臂上闪闪发光的金手镯。这时，他们听到远处的警笛声，来了几个警察，杰汉吉尔看到他们穿过遍地的垃圾，用一块白布盖住那个戴着金灿灿手镯的女人，把尸体带走了。

几个星期以来，法尔扎纳几乎每天晚上都问杰汉吉尔，有没有听说过那个漂到这座城市墓地的女人的任何传闻？她是怎么到这儿的？谁把她送过来的？法尔扎纳暗自思忖，难道所有的珍贵财产都不足以填补她生活的空虚？杰汉吉尔说，一定是有人杀死了那个女人，把她放在船上，漂到他们这儿的。他告诉她，戴着新娘首饰的死去的女人就像山上的垃圾，被人流放到他们这座被人遗忘的小镇，那些人希望忘了她，即使让她的尸体暴露在众目睽睽之下也在所不惜。

7 厄 运

在拾荒者中流传着这样的传说：那些昂贵的物品被遗弃在垃圾山，是因为它们给主人带来了厄运。拾荒者相信，如果留下那些被丢弃的珍宝，不幸就会随之而来。因此，当铺老板们纷纷来到拾荒者的小巷，引诱他们处理那些会给自己带来不幸的意外财富。

虽然工程还处于起步阶段，但2015年却是财富紧缩的一年。市政当局和塔塔瓦之间的争议一直持续，无论是在司法上，还是在民事上。2月，州政府的一项调查得出结论，建议市政府在获得州政府的租赁许可之前，不应该与塔塔瓦签署合同，而且塔塔瓦在招标过程中存在违规行为。[1] 报告提交后不久，最近再次当选的州政府就拒绝租赁这个杂乱的垃圾镇，因此，为建堆肥厂和缩小垃圾山提供资金的计划搁浅了。拾荒者不得不另觅他处，寻找所谓更好的工作和那张虚幻的市政工作卡。在不断的折腾中，曾经是垃圾山区的幸运儿的海德尔·阿里，比任何人都摔得惨。随着塔塔瓦从垃圾山慢慢隐退，他也消失了。

几个月来，市政府官员一直计划在迪奥纳尔建一个新的垃圾能源转化工厂；现在，他们时刻关注着法院下达的将于当年关闭垃圾山的命令。市政府开始寻找资金，招募一家新的公司来建厂。此时，温暖的山风加剧了季节性火灾。季风通常会使火势平息几个月，6月才会再次到来。

那年，市政官员无奈地看着驻扎在该镇的水罐车花了一个多星期才把大火扑灭。官方信函还显示，今年2月，市政专员曾表示，垃圾能源转化厂存在各种复杂的情况和风险，尤其是这是一家市政府和私企合资的工厂。于是市政府收回了建厂计划。[2]

运垃圾的车队持续抵达垃圾山，在过去五年里，塔塔瓦一直把垃圾铲到山上。该公司催促法庭任命一名仲裁员，来处理未支付的账单，赔偿因无法建厂而造成的损失。市政律师反驳说，塔塔瓦在等待租赁许可期间已经运营多年；他们表示，塔塔瓦只是把垃圾堆放在山顶上，并没有建造工厂。市政已经为塔塔瓦的工作支付了报酬，而调解没有写入他们的合同。界墙的残垣断壁矗立在小镇上，提醒着人们曾近在咫尺的美好未来。不久这些碎片就会被扔进垃圾山，那是拾荒者一生都在艰难跋涉的地方。2015年3月19日，法官沙鲁克·卡塔瓦拉批准了塔塔瓦向市政府提出的调解请求。仲裁程序将在那年冬天开始。

我原以为，有着无数计划、彬彬有礼、好运闪耀的穆哈拉姆·阿里会是我们首批进入中产阶级的贷款者之一。随着他在工厂签下的那份工作的前景越来越渺茫，他每次来贷款时都会告诉我，他设立了新的业务来补充捡垃圾的收入。他用在山坡上捡到的项链开办了一家垃圾销售店，除此之外，他还出租房屋，以赚取佣金，还做泥瓦工活。他告诉我，现在是做泥瓦匠的最佳时机。

就像垃圾山每天都会增加几英尺，散落在山脉边缘的社区也一直在发展变化。清真寺的塔楼耸立在铁皮房屋之上，我看到莲花市场拐角的小店变成了网吧、蛋糕店和诊所。法尔扎纳告诉我，有一家新开的甜品店，他们做的甜点入口即化，就像浸在甜牛奶里的棉花糖。

多年来在垃圾里寻找宝藏的穆哈拉姆·阿里不习惯干缓慢而又磨人的泥瓦工活。为了按时交付佣金，他回到自己的村子，买了一小块地，借了贷款，花了几个月的时间在上面盖了一间房子。他承受了太多的压力，却发现自己的荣光已开始消退。当他回来的时候，那些曾把垃圾卖给他的拾荒者现在转卖给了其他人。我们见面时，他丝毫未流露出失望，但事实上，他微薄的财产正从手中溜走，取而代之的是不断增加的债务。他从我们这里借了更多的贷款，并按时偿还，还总是告诉我需要这些钱去实现他的新计划。

他不在家时，他的妻子亚斯明努力打理家务，但仍债台高筑。穆哈拉姆·阿里捡到的那条项链经常在她眼前浮现。她回想起那天晚上，她把它握在手里，觉得自己的生活即将好转。她开始相信这条项链一定给它的原主人带来了厄运，而她的家人也因此倒霉。

继承了父亲的长鼻子和美貌的赫拉从高中辍学了。年满 18 岁的几个月后，她向我们贷款买了一台二手缝纫机，开始缝窗帘。穆哈拉姆·阿里曾想让长子沙里布学开车，以便在工厂工作，如今他整天捡垃圾。15 岁的沙里布仍然长着一张娃娃脸，但似乎突然长高了一些，他的头发耷拉下来，遮住了眼睛。多年来，亚斯明一直斥责沙里布不去上学，却留在山坡上捡垃圾。但由于穆哈拉姆·阿里的离开，她开始保管他的钱，不得不把沙里布安置在她本不想让孩子靠近的垃圾山上。

她给他报了夜校。开课后，浑身沾满了山上泥土的沙里布一回到家，就抓起亚斯明弄好的饭，吃完饭他躺在地板上，几乎没有力气去上课。后来，亚斯明说，由于穆哈拉姆·阿里走了，债主们堵在她家门口，她依赖于沙里布靠捡垃圾挣的钱。她看着他的笑容越来越少，脸色越来越灰暗。她看到他咀嚼肮脏的烟丝，转过身去。她知道只有这样才能让他在漫长而饥饿的日子里继续工作。

法尔扎纳放下垃圾袋，重新装满水瓶。她看到亚斯明在家收集细长的布条，用来缝制纱丽或无领长袖的滚边。杰汉吉尔的妻子拉基拉让女人们在上边按照铅笔标记，用珠子粘出花朵图案。在拾荒者去山上工作后，邻居们引着孩子络绎不绝地来到亚斯明的家里，收集这些碎布，并一起闲聊。法尔扎纳不明白，为什么亚斯明要去缝制比她自己的身高还长的衣服滚边，只为挣几个卢比；她的家境在小巷上一直比其他人要好。然而，大多数下午，亚斯明都在那里工作，她告诉她们，穆哈拉姆·阿里不在家的时候，她需要让自己忙起来。

等到穆哈拉姆·阿里回来以后，亚斯明却绝望了。他回到了山上，搜寻那些被人遗忘的财富，焦躁不安地等待着好运再次降临，能把宝藏送到他的手里。这时，他的父亲打电话来，说已经安排好了小女儿——穆哈拉姆·阿里最喜欢的妹妹——的婚礼。为了筹钱举办婚礼，穆哈拉姆·阿里卖掉了村子里的房子，回来后因为财产减少和债务增加而苦苦挣扎。他瞒着我向别人借钱，来偿还我们的贷款，然后再从我们那里获得更多的低息贷款。他在巷子里偷偷摸摸地走，小心地避开债主。亚斯明想方设法让他去工作，就像曾经竭力送儿子上学一样。

她决定自己向前走一步。她向我们贷款，在 90 英尺路的市场上开了一个炸豆面丸的摊位，这条路沿着山边蜿蜒延伸，因其宽度而得名。整个下午，亚斯明和大女儿赫拉、二女儿迈赫伦在锅里噼里啪啦地炸土豆饼和青辣椒，辣得眼泪直流。她把食物放在油迹斑斑的报纸上交给穆哈拉姆·阿里，让他夹进松软的小圆面包里，在黄昏集市上卖掉。他不情愿地摆起了他曾经营多年的摊位。然后亚斯明听说，朋友们路过时，他把这些食物免费给他们。摊位很快就倒闭了，给他们一连串的失败生意和巨额贷款又添上了一笔。她无力偿还我们的贷款，也无法获得新的贷款。

她把她的鼻饰针送给拉基拉，以换取贷款做生意。小巷里开了许多私人作坊，亚斯明买了一些食品杂货，为这些作坊的鞋匠、裁缝或刺绣工提供餐饮服务。她的第一个顾客是一名刺绣工，他带着一个餐盒，在家里和穆哈拉姆·阿里一起吃晚饭，然后和他一起躲到黑暗的小巷里，对着发光的手机咯咯地笑。由于刺绣工的收入都用来为家人购买食品，亚斯明很难增加新客户，生意就倒闭了。几个月来，拉基拉一直戴着亚斯明的鼻饰针，而亚斯明则到处寻找贷款，希望能赎回它。

在家里，穆哈拉姆·阿里因为亚斯明不给他洗衣服，不给他睡前按摩脚，而且还陷入债台高筑的泥潭而大发雷霆。在办公室翻阅还款记录时，我惊讶地发现他的名字也在延迟还款名单中。

在这样的窘境中，赫拉已经年满 19 岁——比小巷里的女孩法定结婚年龄还大一岁。在拉基拉家，女人们告诉亚斯明，在相貌出众、脾气暴躁的赫拉变成大龄青年之前赶快给她找个对象。

其中一人告诉她，她有个亲戚住在孟买高档郊区班德拉，有个儿子，工作前景不错。亚斯明为自己和赫拉借了珠宝，并带着穆哈拉姆·阿里（她说他是一个成功的商人）去见那家人。穆哈拉姆·阿里微笑着，很好地扮演他的角色，为定下婚礼起到不小作用。正如亚斯明一直希望的那样，赫拉最终会逃出垃圾山的魔爪。然而，要实现这一切，他们需要更多的钱，这超出了他们的能力范围。

亚斯明去了拉基拉的家，让她和海德尔·阿里注册成立一个比希（bishi），这是孟买的一种地下组织，旨在为那些急需资金的人筹集大额贷款。比希的成员每月向一笔共享资金缴纳固定的分期付款。每个月，每位成员都可以从这笔钱中取出一部分，减去组织者的一笔佣金——这笔钱是轮流支付的，直到每个人都可以从共享资金中取钱。亚斯明的报价非常诱人，她说，每个月她会分期取款，然后双倍返还，包括利息。海德尔·阿里加入了这个组织，这样他就可以得到更多的钱以扩大自己的刺绣作坊，而拉基拉计划从事更多的珠饰工作。穆哈拉姆·阿里经常从这个组织提款，以偿还自己的债务。而亚斯明反对他这样做。他们经常为此事争吵。

2015 年 9 月，在塔塔瓦和市政府之间的仲裁程序开始前几周，市政当局向塔塔瓦发出了预先终止通知，并将于 2016 年 1 月

22日执行终止决定。按照规定，塔塔瓦将于2016年1月31日离开迪奥纳尔，它的25年租期只生效了6年。[3] 在市政当局重新着手解决垃圾问题之前，迪奥纳尔将继续接收城市的臭气熏天的垃圾，并雇用非法的拾荒大军。

一天晚上，亚斯明把需要分期付款支付的贷款带回家时，穆哈拉姆·阿里又问她讨要这些钱，并说很快就会赎回来。亚斯明拒绝了。父母在家里的争吵声震耳欲聋，传到黑暗的小巷，孩子们只好待在外面。后来他们溜进去，在地板上睡了一觉，吵闹声才渐渐平息下来。早上，亚斯明睡在孩子旁边，而穆哈拉姆·阿里不见了。亚斯明派沙里布和小儿子萨米尔去山上找，他却不在那里。她让海德尔·阿里去90英尺路市场，但那里空无一人，商店都没有开门。

中午时分，比希组织者来到亚斯明的家里，他拨开人群，要求她偿还分期付款。她打开木制衣柜，在衣服下面翻找她的私房钱，却发现钱不翼而飞了。她把穆哈拉姆·阿里从山里带给他们的女儿迈赫伦和阿什拉的衣服和破娃娃翻了个遍，一无所获。穆哈拉姆·阿里把钱带走了。

几天后，海德尔·阿里去亚斯明家要回他的钱，亚斯明借钱时曾许诺双倍返还，如今却化为乌有。他看到亚斯明的破旧电视机、洗衣机和赫拉的缝纫机正被抬出小巷。债权人会卖掉它们，尽可能收回他们的钱。亚斯明的家里挤满了催债的人。在他们到达之前，法尔扎纳看到亚斯明从外面把她的房子锁了起来。我们的信贷员回来告诉我，穆哈拉姆·阿里失踪了，亚斯明也下落不明，他们的还款都停止了。

2015年冬天，疲惫和失望取代了小巷拾荒者追逐黄金的梦想。还未开始建设就一败涂地的堆肥厂成了垃圾山的噩梦。塔塔瓦的员工纷纷离职另寻更好的工作。法庭要求停止在迪奥纳尔倾倒垃圾——要么解决问题，要么另建一个现代化的垃圾填埋场——最后期限已过了几个月了。垃圾车的到来持续未减，这让沙里布和萨米尔得以继续工作，维持家里的开销。

亚斯明让12岁的迈赫伦从免费的公立学校辍学管理家务，把在私立英语学校上学的8岁的小女儿阿什拉送进了公立学校。阿什拉回来的时候，头发凌乱，笔记本上没有一个字。亚斯明给她梳理头发，但没有注意到她空白的笔记本。当家境突然变得艰难时，阿什拉开始失语。她有时说话断断续续，有时一言不发，只是用她的绿眼睛凝视着一切。

阿什拉在新学校的三年级老师希琳·穆罕默德·西拉吉打电话告诉亚斯明，阿什拉几乎从不上课，即使上课也只会涂鸦。[4] 几天后，亚斯明缓缓地穿过学校的走廊。地板因为孩子们打水仗变得又湿又滑，教室窗户上映着垃圾山的影子。在校长的办公室，几个穿着罩袍的老师正在和一个身材魁梧的顾问谈话，这位顾问被派来监督该地区的学校。一位老师说，学生们还没开始用钢笔写字，却携带墨水增白剂。顾问会意地点点头，他曾看到学生们在山区学校的楼梯间吸入墨水增白剂。亚斯明和西拉吉老师决定给阿什拉补课。

拉鲁（Lallu）是阿什拉的表兄，也是她的同学，每天早上都会和她一起步行上学。他把蓝白条纹的校服塞进齐膝的海军蓝短裤，扎着皮带，袜子卷得高高的，盖住了膝盖。他系着夹式领带，头发梳得油光服帖，肩上的书包似乎比他的体重还重。他在门口等着阿什拉在家里找校服，或者调理胃痛。阿什拉经常在拉鲁离开后才出现，唱着自编的小曲，歌词是亚斯明对债主说的话。她在排水沟上松动的石头上跳舞，旁边苍蝇成群地打着转。

拉鲁放学后会去山上捡垃圾，或者在街头巷尾翻拣垃圾箱，以贴补家用。他父亲靠卖草药维持生计。他催促母亲（穆哈拉姆·阿里的妹妹）按照老师的要求去给他申请银行账户或身份证。在上学的路上，他提醒阿什拉，她每去学校一天，市政府就会在她的银行账户里存上一卢比。而阿什拉只是盯着远处。

亚斯明开始注意到，有时下午放学，拉鲁没有和阿什拉一起回来。西拉吉老师说阿什拉没去上课。亚斯明问拉鲁，拉鲁说阿什拉和一个又高又瘦的男人一起离开了。亚斯明担心是债主试图绑架阿什拉，忙问是谁。拉鲁向她报告说，穆哈拉姆·阿里一直在学校外面晃悠，有一天，阿什拉发现了他，就跑过去拥抱他。他们在附近买小吃，穆哈拉姆·阿里要求阿什拉对他们的会面保密。自从发现这个秘密后，在赫拉的指示下，阿什拉让穆哈拉姆·阿里带她穿过拉菲克纳加尔的狭窄小巷。

他们走进一条只容得下一人通行的小巷，脚下是一条细长的明渠，他们紧贴着墙，让其他人通过。离他们不远处是通道的尽头，阿什拉看到那里有一棵枝叶繁茂的老树矗立在沼泽中。穆哈拉姆·阿里转身打开一个房间，一个长得像小孩子一样的女人跟着他走了进去。他说她是他的新婚妻子沙巴纳（Shabana）。他带着她离家出走，以逃避无休止地等待垃圾厂的工作，等待赚钱来偿还与日俱增的贷款，等待天降财宝以便和朋友吹嘘。第二天早晨，赫拉和她的朋友们以及亚斯明跟着阿什拉穿过拉菲克纳加尔的小巷，雨点般的拳头落在沙巴纳身上。赫拉听说沙巴纳比她还年轻。然后她们就回家了，没有等任何人。

几个星期以来，阿什拉一回到家就发现亚斯明蜷缩在单薄的床垫上，或者泪流满面地和赫拉说话。亚斯明说："他是因为我贷款才离开的。"她说，她不应该加入比希分期付款，也不应该诱惑穆哈拉姆·阿里卷进来。她多么希望他没有得到那条金项链，它让他生意倒霉，毁了她的婚姻，也毁了他们的生活。他们两人已经债台高筑，却还在制订新的发财计划，以为好运会再次降临。然而，那些贷款却不断地增加，他们摇摇欲坠，终于倒下了，被它吞噬。而亚斯明相信，项链赶走了他们在垃圾山的好运，只把堆积如山的债务留给他们。

2016 年 1 月的一天下午，当亚斯明外出寻找生计回来，赫拉拿出了一张结婚证，上面有她和瓦西姆（Wasim）的合影。他住在隔壁小巷，门前就是垃圾山，地板是用山上的碎石铺成的。瓦西姆上学时就喜欢赫拉，但那时她似乎遥不可及。他初中就辍学了，而她上了高中。他捡垃圾，她梦想成为一名教师。他似乎注定要生活在垃圾山，而她注定要远离它们。然而，大山把她拉了回来。瓦西姆听说赫拉住在家里，房门紧锁，他冲着债主大发雷霆，把他们赶走。她的朋友们都结婚了。亚斯明长期在外，他们俩就去附近的市政办公室领了结婚证。

两位母亲都担心这桩秘密婚姻会引发丑闻，于是计划举办一场小型的婚礼。穆哈拉姆·阿里听说女儿的婚事后，打电话给亚斯明，说他想参加婚礼，尽管他没有钱可以赠予。赫拉拒绝了。她不忍心让他看到自己的生活最终绑在这里，而她曾经差点就逃离了垃圾山。

她穿着一件简单的红色连衣裙，这就是她的全部嫁妆。当初冬的暮色笼罩着群山和小巷时，瓦西姆一家向亚斯明的家走去。婚礼由一位牧师主持，随后是一个小型聚会。女人们在屋子里聊天，沙里布给挤在外面昏暗小巷的一小群男人端上点心。当他转过身来时，好像在人群边看到了穆哈拉姆·阿里模糊的身影。沙里布走了进去，问亚斯明他来做什么。赫拉听到了他们的谈话声，仍强装微笑。当沙里布出来端饮料时，他的父亲已经消失了。

夜幕降临时，赫拉带着一辈子的遗憾走到瓦西姆的家。那年冬天，她的计划和梦想破灭在群山的阴影中。事实证明，摆脱城市垃圾的诅咒和命运的安排真是太难了。

8 大 火

在赫拉婚礼后的第三个晚上，海德尔·阿里在黎明前从床上醒来。那是2016年1月28日的凌晨。他感到胸部好像在燃烧。他揉了揉眼睛，睡眼惺忪地看到一片雾霾。他眨了眨眼睛，只见一层雾气飘浮在黑暗中。

他在他最喜欢的蓝格子缠腰布上搭了件衬衫，叫醒了孩子们。他小心翼翼地走到外面的房间，把他的山羊和鸡都放了出来，希望能让它们安静下来。他和二儿子阿拉姆吉尔走出家门，来到狭窄的小巷，那里浓烟滚滚，挟裹着被遗忘的垃圾烟尘飘向城市。

海德尔·阿里诅咒着这些天涌入班加拉加利小巷的新移民。他们的一个车间肯定爆炸了，他咕哝着。这些人跌跌撞撞地穿过小巷，在烟雾中撞到了邻居身上，终于来到了明亮的山边。闪爆照亮了夜空。山上目光所及之处皆火光冲天，山顶笼罩着黑色的烟雾。阿拉姆吉尔记得，当时仿佛每一寸土地都在燃烧。

杰汉吉尔已经在那里等候多时。他告诉他们，大火从下午就开始燃烧。黑夜降临，而大火仍在熊熊燃烧，杰汉吉尔、阿拉姆吉尔和其他人都不知道该给谁打电话。塔塔瓦正办理离山手续，再过三天它们的合同就到期了。他们也找不到警卫。

从聚集在山边的人群中，阿拉姆吉尔听说大火始于小镇最远处的第八座垃圾山，那里主要在汗兄弟的控制之下。蜿蜒的小溪环绕着垃圾山，夜晚，海风呼啸而来，卷起大火。凌晨3点，当海德尔·阿里和阿拉姆吉尔赶到时，大火已经烧遍了几乎整个小镇。

接到警报后，市政官员联系了塔塔瓦的负责人，后者说，他们正在用现有的推土机和挖掘机试图扑灭大火。但随着夜幕的降临，他们只能眼睁睁地看着火越烧越旺，逐渐蔓延到山里。为了采取果断行动，值夜班的市政官员给塔塔瓦写了一份备忘录，要求派消防车来。[1] 但由于天空弥漫烟雾，手机无法接通，官员们不清楚塔塔瓦的工作人员在哪里，备忘录也未按时送达。他们说稍后会向上级汇报。

观望的拾荒者看到眼前升起一堵难以穿透的烟雾墙。火苗窜到天上，染红了整个天空。警察们打电话给市政固体垃圾管理公司的老板，要求他们提供洒水车和消防车。早上7点10分左右，他们的车蜿蜒地穿过燃烧的山丘，终于驶进了烟雾笼罩的小镇，[2] 却被因浓烟遮蔽了视线而停下的垃圾车挡住了去路。消防队员看见在飘浮的烟雾中，拾荒者在捡垃圾，狗在哀鸣。

消防员们走了出来，打开水管，对准了火焰，但还没等他们打开喷水器，火就熄灭了。消防水管喷洒的水扑灭了其他区域的明火，然而暗火却穿过山上的秘密通道，在远处的山顶上神奇地喷出火焰。消防员喷洒的水从山坡上流下来，却没有冷却120多英尺高的炽热的山体内部。消防队员除了不断地给升腾的火焰和浓烟喷水，还能做什么呢。风裹着浓烟让消防队员呕吐，其中四人被送往医院。

那天早上，透过四楼教室的窗户，阿什拉看到烟雾遮住了垃圾山。天还没亮，亚斯明在一阵咳嗽声中醒来，她试图叫醒阿什拉。阿什拉睡眼蒙眬地说她不舒服，喉咙和眼睛发痒，不能去上学。亚斯明发火了，阿什拉只好屈服。在去学校路上，因为烟雾挡住视线，她接连被垃圾和山羊绊倒。

她走上楼梯来到教室，海风把烟雾吹进来，遮住了楼下不断在缩小的社区，教室里充满了刺鼻的烧焦气味。那天学校很早就放学了，阿什拉很快就回家了。孩子们咳嗽着，泪流满面，楼下消防车的尖叫声让他们很紧张。老师们早早地结课，想着第二天扑灭大火以后再补上课程。

但是浓烟遮天蔽日，越飘越远。消防队员在该镇没有找到地下储水罐或消防栓。[3] 相反，大量有毒的烟雾和炽热的火焰升腾到空中，并向四周弥漫。孟买消防队长普拉巴特·拉亨代尔后来告诉我，垃圾填埋场的火灾举世闻名。靠近垃圾山的高层建筑中的居民感到胸口有灼烧感，咳嗽了一夜，醒来时发现周围飘浮着一层薄雾。在摩天大楼的公寓和办公室中，人们感到头晕目眩，而这与楼高无关。

垃圾山的浓烟从班加拉加利飘到遥远的城市。孟买人从摩天大楼的玻璃办公室拍摄的照片，捕捉到悬浮在浓烟中的巨型办公大楼的模糊轮廓。他们在社交媒体上发布了这些照片，并添加了标题，询问他们是否从反乌托邦的噩梦中醒来。

电视新闻头条报道了笼罩在这座城市上空的奇怪的浓雾，美国国家航空航天局（NASA）的卫星图片也显示，一股白色的浓烟从山上升起，顺着小溪吹来的风飘到纤细似手指的城市深处隐匿起来。在退出公众视线 11 年之后，迪奥纳尔垃圾山又回到了孟买，带来每个居民的生活和记忆的灰烬。

市政府已经投资购买了新的卡其色和橙色垃圾卡车，用来清运城市垃圾。这些垃圾堆积在孟买人用毕生工作的积蓄购买的公寓中，在空旷的办公室中，以及周末休闲的购物中心和多功能影剧院中。这座城市每一天都在焕然一新，路边堆满了装满垃圾的黑色塑料袋，卡车满载着这些垃圾，迅速开往迪奥纳尔山，垃圾无声地在那里越积越多。夜幕降临时，城市居民看见火焰在城市的远处燃烧；恶臭和烟雾使他们的胸口发痒，眼睛被刺激得直流眼泪。50 多辆消防车、水罐车、洒水车在山上灭火。[4] 但火势只增不减。

次日，警方起诉了三个纵火的小男孩。一个女人看见他们在黑暗中逃离火场。塔塔瓦因疏忽罪而被起诉；后来因错误诉讼而撤回。

持续不断的大火使州政府处境尴尬。居民和反对派在大街上和媒体上抗议政府的无能。他们说，消防部门夺走了城市的饮水供应，但火势不仅未减小，反而越烧越旺。

随着山上的有毒云雾在孟买上空集结，根据印度最新发布的空气质量指数（AQI），孟买的空气污染指数达到 341；而可接受的极限是 200。[5] 垃圾山周围的空气污染指数更高。燃烧过的垃圾颗粒悬浮在空气中，使悬浮颗粒物（空气污染中最有害的形式）保持在 192 微克，几乎是可允许量的两倍。氮氧化物为 97 微克，它本应该保持在80微克以下。[6]它和太阳热量混合，产生了浓雾，使山上周围居民的呼吸变得困难，侵蚀了他们本已虚弱的肺部。孟买居民被建议待在室内，以避免吸入有毒空气，然而居住在垃圾山下小巷的人得不到保护。全市的医生均报告说，他们接诊的患者因烟雾而呼吸困难、胸口发痒、咳嗽、头晕、恶心、发烧和流泪。

2016年2月13日举行的全球投资者大会被乌云笼罩，而这场会议原本旨在展示孟买的辉煌。州政府和市政府的管理人员花了几个月的时间来清理和美化这个原本粗糙简陋的城市。当我行驶在交通拥堵的孟买街头，我开始看到狭窄的道路分隔线上栽满了紫色、粉色和白色的矮牵牛花。它们挂在路灯上的篮子里，垂到我的车顶上，在海风中疯狂地摇曳着。同时，海风也在山上卷起了大火。大型电子印度油灯出现在交通岛屿上。听说这些灯将会被点亮，以迎接投资者进城。

城市的一个开放空间堆满了五颜六色的乐高积木，另一个是生锈的螺母和螺栓，第三个是旋转的机器零件。其他狭长的开放空间充满了栩栩如生的狮子剪纸。孟买的车流仿佛永远静止，当我陷在交通堵塞中时，寻找狮子成了我的消遣。广告牌上的一头红狮高高耸立在该市最繁忙的十字路口之一。它们昂首阔步，象征着印度政府新发起的“印度制造”运动。一年前当选的中央政府希望能吸引外资进入举步维艰的制造业。

几个国家的总理和总统以及众多全球企业的老板将在几周内抵达。在这座城市的新商业区，建成了由金属屏风或石格焊接的莫卧儿王朝风格的会展中心，里面将摆满展示该州尖端制造产品的摊位。依照传统，这些花边图案都是手工石刻，光线和空气透过中世纪城堡的蜿蜒小径，阳光照射进来，映出金银丝精工艺品的影子。

印度总理纳伦德拉·莫迪将于2月13日为这一活动揭幕。在开幕式上，一只狮子将出现在巨大的电视屏幕上，然后像它所代表的国家一样跃入人们的生活。它的全息影像将大步穿过挤满了国际投资者的礼堂，象征着作为全球经济强国的印度已经觉醒。

然而，就在会议召开前几周，垃圾山燃烧的烟雾穿过金属屏障，恶臭的阴影笼罩着正在建设的展馆。仿佛一个原始的、被废弃的城市尾随着雄狮的脚步飘过这个新城市。组织者担心如何在旧城的燃烧碎片中推销新城市的承诺，担忧客人是否会因为有毒的空气而离开。

城里的一切让我担忧，那些富有却因烟雾而呼吸急促的朋友告诉我的一些传闻更让我揪心。于是，我来到了垃圾山下，看看我们的借款人过得怎么样。我发现烟雾弥漫了整个城市，但在山脚下的阴影里，一切仿佛照旧。我碰见了在家门口和朋友们聊天的海德尔·阿里。他说，这并不是什么新鲜事。大约20年前，他开始在山上工作以来，他就见过火灾。他甚至曾撒银粉来灭火。

我问法尔扎纳的近况。她肯定在朋友家，他漫不经心地说。这些天她一直在那里，他接着又继续讲他看到的火灾。我朝前一看，法尔扎纳正朝我们走来，手里拿着装满垃圾的袋子，后面跟着法哈。法尔扎纳一定是跑到山里去了，海德尔·阿里说，看上去一点儿也不惊讶。他蹒跚着走上前，看看她手里有什么。法尔扎纳打开袋子，给他看她收集的余温尚存的残破金属。

我们继续讨论我在报纸上看到的火灾照片。海德尔·阿里说，这些照片随处都可以拍到。另一个路过聊天的拾荒者也指出，山上一直有火在燃烧；这次之所以上了新闻，原因是海风把浓烟吹进了有钱人的家里。他们说的有些是真的；有些则是海德尔·阿里和他的朋友们自欺欺人的说辞，这样他们就可以继续工作，或者心安理得地拿走孩子们从燃烧的垃圾中获得的收入。

法尔扎纳、萨哈尼和其他孩子整天在山里捡垃圾。萨哈尼说："风吹到哪，烟飘到哪，我们就跟到哪。"法尔扎纳走上山坡，脚下的热气冲击着她的拖鞋，好像要把它击碎。山上升起的烟雾灼烧着她的眼睛、喉咙和胸膛。她找了双黑色系带鞋穿上。她挥舞着一片粗麻布，以清除眼前的烟雾，这样就能看到不停到达的垃圾车。她跟着正在靠近的车前灯，在越来越浓的烟雾中寻找出路。她跟着垃圾车一直到镇子的尽头，在大火还没有蔓延到的山丘上倾倒垃圾。

塔塔瓦的守卫已经离开，警察来支援消防队员。他们试图让拾荒者远离燃烧的山坡和卸货的卡车，但训练有素的拾荒者躲开了他们。当卡车在灼热的山坡上卸下一包包的垃圾塑料袋时，山上几乎熄灭的大火又被点燃。

像法尔扎纳一样的"塑料人"用叉子在山坡上筛捡，慢慢搜寻那些没有被大火吞没的塑料。说到她是如何成为一名拾荒者，她告诉我，山上有那么多种垃圾，你总是能找到一些东西。白色、黑色、蓝色或透明的塑料。但现在所有的东西都熔化了，只留下金属，这是山上最难寻觅、最昂贵的垃圾。

法尔扎纳看见那些“磁铁人”用绑在棍子上的磁铁在山坡上寻找金属垃圾——现在正是他们大显身手的时候。她决定加入他们。她从90英尺路市场买了磁铁，然后把它们绑在长棍上，在燃烧的垃圾坡上挥舞。钉子、硬币、铁丝和被拆成零件的小玩意儿从烟雾和灰烬中“飞”了起来，粘在她自制的金属探测器上。她用一条厚厚的旧围巾把热金属包了起来，塞进包里。法尔扎纳从山坡上的小贩那里买了水和瓦达帕夫（孟买最受欢迎的土豆汉堡），这样她就可以整天待在山上，用磁铁追踪金属垃圾。“你害怕山上的火焰和烟雾吗？”我后来问她。“不。”她回答。“那会让你生病吗？”我问。“怎么会呢？”她反问我，丝毫不记得她当时不停地咳嗽，虽然我记得。她说，她的收入比火灾前还多。

像海德尔·阿里这样的“碎布人”，大部分都没有在山坡上工作。他们从城里的裁缝那里收集成捆的废布料，然后在家里进行筛选。海德尔·阿里和他们一样都待在家里，但他几乎不工作。

法尔扎纳从山顶上看见市政人员和警察的车队川流不息地驶进垃圾山。塔塔瓦的合同在山火肆虐时到期，于是它离开了小镇，几天后给市政府带来了361.9亿卢比的未付账单。[7] 市政工作人员正在返回山区实施管理。法尔扎纳看见推土机拆除了遍布在山口的房屋和商店，以便消防车可以顺利地进入。她转过身，在山上挥舞着她自制的金属探测器，并在更多的袋子里装满金属来出售。

我在报纸上读到，市政当局已经召集了专家和科学家商议对策，他们建议在燃烧的垃圾山上空喷洒大量的化学物质。但是，层层埋在山上的垃圾燃烧的高度远远低于化学药剂的喷洒范围。消防部门每天不断地接到来自遥远的不同社区居民的电话，因为风把烟尘吹到他们那里，让他们身体不适。消防车转变喷水角度，试图改变烟雾飘散的方向。法尔扎纳觉得这些烟云像人一样飘浮在空中。

“你问的是拉菲克纳加尔以外的火灾吗？”亚斯明惊讶地问我。她没有看见山上的火，也不认为阿什拉的剧烈咳嗽与这有什么关系。好几次，我都看到沙里布趴在地板上，我以为他睡着了。他翻过身时，我看见他的脚底有的地方变红，有的地方变紫，有的地方因反复烧伤而变成了黑色。脚底的水疱流出脓水。亚斯明告诉我，他几乎无法站立或行走。但当她喋喋不休时，我看到他站起身来，一瘸一拐地走出房门去上班，鞋底上还粘着脓水。在过去几个月里，亚斯明陷入了债务和绝望中。沙里布赚的钱虽然很微薄，但却是家里唯一稳定的收入。她不能让大火断了家里的生计。因此，亚斯明晚上把热蓖麻油敷在他的脚底，或者涂抹巷子里流传的配方药水。这就是他所需要的一切，她说。

当我再次问亚斯明，是不是大火的浓烟让家里人不断地咳嗽？她告诉我，上帝让我的孩子们非常强壮。起初，她给阿什拉服用医生开的止咳糖浆。但当阿什拉连续服用数瓶而病情仍没有好转时，亚斯明就不再买药了。这只会耗尽她的家庭预算。她没有看见山上的大火，也没有深切的感受。小巷里的其他拾荒者也在浓雾中拼命地工作，对身旁的大火视而不见。他们没有感到大火在他们身上燃烧。

现在，绝望的市政和消防官员把水管套在通常用来铲泥和垃圾的铲车上，车穿过浓雾，开进燃烧的深山中。阿拉姆吉尔和其他拾荒者坐在摇晃的铲车上，指引着司机穿过浓烟，开到灼热的山凹处。就在铲车冲进去时，他跳了下去，把垃圾铲到一边，挖开燃烧在深处的火焰。水罐车开进来向这些火堆喷水和冷却剂。然后铲车用碎石和未燃烧的垃圾覆盖火堆。我问阿拉姆吉尔，包裹在毒烟雾中是什么感受。他告诉我，他坐在车上，离这些毒气一步之遥。

当航空局还在担心大火的烟雾会阻止飞机在孟买机场降落时，这些有毒的气体却在“印度制造”大会召开的前几天从孟买机场上空消失了。首席部长极力宣传马哈拉施特拉邦是印度最发达、工业化程度最高、对投资者最友好的一个州。

成千上万的外国投资者和印度商界领袖开着高尔夫球车在雕刻着精美图案的各展馆之间来回穿行，寻找投资机会。官员们告诉他们，印度是世界上最大的消费市场之一。在大会召开几个月前，该邦已承诺投入 50 亿美元用于生产苹果手机，[8] 因为印度很快将拥有世界第二大手机用户数量。在 2 月凉爽的夜晚，孟买的海滩上举办了宝莱坞的盛会，殖民时代的海军造船厂灯火通明，还有展示该邦手工编织纺织品的时装表演。

海德尔·阿里整天坐在屋外，和仍留在巷子里的朋友聊天。有些人已经搬到城外的朋友或亲戚家，逃避那些刺激得他们全身发痒、大脑眩晕、泪流满面的烟雾；另一些人则靠服用昂贵的药物，但这些药物并不能缓解他们灼热的肺部。

尽管海德尔·阿里不愿承认，但这次的山火和他之前见过的完全不同。被城市抛弃的欲望就像地狱之火在燃烧，神职人员曾告诉他，恶灵和撒旦从地狱之火中崛起。他等着法尔扎纳和其他孩子晚上从山上带回发热的垃圾，告诉他山上的新传闻。

他听说这些垃圾山将被永远关停；峰顶将安装摄像头，像闪烁的黑眼睛；他们将搬迁到城外。他听到的传闻，有些是真实的，有些则像这些天正在他头顶飘浮的烟雾一样模糊不清。我看着他变得更加骨瘦如柴，眼睛深陷，一些头发灰白，另一些是惊人的橙色。后来我听说他用廉价的、加了化学药剂的指甲花来染发，以隐藏突然长出的白发。

9 诉　讼

大火已经减弱，所以会议得以顺利召开；然而没过几天，远处的山火再次喷发。火焰蔓延到小溪附近五英亩处，致使消防车很难抵达。迪奥纳尔市政办公室的工程师们惊恐地看到夜空闪耀着琥珀色的火光。然而2月的一个夜晚，意外地下起了雨，虽然破坏了会议当晚安排的户外活动，却使得本可能持续数天的大火得到了控制。[1]

在火灾发生前几周，官员、政客、电视台和摄像人员蜂拥到山上，身材矮小、头发灰白的拉伊·库马尔·夏尔马穿着肥大的高腰裤子，脖子上挂着一台相机，在山下小镇的残破界墙周围走动。他从墙隙中钻出去拍摄垃圾山，那里到处是拾荒者，几乎看不到守卫。他拍下了已不能正常工作的市政安全摄像头，然而他的身影却被黑帮的摄像头录下了。[2] 他也拍了被吸毒者占据的空荡荡的岗哨，勤勉地记录了这个小镇的破败。他的照片将以一种不同的方式把这个小镇再次带入城市的视线中，提醒人们解决这些问题的紧迫性。

自1950年代以来，夏尔马一直住在一间通风的带阳台的公寓里，距离迪奥纳尔垃圾区只有几分钟的路程。房子坐落在肯伯区一条绿树成荫的小路上，街坊邻居温和而老派。街对面是 RK 工作室，[3] 印度电影行业的一些最伟大的梦想就是在这里实现的。夏尔马的家曾经属于拉丽塔·帕瓦尔，她是 RK 最喜欢的女演员之一。她最出名的是有一双玻璃般清澈明亮的眼睛和强硬的作风，偶尔会流露出金子般的心。

夏尔马的家人租下了那间公寓。随着帕瓦尔的电影事业逐渐衰落，去 RK 工作室的次数逐渐减少，他们从她那里买下了这栋房子。在夏尔马的童年记忆中，肯伯区到处都是果园，人们在星光下举行野餐。他听到开往迪奥纳尔垃圾填埋区的敞篷火车在夜间经过，并闻到了垃圾的恶臭。他看到垃圾山逐日增高，变得高耸入云。现在，他已头发花白，却满脑子都在构思巧妙的方法来解决垃圾问题。他翻山越岭，足迹踏遍全国，寻求解决办法，回来后催促市政府和法院去实施。

他拍的照片和呈给法官的请愿书，以及随之而来的火灾和新闻头条报道，迫使阿沛·奥卡和巴当法官重新审理此案。垃圾山在熊熊燃烧，在这个黑暗而紧迫的背景下，法庭论辩开始了。在奥卡法官的宏伟法庭，和一楼棱角分明、蜿蜒曲折的长廊，夏尔马要求法庭重新确定关闭垃圾山的日期。市政府的律师主张让迪奥纳尔填埋区再维持一段时间。他说，夏尔马所要求的限制垃圾运送到迪奥纳尔将意味着不得不在城市里建造垃圾山，这会让城市居民患病。

奥卡在法院 70 名法官中资历排第四。他有一头乌黑发亮的头发，整整齐齐梳成偏分，蓄着牙刷式的小胡子，在庄严而又拥挤的法庭上显得非常威严。他经常每天要听 60 多个案子，然后休息一下吃午饭——这样的工作速度意味着他可以从律师们相互争辩的混乱中脱身，争取时间，或回避承诺。当他要求律师把书面请愿书翻到与他们自己的观点相矛盾的页码和段落时，他常托着腮，小胡子下浮现出顽皮的笑容。那天下午，奥卡对市政府的律师产生了不满。

律师指出，市政府无法在不久的将来安排垃圾车队穿过小溪，把垃圾转移到新孟买的卡瓦莱村。10 年前，该村成为现代垃圾填埋场的选址，将取代迪奥纳尔填埋场。结果散布在这片土地上的部落定居点主人拒绝出售和搬走。[4] 他们袭击了前去测量土地和商议购买价格的市政人员。即使有警察的保护，他们也无法测量这片广阔的土地。市政府不得不让迪奥纳尔再维持一段时间。

在繁忙的法庭上，奥卡的不耐烦显而易见。他向市政府的律师指出，市政府未能履行法规和法院下达的命令长达 15 年之久。他提醒，市政府有法律义务去负责任地管理垃圾。在他后来下达的法令中，奥卡讥讽道，“违反了规则的人更应该遵守规则”。在迪奥纳尔倾倒垃圾是违法的，他说。

奥卡从夏尔马的请愿书中抽出了山上无法无天的暴徒照片，并在法庭上展示。火灾发生时，山上安装的摄像头太少，没有一个能用。边界墙被撕开，填埋区周围地区被帮派瓜分。现场根本找不到保安人员。奥卡指出，就在律师们互相争论时，垃圾山正在燃烧。当市政律师宣称，城市的垃圾还可以继续倾倒在迪奥纳尔山一段时间，奥卡对此提出质疑。孟买市不断向郊区延伸，天际线越来越高，城市边缘怎么可能还有空间？他流露出难以置信的神情。

2016年2月26日，奥卡颁布命令，称市政府容许孟买贸然地进行城市建设和发展，没有考虑到垃圾在不断增加，填埋区变得臭气熏天。奥卡写道，市政府助长了城市的扩张和垃圾填埋区的蔓延，侵犯了居民受宪法保护的生命权，包括在无污染环境中生活的权利。他叫停了所有新的建筑项目，直到市政当局提出方案，管理垃圾并关闭迪奥纳尔垃圾山。而旧建筑的拆除和重建工作可以继续，因为空间匮乏，大多数城市建设需要这样做。[5]

奥卡将迪奥纳尔垃圾倾倒禁令的最后期限定为一年半后，即2017年6月30日。他成立了一个由一名前任行政官、一名警官、若干科学家和夏尔马组成的委员会，以确保他的命令能够传达到山区——这个委员会将负责监督市政当局的遗弃物品管理。

在山上，拾荒者曾告诉我，有一个法庭诉讼案件，要求关闭垃圾山。这个消息是在我几年前去山里后才开始传开的，所以我以为它就像许多官方计划一样，无法穿越垃圾山的毒气光环。但当我读到有关禁止新的建设项目的命令时，我知道，在这个城市，财富和抱负是通过房地产的快速增长来体现的，一些巨大的财富是通过建造摩天大楼而获得的，停止新的建设项目将震颤孟买的心脏。法院的命令最终将这些垃圾山带进城市的视线，将城市居民和被他们遗弃的垃圾与遥远垃圾山的火焰和烟雾联结在一起。

2016年3月19日，群山再次沐浴在火光中，浓烟再次侵入城市。城市在烟雾和刺鼻的燃烧气味中醒来，如今居民都知道了它们来自迪奥纳尔垃圾山。一个电视频道的头条将其描述为再次笼罩在城市上空的“雾霾”。在山脚下，患气喘的病人排成了长队，医生们为病情最严重的病人寻找呼吸机。他们曾试图救活一名呼吸急促的婴儿，然而报纸后来报道说，这名婴儿已经死亡。[6]

消防车试图扑灭大火，山区周围的学校则再次关闭，而这些学校在 1 月已经关闭了一个多星期。离垃圾山比较远的学校规定，学生不得在操场玩耍，必须戴口罩——期望薄薄的防护罩能把学生与孟买致命的空气隔开。

这一次的大火让政府疲惫不堪，内部有各种阴谋论的传言。他们说，大火肆虐，难以控制，绝非偶然。他们声称，尽管塔塔瓦已经被勒令离开，但该公司留下了一个燃烧的垃圾山和大笔账单，让市政当局的愤怒火上浇油。奥卡大法官判决，市政当局承担主要过失，而官员们则认为应该归咎于塔塔瓦。毕竟，火灾发生时，是塔塔瓦在负责垃圾山的管理。

大火仍在燃烧，维他拜听说印度环境部长普拉卡什·雅瓦德卡尔要来镇上。她带着大儿子纳格什来到市政办公室拜见他。她和一头灰色大卷发的纳格什站在等待人群的最前面。

正午的阳光暖暖地在头顶照着，维他拜脑海中浮现出一幕幕生活在被遗忘的垃圾山的情景。她想告诉雅瓦德卡尔这一切。她想起了日渐褪色的伤疤，想起了自己初到垃圾山，即使吃了四个炸面丸，山上垃圾的气味还是让她反胃。她想到了纳格什，那个跟在她身后的瘦骨嶙峋的 10 岁男孩如何变得身材走样，头发灰白。她的朋友萨尔玛·谢赫在丈夫去世后，把蹒跚学步的大儿子阿斯拉姆和 100 天大的小儿子拉菲克带到了山上，用纱丽绑在她的背上。萨尔玛用从卡车上掉下来的干树叶做了一个棚子，把他们放在里面。当她工作时，阿斯拉姆摇摇晃晃地走出棚子捡垃圾，如今他已人到中年，仍在山坡上拾荒。

维他拜想告诉雅瓦德卡尔，像她这样的拾荒者靠山生活。他们不可能像周围的传言所暗示的那样，在山上纵火。她知道垃圾商的手下会在夜间点火，以获取金属垃圾。她想告诉他，作为山上最年老的居民之一，几十年来，她一直靠捡拾城市的废弃垃圾维生。她梦想有一份正式的工作，一张能让他们变成合法工人的市民身份证。有了这张卡，官员们就再也不会威胁他们、索要贿赂或以非法侵入罪拘留他们。

长长的车队到了。外面的人群焦躁地推挤。空气中弥漫着强烈的燃烧气味和对爆发新的火灾的恐惧。维他拜和纳格什在烈日下一直等到官员的车队离开。没有人从车里出来。他们垂头丧气地回到家里。在德里，雅瓦德卡尔告诉记者，火灾暴露了承包商的疏忽；环境部一个官员小组已经视察了迪奥纳尔，并将对具体情况展开调查。

几周后，当法尔扎纳正俯身用金属探测器吸附金属垃圾时，警察又一次来到山上。她听说反对党政治家拉胡尔·甘地要来。她和萨哈尼跟着拾荒者来到了市政办公室。甘地走在垃圾山上，摄影师们在一旁拍照。他穿着白色的衣服，面色红润，在他周围是一群皮肤黝黑、满身泥土的拾荒者。法尔扎纳不知道这些照片会印在海报上，贴满整个城市，以显示州政府和市政府的失败。

与此同时，巷子里的一些拾荒者被拖出来审问，有些人被逮捕了。迪奥纳尔一名资历较浅的管理人员说，山上没有摄像头。[7]

为了查明真相，警察抓捕拾荒者，审问他们有关垃圾山火灾和黑社会的情况。他们询问了火灾发生前几天的可疑事件。垃圾山及其居民长期隐藏在一个秘密的世界，现在突然被曝光了。所有的隐秘就像一个水疱，正变得越来越薄，随时有破裂的危险。

10 黑 帮

由于奥卡法官的命令和此起彼伏的山火，垃圾车队把大部分垃圾转运到穆隆德填埋场和新的坎尤尔马尔格（Kanjurmarg）垃圾山，垃圾将在那里被脱水，变成堆肥。垃圾车数量在减少，在这期间，法尔扎纳和她的姐妹们像往常一样，来到据说是阿提克·汗的领地，对那些喽啰说她们是杰汉吉尔的姐妹，然后溜进去把那些肮脏的东西塞满垃圾袋。

她们用手帕包住脸，以躲避扑面而来的被山火焚烧过的尸体的气味，用叉子拨开那些残肢疽指。他们收集那些背部已破裂、无法再次注入液体的刚蒸过的注射器、生理盐水袋、水瓶，还有沾满血迹的长纱布和棉签。他们每装满四个袋子，就必须把三个上交给那些喽啰，自己只能保留一个。法尔扎纳疯狂地往袋子里捡拾垃圾，几乎没有感觉到身上沾上了不知从哪来的血迹，注射器刺破了她的皮肤，碎玻璃瓶割伤了她的手。萨哈尼后来告诉我，他们被注射器刺伤了很多次，但她们只是随便包扎一下，就继续工作，根本感觉不到疼痛。这些医疗垃圾比市政垃圾车里的垃圾更值钱。

装满袋子后，姐妹俩就起身往回走，身上一股蒸过的尸体味。即使洗完澡，那气味仍然顽固地粘在身上。我们看到的事情会一直缠着我们，萨哈尼会这样说。姐妹俩决定再也不去了，但几周后，她们又回到了填埋场。多年来，她们就这样反反复复。垃圾车越来越少了。

“我假装打了你，而你假装哭了。”一位负责管理这些垃圾山的市政官员让我想起了这句古老的马拉地谚语。官方一直在演“影子戏”，让城市垃圾在迪奥纳尔获得了黑暗的来世。合同清晰地写着，塔塔瓦将建造边界墙，包括中间的缺口，以供车队在夜间将建筑垃圾运往垃圾山。我读了市政府给塔塔瓦的回复，说政府将负责维护这堵界墙，在墙对面设置一个警察岗哨。[1] 然而多年来，这个岗哨一直无人值守，导致界墙被破坏，运输垃圾的车队源源不断地驶入填埋场。据说，汗兄弟和他们的对手一直在这里收集建筑垃圾、尸体和酒店的残羹剩汁。小巷一直在延伸，在城市供水、供电和污水处理覆盖不到的地方，拾荒者别无选择，只能依靠帮派的“慷慨和爱心”，接受无情的勒索。但现在，大火点燃了这个被遗忘的垃圾填埋区，以及笼罩在垃圾山阴影下的私人领地，市政当局和警察不得不出面进行治理。垃圾山开始被清除，山脚下非法的影子居民也将被处理。

被警察局长委任来揭开这个隐秘世界的马诺吉·洛希亚（Manoj Lohiya）警官发布了关于垃圾山大火的中期报告和最终报告，说由于没有建成垃圾处理厂，甲烷被困在垃圾山，不断向地下渗透，并悬浮在空中。他说，2016 年 1 月的那个晚上，大火从垃圾山遥远的边缘地带（据说是汗兄弟的领地）开始燃烧。海风呼啸，卷起火焰，冲上天空，大火迅速在垃圾山蔓延，难以控制。由于消防车没有及时赶到，大火进一步蔓延到市区。

警方开始立案调查汗兄弟家族，他们在山坡上明察暗访，揭开了法尔扎纳生活的世界。正如夏尔马在法庭上所陈述，警察发现黑帮团伙在垃圾山周围设置了摄像头和灯光，一旦发现有人擅入自己的地盘，就派出喽啰来保护。而市政的摄像头，安装后就没有正常工作过。

2007年，市政府关停了位于垃圾山偏远角落的一个医疗垃圾焚化炉。不久，垃圾区内的大型私营医疗垃圾填埋问题也得到了解决。阿提克·汗看到市政垃圾卡车在城市医院的周围转悠，收集医疗垃圾并送往焚化炉，便自己买了一辆小型皮卡。据说，它曾前往该市最大的私立医院，秘密收集医疗垃圾并将其转运到他的领地。在那里，拾荒者对垃圾进行分拣，由阿提克·汗的手下将它转售。法尔扎纳从开往私人领地的卡车司机那里知道了本市最好的几家医院的名字。[2] 这些医疗垃圾并不是扔在山上让拾荒者随意捡拾的。对法尔扎纳来说，这儿的垃圾简直太好了，让她难以离开：厚厚的塑料盐水袋、药袋和玻璃容器，这些垃圾都卖得很好。她跟着这些卡车来到医疗垃圾填埋场的边缘，请求放她进去。但那年夏天，当警察开始在山坡上巡逻时，来这儿倾倒垃圾的卡车就越来越少了。拾荒者几乎很少注意到，焚化炉里的医疗垃圾正把毒气喷到空气里。[3]

警方发现，为争夺垃圾，帮派团伙在夜间互相在对方的地盘纵火，烧毁对手的财产。在写给该州首席部长、警察局长和其他官员的信中，汗兄弟被对手称为马蒂黑手党，或“污泥黑手党”。

汗兄弟家族企图控制小巷生活，这引发了另一轮权力争斗：法尔扎纳所居住的班加拉加利小巷成了两个最凶猛帮派的交集处。山上的地盘由汗兄弟控制，而小巷的生活则由与他们同名的阿提克和拉菲克·谢赫兄弟（与萨尔玛·谢赫或海德尔·阿里·谢赫没有关系）管理。

汗家族在巴巴纳加尔提供卫星电视，我见过自称为谢赫家族工作的喽啰们，他们在班加拉加利为拉菲克收电费。阿提克·谢赫的脸印在小巷周围张贴的警方海报“通缉令”上。和小巷大多数家庭一样，法尔扎纳家使用政府供电，这样累积的账单就能够进入官方记录，他们希望这些账单能证明自己是合法居民。他们有时也购买非法的电，以降低家庭开支，在小巷巡逻的喽啰们便也得到了安抚：当然，任何支付延迟都可能导致网络中断、威胁和凌辱。在法尔扎纳的童年时代，他们住的小巷由聪明的拾荒者自接线路，提供照明。从 2013 年起，我开始走进拾荒者的生活，常遇到那些收电费的喽啰们，尽管警察曾多次破获他们的非法电网。

谢赫家族以捡垃圾和抢夺拾荒者在垃圾上建造的房屋起家，后来他们转入商界和政界，事业开始蓬勃发展。他们被指控犯有多项罪行。拉菲克的第三任妻子诺杰汉是该地区的企业代表——市政公司的民选代表——被允许向官员提出他们关切的问题。由于来自城市的垃圾不断地被倾倒在小巷附近，诺杰汉代表小巷责问政府，为什么没有清运垃圾山周围小巷的垃圾？[4] 在她的一次竞选活动中，拉菲克带来了一瓶浑浊的自来水，并把它倒掉，以此向地区代表和市政官员表明，政府没有提供可供饮用的自来水。

正是通过山区老板的慷慨作秀，市政当局涓涓细流般的物资供应，和帮派施舍的残羹剩汁，法尔扎纳居住的小巷里的生活才得以维持。然而，在各方势力的彼此倾轧中，拾荒者的生活举步维艰。

警方说，在谢赫家势力范围的边缘，沿着法尔扎纳居住的小巷面对的 90 英尺路，汗兄弟家族的喽啰对拾荒者的皮卡车、自动人力车和出租车收取停车费。拾荒者购买这些车是为了远离捡拾垃圾的生活。车主告诉警察，如果他们不交停车费，他们就会被威胁、恐吓或殴打，他们的车辆也会被扣押。[5]

警方和市政府开始着手整治这个被遗忘的世界。多年来，他们一直持回避态度，致使这个世界变得混乱不堪。孟买市政专员宣布，这里将成为禁区：除市政工作人员外，任何人只要出现在垃圾山坡，将被视为火灾隐患而被拘留或罚款。山火威胁着山区及其周边地区发展起来的脆弱的灰色经济。新的警卫取代了法尔扎纳认识的守卫，山上的巡逻人员比她以前见过的都要多。建筑工人散布在山麓的边缘，又一次开始修复几乎被破坏殆尽的围墙，将带刺的铁丝卷放置在墙头。

法尔扎纳听说拾荒者被拒绝进入垃圾山。她听说有朋友在黎明前就开始工作，以躲避监视的警卫和摄像头。城市的耀眼光芒终于穿透了垃圾山的光环，拾荒者的世界开始崩塌，生活出现了巨大的波动，未来将面临动荡不安。法哈趁着无人看管，溜进山里捡拾垃圾。海德尔·阿里坐在屋外的窗台上，打发下午时光。他有时会走到山边，收集归来的拾荒者讲述的山上的故事，然后替他们担忧。我眼看着他日渐憔悴。

一天晚上，法尔扎纳回到家，看见瘦弱的萨尔玛·谢赫坐在屋外，向海德尔·阿里讲述当天发生的事情。她肩上披着花哨的橙色纱丽，垂在胸前，似乎被山压住了。法尔扎纳走近萨尔玛，看到她用手指抚摸着一条塑料项链。法尔扎纳后来听说这条项链是从一个垃圾袋里捡到的。这条项链为她憔悴的神态增添了优雅。法尔扎纳听到萨尔玛轻声地絮叨她在山上 40 多年受到的侮辱，便咒骂着新来的警卫。海德尔·阿里听着，表情若有所思。

萨尔玛告诉他们，为了躲避警卫，她 14 岁的孙子阿里夫开始在黎明前工作。一天清晨，他在山上捡垃圾，一直工作到漆黑的天空出现了玫瑰色和金色的朝霞。这时，来山上值班的警卫发现了手里提着半袋塑料瓶的阿里夫。他们疯狂地挥舞着棍子，在后边追他。阿里夫飞快地逃跑，在摇晃的山坡上跌跌撞撞，边跑边咳嗽，还发着烧。他的父亲阿斯拉姆患有肺结核，他已被感染了。他跑得精疲力竭，终于停在了挥舞着警棍的警卫面前。

突然，阿里夫感到脚上一阵剧痛。他膝盖一软，摔进了晒干的垃圾堆里。他转过脚，发现一颗生锈的钉子刺穿了他的薄拖鞋，在他的脚上划了一道很深的口子。鲜血直流，染红了破塑料袋和里边闪闪发光的金属片。当阿里夫痛苦地瘫倒在山坡上时，警察围住了他。

他们放他走了，并警告他永远不要再踏上这座山。萨尔玛带着阿里夫注射了抗破伤风针，用绷带把他的脚包扎起来，以免他跛行。在谈到阿斯拉姆时，她告诉海德尔·阿里，“我儿子的一只脚已经进了坟。”她只有孙子阿里夫可以依靠，如今却只剩她一个人了。

当她的轻声谩骂平息后，海德尔·阿里建议她联系帮他们办身份证的非营利组织，投诉那些追捕阿里夫的警卫。如果拾荒者继续把他们的孩子送到垃圾山上，他们还能做什么呢？萨尔玛说志愿者会这样问她，难道生孩子就是为了把孩子送到山上？她知道必须帮助阿里夫去一个远离垃圾山的地方生活，但是她只知道这里——这是她唯一传给儿子和孙子的东西。

我开始相信，最好的山景来自优雅、生气勃勃的萨尔玛。她虽然承受山的重负，柔弱的声音已变得沙哑，但仍保持着细语、温柔和顽皮，就像她有时捡起的碎纸片。

她告诉他们，自己曾试图让阿里夫当服务员或洗碗工。但是他一脸病态、牙齿缺损、瘦骨嶙峋，看起来比他的真实年龄（14岁）还小。只有在举行大型婚礼的日子里，他才能找到工作。那时，宴会承办人会非常需要人手，他可以说服自己，阿里夫穿着皱巴巴的白衬衫，打着磨损的领结，会看上去像 18 岁。萨尔玛承认，在大多数日子里，阿里夫在天还没亮的时候就爬起来去山上工作。他经常遭到警察的殴打、警告，甚至拘留。

一天晚上，法尔扎纳发现海德尔·阿里在家门口正和一位新婚不久、留着稀疏胡子的拾荒者交谈。他告诉海德尔·阿里，一天清晨，他去山里解手，抬头发现一只黑色的眼睛在他头顶嗡嗡作响。他听说，这些天电视新闻工作人员一直在山边徘徊，他们绕过安保，用小型飞行摄像机拍摄熊熊燃烧的垃圾山。他告诉海德尔·阿里，他小便的照片会传到新认识的姻亲那里。他曾告诉他们，自己在办公室工作。如今，他们会在电视新闻上看到他在盂买的垃圾山生活。他担心自己的形象会在他们眼里崩塌。

他离开以后，海德尔·阿里走进屋子，打开电视。他从一家垃圾销售店购买了这台电视机，修好后，就把它高高地挂在墙上。法尔扎纳把包里的东西倒出来，一边整理当天的收获，一边听海德尔·阿里切换频道，搜寻山上的新闻报道。大多数新闻在揭秘警方的报告，这些报告称，拾荒者在他们的老板——垃圾商的指示下，夜间在山上纵火。越来越多的垃圾销售店主和拾荒者被逮捕。法尔扎纳清空了她带回来的垃圾袋，把注射器、生理盐水袋、棉签和餐盘一一整理好。她必须再次回到医疗垃圾填埋场。

11 萨尔玛

2016年4月间，由于熊熊大火和夏季气温的上升，垃圾山热气升腾。消防车、叉车和车上的工作人员散布在山坡上，市政府官员和各部门的顾问在山上办公，山脚下的巷子里挤满了警察，各方力量聚集一起，共同整治垃圾山的极度混乱。一直以来，城市的发展不断向上延伸，现在突然被终止。拾荒者所生活的地下世界被发现，他们开始被驱逐出去。

几个星期以来，我一直在寻找萨尔玛。一天下午，我终于看见她在班加拉加利街头慢慢地走着。她告诉我，由于山上的火灾，她反复住院。她用“致命的恐惧”来描述她瘫痪的诸多症状，但这些症状与空气质量没有直接关联。她的血压飙升，为了不惊动患病的阿斯拉姆和阿里夫，她偷偷地去看医生和服药。等她稍有好转，那一周又爆发了火灾。萨尔玛的高血压致使眼睛里的一条血管爆裂，她看不清楚，眼前的世界和以前不一样了。她需要做手术来恢复——她记得手术的名字叫白内障手术。

随着夏季气温上升，垃圾山开始缩小。这是因为孟买闷热潮湿的热气吸走了垃圾里残留的水分。马丹·亚瓦尔卡尔是一名市政工程师，多年来一直管理着这些垃圾山，比大多数人都更了解它们。在呈给市政府的火灾调查报告中，他用马拉地语写道：[1]“季风肆虐时，雨水渗入，垃圾会膨胀，而当夏日炎阳蒸发了垃圾中的水分时，它们就会收缩。”那年夏天，我走在小巷，觉得拾荒者的好运也被蒸发掉了。

警卫经常把法尔扎纳从山坡上赶走。有一天，她偷偷溜进去，却发现里边没有垃圾车，这是她以前从未见过的。下午，天气闷热无风，她在山上的清运空地上等待垃圾车的到来。以前，垃圾源源不断地倾倒在山顶，从山坡上滚落下来，乱糟糟地堆在红树林里，渗进小溪里。她所熟悉的垃圾洪流如今却变成了涓涓细流。仅仅几个月，倾倒在山上的垃圾量就减少了三分之一。大多数垃圾将被转运到市政府位于穆隆德的规模较小的垃圾山，以及在坎尤尔马尔格新建的现代化垃圾山，直到迪奥纳尔山火被扑灭，顾问们提出垃圾山的解决方案。

法尔扎纳通常和法哈一起工作，一起聊天、玩耍、消磨漫长的下午时光。阳光暖暖地照着头顶，山上的热气温暖着脚。若和骨瘦如柴的姐姐杰哈娜一起等待垃圾车的到来，时间则变得煎熬难挨。杰哈娜和丈夫以及六个孩子住在界墙旁的锡板房里。法尔扎纳和杰哈娜看着垃圾堆里冒出了袅袅烟雾，山坡也随着烟雾一起晃动。在漫长的静默中，她们等待着微风吹起，等待着从蜿蜒崎岖的山路上驶来的垃圾车。

垃圾车一进入视线，她们就立刻起身，朝卸货的空地冲去。其他的拾荒者也从四周寂静的山上扑过来，把攒了一天的能量都投入这一车垃圾。短暂的争夺是一场激烈的殊死战斗。有时，法尔扎纳会去新的垃圾填埋场，那里很空旷，也无人和她争抢，曾经是帮派的领地。警察越来越严厉的威慑撼动了汗兄弟在山上的势力。曾经只能倾倒在他们私人领地的垃圾开始出现在其他垃圾填埋场。

法尔扎纳用长叉子拨开废弃的医用手套，她称它们是“带血的手”。这是山上唯一她无法正视、也不敢触摸的东西。一看到那些僵硬、染着血迹的白手套，她的胃就似翻江倒海。她转过脸，借着眼角的余光，用垃圾长叉钩住手套，塞进垃圾袋。她捡起空生理盐水袋、试管、药瓶和外包装盒。这些厚厚的医用塑料足以弥补连日被警卫拒之山外的损失。

垃圾山的大火持续燃烧了好几个月。一个漫长的午后，法尔扎纳和法哈跟着一辆运送医院废弃垃圾的卡车来到了虾圈。在那里，法尔扎纳发现了连体死婴。当时，她把手伸进一个袋子里，以为里面装满了小玻璃瓶，却拿出了那个装着三胞胎死婴的玻璃罐子。没有生命的三个婴儿腹部相连，共同经历倏忽的生命和死亡。晚上，法尔扎纳把死婴埋在垃圾山边缘的细沙坑里。杰汉吉尔得知此事后，扇了她一巴掌，“你不该搅和这些乱七八糟的事儿，没你什么好处。”萨哈尼后来问他，如果他们想把孩子送到这里，为什么还要生孩子？

法尔扎纳想告诉杰汉吉尔，一切都会好起来的。肆虐了一年的大火正在平息。她的生日是 6 月 2 日，那天会下雨，山里会变得湿润和凉爽。她将年满 18 岁——杰汉吉尔就再也不能扇她了，因为她是成年人了，法尔扎纳边抹眼泪边想。随着成年日子的临近，她总是溜出界墙去山上工作。她需要攒钱，给自己买条牛仔裤，还要举办一个派对来庆祝她的成年。但随着夏季的流逝，警卫有时会把法尔扎纳好不容易装满的垃圾袋扔到轰鸣的推土机前，赶她回家。她看到有的拾荒者因为逗留不走而被殴打。

严密的安保措施断了年迈的拾荒者的生意，他们尝试了一个新策略：走出小巷。法尔扎纳看到他们在巷子里制作海报和横幅，然后去市里抗议游行。拾荒者想要继续工作：他们想要身份证，从而能够合法地生存。几周后，环境部的一个团队来访问这里，虽然没有接见维他拜，但似乎听到了她的心声。政府出台了新的垃圾处理规则，规定拾荒者必须参与城市垃圾的分类和分拣。但是，维他拜和萨尔玛并不知道她们即将成为合法的拾荒者和分拣者。由于这些规定没有传到垃圾山，警卫们仍然把她们拒之山外。越来越多的人被迫离开了垃圾山和拾荒生计，但他们仍然挣扎着从垃圾山的贫民窟里爬出来。而此刻，这个世界因为突如其来的高温而腐烂。

维他拜坐长途巴士来到这座城市参加了好几次抗议活动。她听说有拾荒者去见马哈拉施特拉邦年轻的首席部长德文德拉·法德纳维斯。但是，这只给垃圾山区带来了更多的警卫。维他拜感到她在山上的贫穷生活正在崩溃。

一天下午，萨尔玛和我在小巷里一边看维他拜清理垃圾袋里的东西，一边和她聊天。她把外卖盒和裹着塑料的电线分开，准备用小刀把塑料皮刮掉。她挑出来一个镶嵌着乌龟的金属环。维他拜知道在垃圾山上捡拾的东西会带来厄运，但她听说城里的人戴乌龟首饰，认为它能带来好运，偶尔这些首饰也会裹在垃圾里。她摆弄着戒指，左右为难。一方面，乌龟会带来好运；另一方面，垃圾里捡到的东西会带来厄运。她把它套在手指上。“反正总有一天要死，宁可戴着喜欢的东西去死。”萨尔玛耸了耸肩说。

由于被困在界墙外，去垃圾山拾荒的机会变得越来越渺茫，维他拜开始走亲访友，到处询问需要保洁的富人的电话号码。她把这些电话号码攒起来，就像她曾经收集那些有优先出售垃圾权力的卡车司机电话号码一样。她多次乘长途巴士去市里，替请假的保洁朋友上一天班，希望这能为她带来较为长久的工作。

相比维他拜，我遇到萨尔玛的次数更多，她的血压仍在飙升。但只要身体允许，她就会去工作。为了不让阿斯拉姆和阿里夫养活她，她搬到了二儿子家里。有时，我发现她虚弱地倒在儿子家中。然而我发现，她即使困在垃圾山界墙外，也还在等待着。

在山火和警卫的包围下，一切变得扑朔迷离，萨尔玛冥思苦想，该怎样离开数十年的拾荒生涯，重新开始。她想坐四个小时的火车到苏拉特，从那里著名的纺织品批发市场购买纱丽，然后在他们的巷子里挨家挨户地推销。但是她看到维他拜的儿子纳格什和其他人带回来几袋纱丽，却卖不出去，因为小巷里的人都没钱买。纳格什和其他人一样，都拖欠我们的贷款。他从班加拉加利小巷和垃圾山消失了，手机也关机了。当我们的信贷员询问维他拜时，她说纳格什已经搬到村子里去了。但邻居们觉得在晚上看见过他。

当我们的信贷员向她询问失踪的借贷者时，萨尔玛轻蔑地哼了一声。“你如果欠每个人的钱，除了逃跑还能有啥法子？”她说。由于多年捡拾垃圾，萨尔玛的手伤痕累累，无法去做那些新来邻居所擅长的精细刺绣和裁缝活。40多年来，她和维他拜扎根在垃圾山，无处可去；除了捡垃圾，她们一无所知。萨尔玛焦急地等待着她的血压下降，警卫离开，这样她就可以回到垃圾山。

阿斯拉姆整夜地咳嗽，家人备受煎熬，近一年多来，萨尔玛几乎都是一人在工作。在服用完几瓶止咳糖浆后，萨尔玛带他去了城里一家免费的慈善医院，在那里她听到拾荒者此起彼伏的咳嗽声。后来，她回去工作，让阿斯拉姆乘一个小时的巴士，来到这个城市破败、拥挤的老城区。他烦躁地在医院候诊，听着外边街上和天桥上的喇叭声响个不停。

买便宜货的人挤满了医院后面的街道。迷宫似的小巷被称为"乔集市"或"小偷市场"。当拆除孟买那些富丽堂皇的老房子时，保存完好的东西来到了这里，其余的都被扔弃到迪奥纳尔垃圾山。磨损的家庭照片、超大的枝形吊灯、手绘的宝莱坞海报、生锈的飞机模型和破损的熨斗堆在一起，上边落了厚厚一层灰尘。有钱的购物者在家居垃圾中寻找隐藏的宝石，就像萨尔玛在迪奥纳尔淘宝。也有新的东西，它们被做旧，而旧的东西则被打磨得像新的一样。它们夹杂在一起，让店主们发一笔小财，而萨尔玛和阿斯拉姆只能从山上的垃圾里挣一些糊口的钱。拾荒者有时会把在垃圾堆里捡到的裤子洗干净、缝好，然后拿到这里出售。

萨尔玛在山坡上待了很长一段时间后回到家，发现阿斯拉姆瘫倒在墙边，他常穿的亮蓝色T恤松松垮垮地挂在他日渐萎缩的身躯上。死亡的阴影笼罩了他。他很少走路，也不常刮胡子。瘦弱的阿里夫也跟着咳嗽。萨尔玛和阿里夫试着一起把装满垃圾的袋子拖回来，这些袋子几乎比他们两个人还高。她向我展示了一个与自己一样高的装满塑料瓶的垃圾袋，总共可以卖到50卢比(50美分多一点)。她需要装满几个像这样大的袋子，才能为阿斯拉姆买到药，维持一家八口的生活，包括阿斯拉姆的妻子、另外三个男孩和一个三岁的女孩。她让阿里夫继续工作，希望治疗他的咳嗽的日子不会太迟，但又担心会太迟。她不知道阿斯拉姆已经停止服药，也不再去那个遥远的免费医院了。

斋月即将到来，为应对激增的需求，一位花商请萨尔玛帮忙，把他从孟买鲜花批发市场买来的鲜花串起来，以便他可以在城里售卖。一天下午，我去萨尔玛家拜访她，她坐在狭长而昏暗的房间里，背靠堆满了家庭物品的箱子，周围堆满了散发着芳香的晚香玉、玫瑰和茉莉花。她俯身迎着太阳光穿针引线。她手指被花刺伤，留下花的余香，但终于学会了把花朵编织成复杂的图案。她制作铺在城市装饰精美的陵墓中的鲜花地毯，寓意愿望成真。她制作披在娇羞的新人身上的花环，以及放在死者脚下的花圈。还有她制作的花朵辫子，女人用它来装饰头发，以掩盖身上的烹饪味或鱼腥味，让她们身上散发令人陶醉的性感的茉莉花香。

阿斯拉姆坐在她旁边，细小的水晶在他憔悴的脸上反射出闪亮的光芒：他正把它们粘在一条粉红色佩斯利涡旋花纹长裙上。它将被缝制成新娘装，挂在孟买的市场上出售。萨尔玛和阿斯拉姆每人赚30卢比，只勉强够大家吃一顿饭。他们开始让阿斯拉姆在市政府经营的GT医院接受肺结核治疗。在屋外，他正在玩一个用空药盒做成的飞盘。

萨尔玛正忙着工作，小孙女绕过她面前的花，向她要两卢比。“我要买太妃糖。”孙女说，她弯下腰挡住了阳光，以吸引萨尔玛的注意。萨尔玛一边挥手让她走开，一边用颤抖的针去穿细小的茉莉花茎。

小孙女继续弯着腰看她，萨尔玛只好抬起头。“我种了一棵树，”萨尔玛一边说，一边从编织了一半的花瓣中抽出线。“这棵树开花的时候就会长出钱来，到时我就给你钱。”她接着说。萨尔玛的话把孙女搞糊涂了，她转身出去玩了。阳光继续照进屋里，萨尔玛靠在一堆箱子上，继续编花。

她在周五的时候总是很忙。这一天，信徒们将去这座城市的乳白色大理石陵墓进行拜祭。音乐声中，人头攒动，人们向埋葬在那里的圣徒们祈祷。朝拜者在圣徒的坟墓上覆盖花毯以示慰藉。他们俯下身，在环抱着锦缎、鲜花和熏香的陵墓旁低声祈祷，希望圣人们能够听到他们的心声，实现他们的愿望。

萨尔玛负担不起进城的公交费用。但她相信她编织的花毯可以让她的家人远离疾病，让警卫、无人机和摄像机远离垃圾山。斋月即将来临，她希望这些花毯能够把她的祈祷带到孟买，让那些创造神迹的圣徒听到她的祷告。

没人知道法尔扎纳如何避开警卫，经常溜到山上捡垃圾。在漫长的等待后，她从垃圾卡车上得到了能卖高价的塑料、电线和电视机，比较值钱的压扁的瓶子，还有一些不太值钱的东西。但是垃圾生意越来越艰难了。有几天，法哈和法尔扎纳两手空空地回到家里，吃完饭就爬上钉在房子边缘的长木板上，早早就睡觉了，因为山上无尽的等待而疲惫不堪。

一天晚上，法哈被法尔扎纳唧唧咕咕的辱骂声吵醒了，她甚至提高嗓门，好像在威胁某人。法哈在黑暗中大声问法尔扎纳在跟谁说话，但法尔扎纳自顾自地继续说下去。法哈大声叫醒了法尔扎纳，但她却困惑地嘟囔着，说没有跟任何人说话。两姐妹又翻身睡着了。法哈推断，法尔扎纳肯定在梦中看到了山上的警卫。

2016 年 4 月下旬，一天午饭后，法尔扎纳和萨哈尼在第七座山收集塑料瓶。工作了一会儿，法尔扎纳抬起头来喘口气。茶贩子提着水壶在他们周围走来走去。现在是夏末，离日落至少还有一个小时。她朝山下望去，只见一群人聚集在汗兄弟的仓库周围。警察正在给仓库上锁，将其关闭。另一些人正在现场拍照，或者用带刺的铁丝圈起这块市政垃圾山内的私人领地。

在之后的几天里，关闭了这块私人领地的警察挥手拦住垃圾卡车，让他们把垃圾运到别的垃圾填埋区。法尔扎纳和萨哈尼决定改变策略，以躲避警察。将近一个星期后，他们才听说，就在当天下午，警察逮捕了汗兄弟，并根据严格的《马哈拉施特拉邦有组织犯罪控制法案》对他们提出指控，该法案允许长期监禁，不得保释。[2] 警方随后还逮捕了贾维德 · 库雷希。

杰汉吉尔被传唤接受审问；其他人则躲进狭窄的小巷，或者返回他们的村庄，以逃避警方的注意。[3] 官员们已经关闭了垃圾山所有的私人填埋场，包括杰汉吉尔自己的领地。杰汉吉尔在家里进进出出，一碰到垃圾商，就疯狂地推销，愿意向任何人提供自己的垃圾。

孟买的夏季还在缓慢地延续。在一个阳光明媚的下午，法尔扎纳和法哈一起在垃圾山上工作。他们等待着微风和朝山上驶来的垃圾车。为了抵御脚下的热浪，他们穿着袜子和系带鞋，结果双脚被捂得湿漉漉的。

法尔扎纳捡拾玻璃给杰汉吉尔。他却生气地说，这些玻璃根本不够装满一辆卡车，拉到城里去卖。但不知道还能做些什么，法尔扎纳和法哈只好去收集更多的玻璃。当两人走上陡峭的山坡时，法哈被泥里伸出的一只废弃的鞋子绊了一跤，向后摔倒在她的垃圾袋上。

垃圾袋里被太阳晒得滚烫的玻璃划破了衣服，在她的背上划了一道长长的蛇形切口。袋子里的玻璃碎片沾上了血迹。她尖叫起来，法尔扎纳叫阿拉姆吉尔把受伤的妹妹送回家。一路上，法哈都在惨叫，邻居们护送着她来到海德尔·阿里的家。她的后背需要缝针，但海德尔·阿里甚至没有足够的钱让她坐人力车去医院。他把自己和沙基蒙嚼过的烟草粉撒到法哈的伤口上。它灼伤了她的背部，她的尖叫声更大了。“她从几英里外就开始大喊大叫。”他说。

法哈背上的伤口慢慢愈合，形成一条黑色的、卷曲的、填满烟草的伤疤，法尔扎纳和其他人开始称呼她“蛇女人”。他们认为是垃圾山在她的背上刻下了好运的印记。它将把玻璃和其他山上的珍宝送到法哈的手中，尽管山上的财富在减少，安保措施在加强，城市也越来越逼近。但好运会一直留在她的身体里，帮助她度过永不停止的峰回路转和命运轮回。

12 梦呓

2016年的整个夏天，法尔扎纳和法哈看到各部门的顾问在山上钻孔和插管，测量仍在燃烧的火势。姐妹俩听说山里有一些喷口，会悄悄地释放火和烟。她们还听说，顾问们正在绘制垃圾山的地图，为建造垃圾焚烧发电厂选址。一年多以后，当我向市政府的固体垃圾部门询问垃圾山的高度时，我收到了一张地图*，它是用无人机采集的图像精心制作的。那年夏天，那些无人机就在法尔扎纳的头顶上空盘旋。

一个漫长而温暖的下午，沙基蒙在家里盘坐在二女儿萨哈尼身旁。这时，她们看到法尔扎纳从山上带来一堆布，让她们整理一些时髦的破洞牛仔裤（还有一些牛仔裤上的破洞已经无法缝补），然后她转身回去，再去寻找更多的东西。沙基蒙坐在那里，双臂垂在弯曲的膝盖上，一直等到法尔扎纳走远，才用几十年前村里的轻快方言轻声对萨哈尼说："我的天啊！她晚上老是说一些奇怪的梦话。"沙基蒙忧心忡忡：女儿夜间的喃喃自语和古怪行为可能来自混沌而有毒的垃圾山。法尔扎纳出生在山里，这儿

---

* 这幅地图来自《信息权力法案》，用于绘制本书开篇的地图。

的一切塑造了她的身体和心灵。但现在她似乎被什么东西困住了，那些垃圾侵入了她的体内。

一位邻居带着自己的孩子和法尔扎纳一起去城里旅行。晚上回来后，她向沙基蒙发誓，再也不会带法尔扎纳出去了。在旅途中，法尔扎纳感到头晕，需要吃薯片，但不是他们熟悉的甜薯片，而是咸得不能再咸的薯片。如果找不到咸薯片，她就筋疲力尽，无法步行到公共汽车站，为此耽误了他们好长时间。萨哈尼记得，那些日子里，法尔扎纳总是很虚弱。她总是头疼、胃痛。总是不舒服。

晚上，更多的家人听到法尔扎纳在说梦话，但她醒来后却矢口否认。穆罕默德·萨拉赫丁（Mohammed Salahudin）曾住在这条小巷，和他们隔了几栋房子。他最近搬了出去，但还经常回来，他能通过祈祷和宗教仪式帮助拾荒者摆脱身上不洁的东西。但就在萨拉赫丁开始吟唱时，法尔扎纳却起身离开了。萨哈尼试图拉住她，但她已经走出门了。他们往外看，她已经消失了。海德尔·阿里宣称这是一种撒旦的行为——源于被抛弃的欲望，这些欲望在山上燃起了大火，至今已几个月了。

海德尔·阿里试图带法尔扎纳去祈祷，但她总是中途离开。后来，他从萨拉赫丁那儿请来一个开过光的护身符，然后让沙基蒙把它系在法尔扎纳的手臂上。他希望这个护身符，以及她在斋月期间所坚持的几次斋戒，能赶走她体内的魔鬼。那些魔鬼也许是垃圾山上被遗弃物品的替身。除此之外，他请求阿拉姆吉尔的妻子亚斯明给法尔扎纳补补经书课，也许能消灾。无论怎样，他认为，法尔扎纳即将进入婚嫁年龄，能够背诵几句经文也会帮助她找到一个丈夫。

亚斯明让法尔扎纳、法哈和詹娜——姐妹中最小的三个——戴上头巾，面朝着她在粉红色墙上画的乳黄色麦加清真寺，端庄地坐着。她念着经文：

“难道你没有看见真主是如何驱赶云朵，再把它们聚拢，堆成云层，所以你才会看到雨从天降？真主从天上降下一团团挟裹着冰雹的云彩，落在他选择的人身上，远离他喜欢的人。真主的闪电几乎可以夺去我们的视力。真主命昼夜交替——的确，有洞察力的人们可以从中得到一个启示。”[1]

亚斯明的儿子法赞（Faizan）从沙基蒙的怀里爬出来，试图钻进妈妈的怀抱。等亚斯明把儿子安顿下来，法尔扎纳已经溜走了。她就是不愿学经文，亚斯明沮丧地回忆道。“你去教导那些愿意被教导的人吧。”法尔扎纳反驳她。应该上这门课的是法哈，不是她。因为法哈很喜欢这些课，她相信这些诗句能冲洗燃烧的垃圾山，带走浓烟，清除让她发痒的气味。法尔扎纳顺着路上的彩色布片走，在夏天干燥的微风吹拂下，它们打着卷，掠过狭长的小巷。她迈着大步，慢慢地踩着这些布片，朝山上走去。

有时她会绕弯来到穆罕默德·哈利勒（Mohammad Khalil）的住处，把头探进他凉爽黑暗的房子里。他是桑杰纳加尔最年长的居民之一，只从山上收集椰子。几乎所有印度教的仪式都从打破椰子、祈求好运开始。有时我觉得新事物的快速成长——城市中不断增长的需求——可以通过到达山区的垃圾来衡量。有了我们的贷款，哈利勒开始从婚礼大厅、汽车展示厅、新公寓大楼和寺庙里购买椰子。每次他来贷款时，都会给我看他的塑料包装的银行存折，存折上的积蓄比我认为椰子壳能赚的钱要多。他告诉我，他要用自己的积蓄在村里为他的女儿们举办盛大的婚礼。那里的亲戚朋友不会知道他的钱来自已破碎的运气。

哈利勒做了一个临时的竹棍传送带，弯弯曲曲地绕着他的房间，上面装满了干燥的椰子壳。他还会卖掉柔软的椰子皮，做成垫子。他的房间里充满了一股让人陶醉的椰子味。法尔扎纳站在屋外，闻着晒干的椰子香味，然后再绕回原路去上班。

一天下午，法尔扎纳和法哈坐在山上。回想起刚才发生的事，法尔扎纳心里不快，而炎炎烈日更使她怒火中烧。那天早上，海德尔·阿里告诉她，他没有钱给她贿赂山上的守卫，让他们“看不见”她们。法尔扎纳没有吃早餐就离开了家，然后等守卫巡逻后才上山，结果也没吃午饭。

她们看到两辆卡车出现在蜿蜒曲折、坑坑洼洼的山路上。她们转身去追，两辆车却分道扬镳，朝着不同的方向驶去。姐妹俩争论着该追哪一辆车。这些天，运垃圾的卡车突然减少，她们担心会错过车上的垃圾。法尔扎纳一整天都憋着怒气。当看到其他拾荒者也从山上下来，朝着卡车奔去，不由得提高了嗓门。

法尔扎纳看到法哈冲她挥舞着叉子，指引她奔向卡车，她却身子一软瘫倒在山坡上。法哈摇着她，试着叫醒她，但法尔扎纳却一动不动。温暖的阳光照着她那毫无生气的面庞。法哈不知如何是好，四处寻找杰汉吉尔和阿拉姆吉尔。她又摇了摇法尔扎纳，但她还是一动不动。法哈看到清空垃圾的卡车返回城市。而法尔扎纳仍一动不动地躺在那些废弃物品中。

当法哈和萨哈尼的丈夫伊斯梅尔（Ismail）以及他的兄弟萨达姆（Saddam）一起赶来时，他们发现法尔扎纳躺在阳光灿烂的垃圾山峰上，不省人事，周围聚集了一小群人。伊斯梅尔抱起法尔扎纳，慢慢地朝山下走去。当伊斯梅尔把她抱进屋里，放在地板上时，沙基蒙喃喃自语，高声地祈祷。伊斯梅尔把萨拉赫丁唤来。萨拉赫丁在一个盛满水的碗前祈祷，然后把水泼在法尔扎纳的脸上。法尔扎纳醒过来了，她发现身边围着一小群人，于是扇了伊斯梅尔一巴掌。他为什么要把她带回家？她要回去把山坡上的垃圾袋装满。沙基蒙让法尔扎纳留在家里，帮她做刺绣活，绣一个红色薄纱袖子，当随风舞动时，袖子上的小水晶会闪烁玫瑰色的光芒。

那天晚上，当杰汉吉尔回到家时，沙基蒙告诉他撒旦在山坡上绊倒了他妹妹。他没有理会母亲讲的故事，而是带法尔扎纳去附近的医生那里。医生检查了她苍白的内眼缘，告诉他法尔扎纳很虚弱，在太阳底下工作一定会头晕目眩。杰汉吉尔给法尔扎纳买了医生开的复合维生素，并让她保证一定要吃饭。他要求她留在家里，不要再像她往常那样在山上工作。然而，法尔扎纳第二天又回到了山坡上。

沙基蒙自认为法尔扎纳的病是因为撒旦施法，她到处寻求治疗。她告诉海德尔·阿里，她听说过 90 英尺路的一位治疗师非常圣洁，他甚至不让女人的影子落在自己身上。有了这样的清规戒律，他什么事都能做成，她想。她让亚斯明写下法尔扎纳的名字，解释说她被一个来自山上的幽灵抓住了。她让海德尔·阿里和住在阁楼的表弟巴德雷·阿拉姆带着纸条，去那个充满着香火和祈求者的房间拜访那位治疗师。他们去之后给法尔扎纳带回许多护身符。

有时候，萨哈尼会在山坡上碰到法尔扎纳，然后她们像往常一样一起捡垃圾。但有时候，她发现法尔扎纳下午待在家里，这是以前从未有过的现象。萨哈尼告诉我，法尔扎纳经常喃喃自语，或者哭泣。“一开始，我妹妹体内的恶魔时隐时现，后来就倾泻而出。”她说。

当萨哈尼向伊斯梅尔倾诉法尔扎纳的痛苦时，他说，如果法尔扎纳在下午工作，就必然会发生这种怪异的现象。伊斯梅尔后来向我解释道，撒旦出现的时间是早上 7 点到下午 2 点，然后是午夜到凌晨 2 点 30 分左右。“我不在那个时间段工作，所以他们的影子不会落在我身上。”他说。

当法尔扎纳被山上鬼魂缠身的消息开始在小巷传开时，邻居们来到了海德尔·阿里的家，对她的病众说纷纭。其中一位向焦急的沙基蒙指点，法尔扎纳整个冬天都待在燃烧的山上，周围都是有毒的烟雾。“山上发生了很多事故，他们都被烧死了，法尔扎纳一定是吸入了什么不洁之物。”她对沙基蒙说。但对萨哈尼来说，答案很明确：他们需要一个更强大的治疗师。他们决定带法尔扎纳去苏菲派圣人哈兹拉特·沙阿·贾拉鲁丁的陵墓，他因为每周四为人们驱除有形和无形的疾病而闻名。

他们乘坐短途巴士，来到近郊肯伯的另一端。在前往达加的路上，他们路过一些炼油厂，那里喷出的气体就像迪奥纳尔垃圾山的毒气光环一样有害。他们听说，达加神庙几乎和这座城市一样古老。据说，因为巴巴·贾拉鲁丁埋在陵墓内，确保了周围的英国制造炼油厂永远不能侵占这块地方。

由于垃圾山边缘地区变得越来越拥挤，新来者继续在城市道路上和火车轨道附近建造轻薄的、用床单做的双层房屋，所以市政当局把他们搬迁到了这儿，建了一个廉租公寓区。它坐落在环炼油厂区，靠近环垃圾山区。巴巴·贾拉鲁丁后来被称为“沙恩沙·埃·查布尔”（Shahenshah-e-Chembur），或“查布尔的皇帝”，统治着一个充满有毒化学品和疾病的王国。[2]

那天晚上，沙基蒙、萨哈尼和法尔扎纳站在神庙的院子里。院子两侧种满了古树，摆放着煨锅和超大的鼓。沙基蒙和萨哈尼走在前面，边走边欣赏着陵墓银色玻璃顶上绿莹莹的棚架。他们转过身，发现法尔扎纳绊了一跤，跌倒在门口台阶上。他们曾求助的阿克·巴拜治疗师出来帮忙。萨哈尼告诉他，法尔扎纳在垃圾山工作，刚开始是在睡梦中胡言乱语，后来就在山上晕倒了。治疗师说，是一个不洁的幽灵抓住了她。

随着天气转凉，阳光逐渐从院子里隐去，萨哈尼和沙基蒙看到院子里挤满了怀揣伤痛和烦恼的求助者。6 点时，达加的工作人员开始敲鼓。一些人站着，另一些人则独自坐在院子里，等待巴巴·贾拉鲁丁的出现。沙基蒙、萨哈尼和法尔扎纳站在人群中，注视着。当达加的治疗师们通过鼓声哄骗出骚动的灵魂时，萨哈尼看到人群里有的头发披散，有的身体摇摆，随着节拍的加快而意识渐渐模糊。他们的身体砰的一声倒在地上，又随着鼓声站了起来。天色渐暗，灯光亮了起来，鼓声停止了，那些旋转的身体倒在地板上，精疲力竭。阿克·巴拜让沙基蒙连续 11 个星期四带法尔扎纳来，这样就可以把她从撒旦手中解救出来。

回到家后，沙基蒙扑通一声坐在他们固定在外墙的木板上，海德尔·阿里平时经常坐在那里看巷子里的人走过。萨哈尼说她再也不去达加了；那些不停摇晃、倒下的身体简直吓坏了她。胖老太婆布迪挤在沙基蒙和萨哈尼之间的长凳上，说她可以代替萨哈尼去。布迪长着银白色的像棉花糖一样的头发，身体柔软丰满，天一黑就来了。自从做了这个木板，她就来这儿睡觉。沙基蒙告诉我，他们把布迪带回已经拥挤不堪的家。她独自一人，没人照顾她。

那一年，我们搬到了一间新办公室，位于孟买一条异常幽静、绿树成荫的小巷里，它原来是一栋建筑物的废弃地下室，非常宽敞。随着斋月的临近，就连那间巨大的办公室也人满为患，贷款需求激增，就像往年一样。一个月的禁食和祈祷是为了指引人们追随真主。我们的一些借款人用贷款购买水果或榨汁机，并设置摊位让人们购买食物来开斋。另一些人则在铺在人行道上的床单上摆起货架，出售饰品、衣服和鞋。我经常问我们的借贷者，为何人们一面奢侈挥霍，一面节制欲望、净化灵魂？他们告诉我，正是小小的放纵使长期禁欲成为可能。

一天，我在拥挤的人群中偶遇海德尔·阿里，我问他为什么需要新贷一笔款。他告诉我，他想重开金线刺绣作坊。“难道我不知道在开斋节——斋月的高潮，从黎明到日落后的禁食——女人会穿最好看的衣服吗？”他反问道。由于不确定这个作坊的前景，我改变了话题，询问法尔扎纳的近况。他淡淡地回答，她会怎么样呢？她很好啊。

13 山的鬼魂

2016年6月2日是法尔扎纳18岁生日。上午，她把钱箱里存了好几个月的钱全倒出来，来到莲花市场，给自己买了一条牛仔裤。毕竟，她终于长大成人了。她看到熙熙攘攘的长街上张灯结彩，准备迎接斋月。拾荒者小心翼翼地把祈祷帽、鞋子和水果堆放在人行道和道路上，以及横跨人行道和道路的折叠桌上。禁食将在几天内开始。法尔扎纳去了那家人头攒动的甜品店。她常去那里用精心省下的钱买加奶油的甜牛奶。那天，她买了蛋糕、威化饼干和巧克力。

在回家的路上，她看见淡灰色的云笼罩着垃圾山，它就像一个废弃的船骸拔地而起，黑压压地矗立在他们的社区旁。整个下午，她的姐妹、侄女和侄子都来她家庆贺她的生日，但法尔扎纳却把包留在家里去上班了。萨哈尼常告诉我，她们姐妹们从小就是这样，一天不上山，就会发烧，全身疼痛。法尔扎纳也在所难免。

晚上，法尔扎纳穿着牛仔裤和一件新的带彩色图案的黑色长上衣。她戴着金耳环，脸上化了妆。房子里慢慢挤满了谢赫家的兄弟姐妹，他们的配偶和孩子。只有老大杰哈娜没有来；她的丈夫误以为她和另一个男人在一起工作，就用垃圾叉子砍伤了她的头，留下了一道很深的血痕。那天晚上，他坐在他家门口的台阶上，而杰哈娜则待在屋里。在海德尔·阿里家，法尔扎纳切开用白糖霜写着自己名字的方形蛋糕，其他人都围在她身边。

就在她切开蛋糕分给大家时，伊斯梅尔开始取笑她，说法尔扎纳今年就要嫁人了……但是嫁给谁呢？法尔扎纳答道："最好是嫁给比你好看的人！"伊斯梅尔朝她扔了什么东西，他们就在拥挤的房间里互相追逐。阿拉姆吉尔九个月大的儿子法赞在地上乱爬，他们尽量绕开孩子，结果撞到了其他人身上。

海德尔·阿里坐在杰汉吉尔身边。杰汉吉尔几个月来一直在搬家，他说话的时候盯着前方。杰汉吉尔有自己的垃圾生意，还有自己的摩托车。他为什么要和家人住在一起，分享他们的钱？海德尔·阿里刻薄地问。杰汉吉尔没有回答。他和拉基拉以及三个孩子在父亲家里吃饭，但在附近新租来的房子里睡觉。他们很快就要搬走了，阿拉姆吉尔也希望能像他哥哥一样，找到一份开垃圾车的新工作。如果这一切成真，法尔扎纳将成为家中最大的孩子，把她挣来的钱交给父亲，以维持家庭生活。

为法尔扎纳找个丈夫吧，杰汉吉尔转向阿夫萨娜，对她说。阿夫萨娜是姐妹中唯一通过婚姻走出大山阴影的人。他不想让法尔扎纳嫁给垃圾场的人。如果它倒闭了怎么办？

法尔扎纳猛地转身离开伊斯梅尔。"我不想结婚！"她抗议道。她想留下来，和大家待在家里——泪珠从她搽了粉的脸颊滚落下来。

三天后，阴云聚拢，太阳躲在云后，微风吹拂，法尔扎纳在垃圾山上捡拾垃圾。她没有注意到，天上的云正开始变暗，将近日落时，突然降下季风季第一场雨。她被淋透了。那天晚上，雷声一次次将她从睡梦中惊醒。神圣的斋月在黎明前就开始了。她走出家门，来到小巷。新串起的银色飘带悬挂在巷子上空，就像华盖一样在第一缕曙光中闪闪发光。此刻还在禁食期，但法尔扎纳已饥肠辘辘。

随着雨水浇灭大火，官方计划加快垃圾处理厂的建设。市政府已经要求顾问们计划建造一个能消耗 3000 吨垃圾的工厂——占每天运往垃圾山区的垃圾一半以上。在法庭委员会会议上，专家们对这样一个大型工厂能否立即投入使用持怀疑态度；也许这个项目可以分阶段进行。奥卡法官停止在迪奥纳尔山上倾倒垃圾的最后期限只剩一年了，而整个冬天都在燃烧的大火让每个人揪心不已。几十年来，这个项目曾经熠熠生辉，后来又渐渐淡出人们的视野，如今却突然变得十分紧迫。

法尔扎纳继续在山上工作。山坡上长满了翠绿的小草，就像她开始拾荒时一样。荷花在低洼处的雨水里绽放、凋谢。她用叉子翻开被雨水淋得黏糊糊、被大火烧得焦黑的旧垃圾。几个星期前，沙基蒙陪她去了巴巴·贾拉鲁丁的达加神庙，解开她的长发，这样当阿克巴·拜用咒语从她的身体里驱赶幽灵时，它就不会缠在头发上。在被施了魔法的人群中，只有法尔扎纳没有随着鼓点的加速而移动或摇摆。治疗师告诉她们，幽灵已经离开了她。本应历时 11 周的施法驱魔，她们五周就完成了。沙基蒙回到家，如释重负。

但是，那些黎明前醒来去山脚下小解的朋友们开始在黑暗中看到法尔扎纳。一直以来和自家姐妹形影不离的法尔扎纳，现在却独自走在灯光昏暗的山坡上。他们开始称她为“山的鬼魂”。天还没亮，大家还没醒，她就回到山坡上了，而且常常带着钱在那儿买吃的。她说，为了躲避警卫，她早早就去上班了。她和白班的拾荒者们在黄昏时分回到家。当沙基蒙捎口信让她回家吃午饭时，她听说法尔扎纳会从一个在山坡上游走的小贩那里买食物，继续留在山坡上。萨拉胡丁曾告诉沙基蒙，山上的幽灵是不会轻易离去的。

一天下午，在山顶等了几个小时后，法尔扎纳和法哈终于看到一辆卡车沿着土路蜿蜒向她们驶来。他们跟在车旁一起跑上山，追着它来到一块空地上，溅了一身泥浆。法尔扎纳上气不接下气地看着垃圾从车里倾倒下来。法哈扑了上去，和周围的拾荒者挤成一团。她抬起头，发现法尔扎纳还在盯着四周黑乎乎的垃圾。其他人把她推到一边，争抢垃圾。

法哈继续收集被压扁的瓶子，一边留意法尔扎纳，她还目瞪口呆地站在那里。她喊了一声姐姐，法尔扎纳似乎没有听见。她走近姐姐，试探着用垃圾叉子捅了捅她。“你不把叉子举起来吗?”法哈问，想到她们等了多久才等到一车的垃圾。拾荒者在她们周围不停地用叉子捡垃圾。“你要和你姐姐打架吗?”法尔扎纳生气地问。法哈回答道：“如果你不捡起你的叉子，就别怪我不客气了。”

法尔扎纳挥舞着垃圾叉，瞄准法哈，法哈立即胆怯了，她跌跌撞撞地跑开了。法尔扎纳手持叉子在后面追。“你要打你姐姐吗？”法尔扎纳一边往山下跑，一边重复着这句话。法哈边跑边笑，心想她们很快就会停下来，互相扭在一起，喘着气瘫倒在山坡上，哈哈大笑。但当她回头时，她看到法尔扎纳的眼里充满了愤怒，双手挥舞着叉子。法哈保持领先。法尔扎纳在松软的山坡上重重地绊了一跤，但还是紧跟其后。法哈觉得胸口发烫。空气湿重，让人呼吸困难。但法尔扎纳的叉子正逼近她，法哈只好跌跌撞撞地往前跑。

法哈看到周围的拾荒者都停下手头的活观看。一些人在呼喊着让法尔扎纳停下来，但法哈却觉得姐姐越来越近了。她听见阿拉姆吉尔冲法尔扎纳大喊。但法尔扎纳还是紧随其后。

法哈听到扭打声，她转过身，看到阿拉姆吉尔从后面紧紧地抓住法尔扎纳。法尔扎纳摔倒在山坡上，紧握叉子，修长、蜷曲的四肢随着喘气声一起一伏。阿拉姆吉尔夺过叉子，扔到一边，将妹妹抱在怀里。他在兄弟姐妹中个子最高，肌肉发达，而杰汉吉尔则精瘦结实。法哈气喘吁吁地跟在阿拉姆吉尔后面，她迷迷糊糊地听人说，这些天空气湿度大，山坡上的保险丝短路了。法尔扎纳疲惫不堪地睡在阿拉姆吉尔的怀里。到家后，他把她放在地板上，然后告诉沙基蒙她如何被愤怒冲昏了头脑。他说话的声音很轻柔，以免吵醒法尔扎纳。山上的幽灵并没有隐退。

正当这座城市对垃圾山开始新一轮紧锣密鼓的抨击时，这家人决定尽最大努力，把山上的幽灵从他们女儿身上驱除出去。沙基蒙向亲戚朋友求助。许多人都有幽灵缠住家人的故事：有的印度教徒曾看到伊斯兰神话中的神灵哈比，而萨哈尼则认为自己在十几岁时被一位印度女神附身。有些人建议沙基蒙带法尔扎纳去米拉·达塔尔的神殿。米拉·达塔尔是孟买驱魔的守护神，[1] 是15世纪的一位童子圣，埋葬在邻近的古吉拉特邦，有能力解开附在人身上的幽灵的控制。他的法力如此传奇，人们在孟买的一片毗邻城市港口的辽阔土地上，为他远在千里之外的陵墓建造了一个绿色的前哨，那里举行相同的净化灵魂的仪式。法尔扎纳用一根线把绿色的玻璃手镯系在神殿的墙上，希望它能让马拉地新娘和其他到这座城市的人戴上绿色手镯，过上平静的生活。

三天后，沙基蒙告诉萨哈尼，法尔扎纳被幽灵折磨，彻夜哭泣。几个星期以来，越来越多的治疗师来医治她，越来越多的护身符系在她身上，而她却一直在黎明前继续工作，对此毫无记忆。她只记得有一次去了离家几个小时路程的查利斯冈的神庙。

在孟买，建筑商协会对奥卡停止建设高层项目的命令提出了上诉。他们申辩道，他们不应该因为市政府管理垃圾的无能和计划的失败而受到惩罚。但奥卡法官不为所动。在解决垃圾山的问题之前，他不允许这座城市开始新的建设项目。不久，建筑商们就向印度最高法院提起了上诉。

为了解决垃圾山的问题，塔塔咨询工程师公司考察了世界各地的垃圾堆肥厂和发电厂。[2] 和以前的其他顾问一样，考察人员担心孟买的垃圾中没有足够的塑料、纸张、布料或木屑，不足以作为燃料在焚化炉中充分燃烧。由于到达垃圾山的近一半垃圾是糊状的食物，被季风浸透，不容易燃烧，公司担心，这家工厂可能只会季节性、时断时续地运转。

但是，那年5月，受市政府委托，国家环境工程研究所提交了一份新报告，显示孟买垃圾的热值高于其他被调查城市，可以充分燃烧和发电。[3] 而且，这座城市的生活习惯已经发生了改变：孟买人扔弃的稻草、椰壳、优质塑料和纸张，使垃圾具有很高的热值。废弃物的确变得更容易燃烧了。这个一开始不被看好的工厂现在可能会成功。

在法尔扎纳家，每念一次咒语，幽灵们就会消失一段时间，然后又会卷土重来。大家又纷纷献言，认为法尔扎纳不应该像其他拾荒者那样，把山坡当作露天浴室。那些充满欲望的幽灵会在你最意想不到的时候抓住你。幽灵就像欲望：它能抓住你，绊倒你，然后一直纠缠你。

亚斯明的母亲让沙基蒙带法尔扎纳去马希姆湾的马赫杜姆·沙·巴巴神殿。这位圣人被称为“康坎海岸的闪亮之星”——孟买就坐落在这条海岸上——吸引着这座城市和周边地区痛苦不堪的人纷至沓来。神殿周围的小巷里挤满了被魔鬼附身的人、被驱逐的人、残疾人和其他一些在城市生活、濒临崩溃边缘的人。

据说，马赫杜姆·沙·巴巴是一名学者，也是一位圣人，生活在七个世纪前，曾在后来成为马希姆警察局的地方开庭。他的年度盛宴以由警察局的高级督察带领的游行开始，这更增添了马赫杜姆·沙·巴巴的光芒。据说音乐家们乘驳船来到宴会上演奏。之后举办的博览会也延伸到了达加河后面的海滩上，照亮了马希姆湾，每年都给这个手指状的弧形城市增加了交通流量。沙基蒙确信马希姆达加将会把寄居在法尔扎纳体内的撒旦驱赶出来。

一天下午，一位来自班加拉加利的借贷人告诉我沙基蒙和法尔扎纳去马希姆达加神殿旅行的事。开斋节前后，迪奥纳尔的市场出现了许多摊位，当我在办理这些摊主的贷款申请时，我犹豫着要不要再打听一些法尔扎纳的消息。我听说，那一年垃圾山周围的市场上弥漫着节日的雾霾，那是烤肉摊散发出的肉香烟雾和卤素灯光，然而却空空荡荡。因为拾荒者几乎没有钱去那里买任何东西。他们面色苍白，憔悴不堪。

当这个借贷者离开后，我打电话给我们的志愿者罗姗。“为什么在法尔扎纳身上没有疗效？”我问，“我所听说的任何药物、护身符或宗教仪式似乎都不起作用。”她说：“有时候，当魔鬼知道你要驱赶它，它就会出来坐在你旁边，暂时躲一阵。之后它又会回来。”

14 医学试验

在班加拉加利小巷，随着开斋节的临近，浓浓的香味飘进了穆哈拉姆·阿里的家里，妻子亚斯明满心都在想吃什么。可家里却没什么可吃的，因为她还欠着食品商的钱。她对他们说，禁食让她头疼，她得好好睡上几夜才能缓解。但她没有斋戒。

尽管山上火灾不断，穆哈拉姆·阿里一直试图在山上继续工作。几个月后，当我遇见他时，他显得轻松潇洒，对弥漫在班加拉加利小巷的烟雾和令小巷生活动荡不安的局势变化不以为然。他告诉我，不是每个人都能适应山上恶劣的空气。他大半生都在那里工作——一点烟雾对他来说并不碍事，他说。实际上，一切已改变，他家在山上的生活难以为继，而他却不愿承认这个事实。随着安保措施的加强，有一天晚上他溜回家取钱，说这是他匆忙逃离时留下的钱。当亚斯明给他打电话，索要开斋节的开支时，他的手机要么关机，要么无人接听。朋友们在他家盯梢，企图要回借给他的贷款，却从未见到过他。这个沙坦·辛格的传奇——穆哈拉姆·阿里不可战胜的好运——已经无声无息地熄灭了，他家的主心骨已经没了。

这是开斋节新月的第一个夜晚，查德拉特街的市场通宵营业。居民区灯光闪耀，映衬着周围漆黑一片的垃圾山。拾荒者们涌进市场，沐浴在月光下，他们倾其所有，大肆购物，大快朵颐。有一些人在街边摆摊，卖手镯、指甲花甜筒、放在肉丸里的佐料包，装满糖果的餐具在轻轻颤动。他们希望能在一个远离垃圾的行当赚钱。海德尔·阿里曾告诉我，那些撒旦们——黑暗世界的幽灵们——会远远避开那个灯火通明的夜晚。

亚斯明不希望自己的孩子们裹着污秽斑斑的衣服，而朋友们却穿着新白色长袍参加开斋节祈祷。在穆哈拉姆·阿里离开后的几个月里，家里的债务增加，迈赫伦和阿什拉的衣服越来越紧，已经不再合身。那天晚上，穆哈拉姆·阿里回了亚斯明的电话，说他会带女儿们出去买新衣服，然后再送妻子一套。一直以来，沙里布对父亲充满了怨恨，亚斯明不知道该如何告诉他，他们兄弟俩已经一无所有了。亚斯明决定出去找朋友借钱。

市场上，仙女灯闪闪发光，购物者穿金戴银。迈赫伦和阿什拉见到了父亲穆哈拉姆·阿里。迈赫伦噘着嘴，赫拉和沙里布已经告诉了她父亲所有的事情。阿什拉握着父亲的手，不停地和他聊天。他们在人群中穿行，他几乎听不到她说的话。经过肉店时，店里没有顾客，几吊已切开的瘦肉，挂在那里好几天了，苍蝇在上边爬。他们避免碰到堆在人行道上的水果，这些水果已经腐烂，小贩把它们从手推车上拣出来扔在路边。阿什拉被卤素灯下闪闪发光的裙子迷住了。那些塔夫绸裙子笔挺地挂在竹竿上，仿佛穿在人身上。阿什拉指着一条裙子，可穆哈拉姆·阿里一听到价格，脸色就沉了下来。

他试着引她去买那些堆放在灯光昏暗处的便宜衣服。阿什拉却摇摇头：不。迈赫伦看到父亲皱着眉头，而阿什拉的脸却闪闪发亮，映着仙女裙的温柔灯光。最后，迈赫伦说她可以不穿新衣服，阿什拉便很快选了一件带有金色亮片的奶油色蕾丝连衣裙，配有一条长半身裙和裤子。迈赫伦和阿什拉带着她的超大礼包返回桑杰纳加尔，而穆哈拉姆·阿里则钱包空空地回到拉菲克纳加尔。

亚斯明稍晚回到家，带回2000卢比（27美元多一点），这些钱是斋月最后一晚的捐赠，不必归还。第二天早上，沙里布和萨米尔洗完澡，穿上新的白色长袍，出去祈祷。亚斯明认为，儿子们长得高大魁梧，洗去身上的污垢，比那些给他们祝福钱、用美食招待他们的朋友更帅气。阿什拉穿着金色连衣裙，让迈赫伦给她编好辫子，去了朋友家。亚斯明以为，她的孩子们看起来都那么漂亮，没有人会注意到她没有在开斋节点燃炉灶。

多年来，垃圾山和小巷在过节的时候就会变得空荡荡的，拾荒者们都进城了，节日的气氛将延续到“古老的开斋节”。他们去遥远的地方参观陵墓、殖民纪念碑和岩石海滩。但那一年，开斋节刚一结束，垃圾山就暗淡下来，小巷里挤满了人，债主们又如饥似渴地堵在亚斯明家门口，比以往更咄咄逼人。

亚斯明经常外出，她不在家的时候，12岁的迈赫伦便不得不面对上门的讨债人。她没有钱，也不知该说什么。亚斯明以为那些债主会看在孩子的面上有所收敛。然而一天下午，她在小巷碰到一个债主，说穆哈拉姆·阿里欠他的钱。她像往常一样告诉他，穆哈拉姆·阿里一回来，她就会把钱还给他。那个债主打断她，说如果她没有钱，就应该晚上把迈赫伦送到他家去抵债。

阿里的其他孩子又高又壮，但迈赫伦却很脆弱，仿佛一碰就碎。她的皮肤是半透明的乳白色，脸上总是红扑扑的，有一双淡褐色的眼睛。家里人在聊天时，她几乎很少说话，一般用眼神传递她的意思。穆哈拉姆·阿里和亚斯明都告诉我，她简直和他们一模一样。亚斯明说，她就是我的童年。自从穆哈拉姆·阿里失踪后，他从山上为迈赫伦和阿什拉收集的玩偶在多次搬家过程中不翼而飞，迈赫伦缝衣服用的缝纫机也被债主们拿走了。我曾和他们一起度过了很多漫长的下午，迈赫伦对我说："我从没认为它们是玩偶，而我是人。"

亚斯明锁上了家门。我听说穆哈拉姆·阿里从家里出走了，有时出现在小巷的另一个地方，不久之后，亚斯明也失踪了。我询问小巷里的其他女人，她们告诉我，亚斯明已经不住在那里了，她的房门已经锁上了。我让她们传话，如果见到了她，就说我不是来索要还款，我是来关心她，了解她的处境。接着有一天，我听到一个声音说，你在找我吗？我一抬头，是亚斯明。她打开房门，让我进去，我惊讶地发现迈赫伦也在里面。亚斯明一脸尴尬，笑着对我说，这些天我一直锁着房门。

亚斯明告诉我，她需要钱把迈赫伦和阿什拉送到孤儿院，或者寄宿旅馆，以远离那些讨债的人和烦心事。那个债主的话一直在她脑海回响。一位朋友曾告诉她，有一家中介公司雇用女人为富有但不能生育的夫妇出租子宫生孩子；她告诉亚斯明，小巷里的一些女人一直在申请代孕，这份工作能给她们带来 10 万卢比的收入。垃圾山将面临关闭，这是她们在小巷赚钱的唯一途径。37岁的亚斯明心动了，她在附近郊区的梦想购物中心的办公室里排队代孕。她签署了同意书，并进行了医学测试，但没有被选中。

几天前，由于房租到期，亚斯明去了小溪对岸的一家医院，她听说那里有个医生正在找代孕母亲。这家医院和她以前见过的任何一家都不一样：灯光柔和的米黄色大厅里没有病人，也没有医院的气味。她和坐在身旁穿着罩袍的女人聊了起来。这个女人说，亚斯明不太可能被选中，除非那些年轻的女人没有通过测试；而她已经通过了代孕，现在正接受医学测试。她说，几天的服药和医学检查，她得到了几千卢比的报酬。亚斯明请求那个女人带她一起去。

几天后，亚斯明接到一个电话，邀她去孟买以北250英里的巴罗达市参加一个测试。她把迈赫伦和阿什拉留给了穆哈拉姆·阿里，让沙里布和萨米尔睡在垃圾销售店。然后她坐了五个小时的火车北上，几天后带回来几千卢比。她用这笔钱租了一个新房子，并偿还了一部分债。一周后，她在测试中心认识的一位女士打来电话，问她是否想要参加另一项“研究”。亚斯明说，她会去火车站见她。垃圾山的腐臭桎梏正逐渐消失，她却滑到了地下医疗实验的黑暗深渊。

在检测室，管理人员会把她们领进安静的空调房间。检测出贫血或低血压的妇女通常会抹着眼泪回家。其他人则被带到另一个房间，那里有人向她们解释冗长的法律合同，合同上写着她们自愿参加试验，如果试验的药物让他们生病，公司将不承担任何责任。合同文字是印地语，亚斯明一个字也看不懂，只能依靠口头解释来决定是否签署合同。大多数时候，她都不愿去仔细听。

在过去的几个月里，亚斯明向我展示了诸如避孕药具、癫痫药、心脏病药，以及其他一些实验合同。我看到受益人的名字是迈赫伦，如果亚斯明发生了不幸，钱就归家人。通常是一个印度组织代表一家大型西方制药公司测试它们研发的药物，这些药物将进入国际市场，可在国际市场上测试未经批准的药物是非法的。但是，如果没有人体试验，制药公司将不知道这些药是否有效，有什么副作用。因此，全球药物研发的未来就取决于像亚斯明这样的女性。

在接下来的几天里，亚斯明和其他女人留在检测室，科学家和医生将观察这些药物在她们身上是否引起了任何不适。一些人会呕吐、头痛、眩晕或发烧。另一些人则待在像宿舍一样的房间里，坐在床上，诉说着驱使她们来到这儿的原因——各自生活中的种种失望和挣扎，在黑暗中抹着眼泪。

装有空调的检测室异常安静。当她躺在里面等待入睡时，与债主的会面浮现在她的脑海里。她在离开前，请一位朋友的丈夫安排她和这位债主谈谈。那个债主说，小巷里几乎每个人都欠他钱。当他向他们索要时，他们说在山上几乎无法干活，但如果亚斯明能还钱，他们就还钱。她告诉他，穆哈拉姆·阿里失踪了。那个债主说自己也快破产了。他很后悔，但他不得不逼亚斯明。

亚斯明躺在床上，冷得无法入眠，她想起了去孤儿院的经历。她得证明自己离婚或丧偶，才能让迈赫伦和阿什拉入院。但穆哈拉姆·阿里有时还来家里，她要的是丈夫，而不是离婚。第二天早上醒来，她吃到了为增强受试女人体力而精心制作的饭菜。亚斯明和她的新朋友们仔细研究了食谱，计划带着钱回家后，为孩子们也做这些美食。

几天后，她们再次接受了检测，以确保药物没有造成任何副作用。然后，亚斯明和其他女人拿着报酬回家了。大约一个月后，他们还必须回去做最后一次药物反应检测。

亚斯明带回了钱，有时甚至带了礼物。她给怀孕的赫拉买了一罐酥油。第二次，她带回一盒花生糖，她知道孩子们喜欢，也好久没吃了。亚斯明前脚踏进班加拉加利小巷，债主们后脚就来到了她家门口。她把钱递给他们，蜷在床垫上，在孩子们的嘈杂声中睡着了。沙里布和萨米尔用攒的钱给她买煮鸡蛋或甜菜根；她曾告诉他们，她们在做试验的地方吃甜菜根沙拉，以避免药物可能引起的贫血。

亚斯明做医学试验回来后，沙里布沉思了好几天。他不能上山捡垃圾时，给一个泥瓦匠当学徒；他告诉母亲，很快他就会找一份工地上的工作，挣钱还清贷款，这样她就不必再去做医学试验了。然而，在那之前，她连本带息地还钱，债务却不见减少，自己也不清楚利息是多少。债主来找她时，她只是把身上所有的钱都交给他们。

每当穆哈拉姆·阿里打来电话，亚斯明都以为他会回到自己身边。但他每次都如出一辙：拿了一些钱，带来一点希望，又转身离开。曾经把金子交到他手中的垃圾山，现在沉重地压在他身上。山坡上狂风怒号，暴雨肆虐。他一次次地滑倒在山口和倾倒垃圾的空地上。警卫甚至在夜间也巡逻，他们一圈圈地晃动着火把，在黑暗中捕捉拾荒者，这一幕白天还在他的脑海中盘旋。

穆哈拉姆·阿里在山上嗅到一股生姜味。这种气味和腐烂垃圾的臭味混在一起，粘在他身上，令他恶心。事实上，市政府已经签署了一份价值1500万卢比的合同，在山上喷洒草药除臭剂一年，以消除山上垃圾的臭味。[1] 反对党人曾质问，花这么多钱来遮盖垃圾山的臭味是不是有些太奢侈了。但合同已签，叉车开始在山上穿行，喷洒消毒剂和除臭剂。

法尔扎纳虽常在垃圾山，但从未注意到这种气味。孟买的垃圾车队又返回迪奥纳尔山，她正精疲力竭地追逐车队，但车上倒出来的却是泥块和混凝土，而不是可以卖掉的垃圾。每年，市政府都会在暴雨袭击这座城市之前修复道路和桥梁：那些过于破旧，或新建不久的房子，会被孟买的暴雨冲垮，那些断壁残垣会堆积在城市周围，然后被运到垃圾山。连续几周，法尔扎纳每天都看到卡车把泥土、碎石、旧路的碎片和大块的混凝土倾倒在山上，一层层压实了原来的垃圾。穆哈拉姆·阿里听说山上所有的金子都被火熔化了，再也找不到了。

15 垃圾发电厂

那一年的7月7日，开斋节过后没几天，法尔扎纳在一个深夜醒来。她冲着一屋子熟睡的人大喊："离开我！我不会惹任何麻烦。"接着，痛苦的啜泣声缓缓升起，充满了整个屋子，吵醒了每个人。

邻居们赶来，以为会看到一场打斗，却发现海德尔·阿里和家里其他人站在法尔扎纳周围，困惑地看着她坐在床上边哭边说："我不会回来了，别打扰我。"杰汉吉尔想，她可能是在睡梦中看到了警卫。他真应该听医生的话，不让她再去山上工作。沙基蒙心里明白，是撒旦来了。她催促布迪立即施法解救。布迪诵着经文，将圣水泼向法尔扎纳。一家人睡眼蒙眬地等待着祷告能奏效，布迪这一番折腾让他们筋疲力尽。布迪离开后，法尔扎纳也疲倦地睡着了。

沙基蒙决定，今年必须把那些顽固纠缠法尔扎纳的幽灵赶走。开斋节刚过，她又开始了念咒、显灵和收集护身符的法事。治疗师们缓缓地围着法尔扎纳转，摇着柠檬，晃着鸡蛋，啪的摔在地上，释放她的灵魂。他们诵读经文，用被雨水浇湿的微弱火焰点燃她的一绺头发，引出纠缠她的幽灵。

沙基蒙和法尔扎纳又回到了马希姆达加。在那里，巨大的饭锅冒着蒸汽，周围挤满了人：马赫杜姆·沙·巴巴以给城里的饥民提供食物而闻名。四肢不全的人围着带轮木板上的一对母女。弯腰驼背的老人伸出手，以巴巴的名义乞讨。一位富有的善人捐的食物被一盘盘送到饥民的手中。周围的人群渐渐散了。沙基蒙和法尔扎纳在商店门口又见到了那个守门人。看到她们，他似乎并不感到惊讶，继续为法尔扎纳祈祷。几天后，萨哈尼回到家时，看见法尔扎纳独自蜷坐着，下巴抵在沾满泥土的膝盖上。“我能看见他。”她说，眼睛直直地盯着前面的灶台。萨哈尼顺着法尔扎纳的视线看过去，却什么也没看见。她后来告诉我，她担心姐姐疯了。

又一个周四，马希姆的治疗师坐在院子里，周围挤满了寻求驱魔的人。栅栏里的花映着落日的余晖，把影子印在地上。被点燃的罗班树皮木柴冒起了烟，与天上的薄雾交织在一起。雾气渐渐散去，柴火冒出的烟越来越浓。鼓声响起来了，坐在院子里的人开始骚动。他们的身体随着鼓声的节奏开始摇晃，鼓点越来越密集，他们越摇越猛烈。在鼓声中，他们痛苦地旋转着。等到一切渐渐平息，太阳已经落山，整个院子都沐浴在紫色的霞光中，孟买吹起了凉爽的季风。但法尔扎纳自始至终都非常冷静。

第二天黎明前，她又出现在山坡上。她告诉朋友们，自己只是出去旅行了一趟。这座城市正加速缩小垃圾山的规模。其他拾荒者问她，是否知道塔塔要来接管山区，把山上的垃圾转化为能源。他们马上就到了。他们也开始问我同样的问题。尽管我怀疑塔塔咨询工程师公司的顾问们，是否能够仅凭一己之力来解决垃圾山问题，但我相信，印度最大的工业集团的某些部门一定有这个能力。杰汉吉尔听说塔塔的工作人员已经从山坡上收集了一些塑料和纸张，在小溪对面的园区发电。他听说，如果成功了，山上的塑料将进入他们的工厂。如果这样，塑料的价格将会上涨。他让法尔扎纳开始捡薄薄的手提塑料袋，它们在垃圾销售店卖不了多少钱，但可以卖给塔塔的工厂。杰汉吉尔又开始乐观起来。

然而，在马希姆，法尔扎纳身上的幽灵紧缠她不放。年迈的治疗师告诉他们，在众目睽睽之下，撒旦会变得扑朔迷离，难以捉摸，但是它会紧紧地抓住宿主，就像不可遏制的欲望。在接下来的一个星期，他会诱骗魔鬼，让它相信周围没有人，这样它就会现身，然后用帕尔达哈兹里的方式——窗帘里显灵——把魔鬼赶走。届时，除了治疗师和法尔扎纳，任何人不得在现场。

那天下午，萨哈尼和沙基蒙远远地避开，治疗师把法尔扎纳带到神殿后面的一个房间里。过了一会儿，治疗师从房间里走出来，他成功了：“这个魔鬼来自污秽之处，现在它走了。”萨哈尼打断他，是的，法尔扎纳是个捡垃圾的——这次治疗师说对了。治疗师说：“她现在好了。别让她再去被魔鬼附身的地方，那些幽灵还在那儿游荡。”

杰汉吉尔同意法尔扎纳待在家里，尽管他不相信神灵，但医生的诊断是垃圾山有毒，不利于她的健康。她不能在山坡上工作。他让她和家人睡在夹层。他会照顾她。沙基蒙让朋友们为法尔扎纳找个合适的丈夫。在嫁人之前，她会把法尔扎纳留在家里，教她做饭。

然而，早晨唤她下来喝茶时，她却常不在家。他们不知道她是什么时候溜下台阶，打开房门，离开了家。沙基蒙注意到，连拴在门口的山羊也没有咩咩叫。朋友们告诉她，他们黎明前在山坡上看到了这个“山的鬼魂”。法尔扎纳在山上买瓦达帕夫、咖喱角和茶，或者去市政办公室附近的餐馆吃饭，整天都待在外面。

沙基蒙派了杰汉吉尔、阿拉姆吉尔、萨哈尼或任何她能找到的人去寻找法尔扎纳，把她带回来。他们赶到据说有人见过她的那座山，却并没有发现她。她在垃圾到达之前赶到卸货空地，然后和清空垃圾的卡车一起离开。成串的护身符从她身上飘落。家里人去神庙，总会给她带回一个护身符。法尔扎纳渐渐地开始一觉睡到天亮。虽然就像城市的断壁残垣在城外堆成了古老的山一样缓慢，撒旦最终还是离开了她。

2016 年 7 月 27 日，顾问们向孟买市政专员阿乔伊·梅塔提交了缩小垃圾山填埋区的计划。从 4 月到 5 月，他们和市政官员在山坡上调查走访。他们收集了样本，起草了一份报告，揭露了垃圾山一些不为人知的情况，以及笼罩在山上的有毒气体如何渗入并停留在周围居民的身体内。[1] 他们认真审议了垃圾山管理条例，讨论了市政府的简报，并制订了一个旨在缩小垃圾山、为城市提供电力的工厂建设计划。

报告称，一些垃圾山高达 120 英尺。从市政府空气质量监测实验室收集的数据可以看出，笼罩在垃圾山上空的有毒气体光环增厚了。硫化氢是一种有毒的可燃气体，因气味如同臭鸡蛋而闻名，它的含量在 2010 年到 2015 年增长了两倍多。甲烷的含量也保持同样增速，这助长了山上持续燃烧的大火。[2] 可能导致头痛和眩晕的一氧化碳的含量增加了五倍。报告首先列出了捡垃圾可能带来的健康危害，包括精神错乱、割伤、消化不良和视力下降等疾病。读到这里，我想起了法尔扎纳，她昏厥、哭喊、头晕目眩，呼唤着栖息在洗衣板上的看不见的幽灵。

顾问们建议局部清理占地 326 英亩的垃圾山，将每天 5000 吨垃圾运输量的一半多送往发电厂。报告说，在那里，垃圾将依次通过金属网和磁网过滤，大块的垃圾被分离出去，留下的部分被撒在焚化炉的地板上，从下方吹来的热空气“使得垃圾像液体一样起泡、沸腾，垃圾和燃料互相搅拌、融合，以促进垃圾的干燥和燃烧”。垃圾燃烧的热能将用来发电，供应城市——尽管我注意到，提供的电能往往低于市政府简报中所说的 25 兆瓦，却足以满足数千个家庭的用电需求。

考虑到焚化炉冒出的浓烟会弥漫到山上和周围的社区，顾问们计划在工厂周围种三排树来吸收这些烟雾。顾问们说，如报告的附图所示，青翠浓荫的树木可以将工厂释放的氨减少一半以上，并吸附焚化炉产生的大部分灰尘。这个工厂和四周的花树将“美化迪奥纳尔的环境”，同时在 20 年内减少 800 万吨二氧化碳和其他温室气体的排放。他们估计，若不实施这个计划，到 2021 年，迪奥纳尔垃圾填埋区的面积需要扩大一倍，才能容纳孟买的城市垃圾。

他们描绘了一个乌托邦式的未来，它近在咫尺，仿佛触手可及：垃圾山在缩小，树林吸收了笼罩在山上的有毒气体，工厂为小巷的居民创造了更好的就业机会，山上的垃圾给拾荒者带来的各种疾病也会逐渐消失。

计划发布后不久，控制孟买市政府的湿婆军（Shiv Sena）的官员和政治领袖开始与印度最大的电力公司的高管进行非正式会晤。他们说，将在迪奥纳尔建设的垃圾发电厂会成为世界上最大的工厂之一。项目将通过国际招标签约合同。他们表示，有很多人对此感兴趣。官员们暗示，国外一些大型垃圾发电公司对这个项目很感兴趣，他们劝诱电力公司高管们参与竞标。他们的公司设在孟买，在道义上有责任来建造一个能够清洁城市、净化空气的工厂。

他们将在几周内邀请各大公司进行投标。然后这些垃圾山，笼罩在山上的毒气光环，和那些幽灵们，将会离开这座城市。

16 碾轧

2016年8月15日是印度独立日，也是阿拉姆吉尔的儿子法赞的一岁生日。法尔扎纳过完自己的生日，就开始为小侄子存钱。夜幕降临时，她和法哈像往年一样站在90英尺路。骑自行车的人挥舞着旗帜飞速驶过，她们领取了他们分发的巧克力和糖果，沉浸在街上扩音器播放的爱国歌曲中。回到小巷，家家户户也飘荡着这些轻柔的歌曲。

法尔扎纳换上长长的白色蕾丝、深绿色滚边的宽松衬衫。她涂上深红色的唇膏，在脸上施了粉，扎起蓬松的长发。在附近的一家照相馆里，她抱着法赞，靠着叶绿色的窗帘，手指捏着小侄子肥嘟嘟的脸颊，摆好姿势。镜头里的两个人专注地凝视着，努力地笑着。闪光灯“啪”一闪，法赞吓得大哭起来。

第二天一大早，法尔扎纳就醒来了。昨夜的雨已停了，天空阴沉沉的。她穿上亮蓝色紧身裤，鹦鹉绿宽松衬衫和黑夹克，用一条白色的大手帕扎起头发。她的父母正在喝早茶，她提着胶靴，趁着没人注意，悄悄地溜了出去。她在杰哈娜家停下来，等姐姐一起去山上干活。马上就10点了。太阳隐在乌云后，慢慢地在天空穿行。这一天，阴云斑驳。

大火过后，市政府在小溪对岸新建了一座垃圾山，正对着“虾圈”（官方命名为“一号圈”）。拾荒者称这座新垃圾山为“新一号圈”：越来越多的卡车把垃圾运送到那里，拾荒者也跟着来到了山坡上。这个垃圾山出名的湿滑，站在上面摇摇晃晃，但拾荒者们还是留在这里，希望不断沉积的垃圾会让陡峭的山变得平缓。

那天早上，阴云密布，风雨欲来。法尔扎纳和杰哈娜想，最好在变天之前去“新一号圈”捡垃圾。他们来到山坡上，只见灰色的天空下，橙黄色的推土机和叉车在一阵阵地轰鸣。运垃圾的卡车已经停在那儿了。拾荒者们正在捡拾垃圾。法尔扎纳注意到，其中几个人穿着和她一样的黑夹克。

她们看着一辆辆卡车从大门进来，经过市政办公室，沿着泥泞的斜坡慢慢地向她们驶来。卡车一到垃圾倾倒空地，拾荒者们就纷纷扑上去，麻利地干起活来。法尔扎纳戴上耳机，赶在推土机把垃圾推下斜坡前，抢拾地上的垃圾。当推土机转过来铲平空地上的垃圾时，她跟着音乐和机器的节奏一起后退。她后来告诉我，耳机里播放的那些描写背信弃义的歌曲来自一些印度电影，但她几乎从未看过。法尔扎纳沉浸在复杂的捡垃圾舞蹈中，天上雷声滚滚，她无暇抬头。一个多小时过去了，她一直在龌龊的垃圾堆里拼命地往她的包里塞塑料瓶，仿佛忘记了时间的流逝。

一辆卡车开了过来，倾卸下一车的垃圾。法尔扎纳冲进垃圾堆，从铁丝、糊状的纸、血红的布和蔬菜皮中拣出压扁的塑料瓶。一团乱麻掉进了她的包里。想着可以在家里整理，她伸手又去拿了一些。杰哈娜也在附近干活。卡车卸空垃圾后，往山下行驶，却突然陷进泥泞里。发动机轰隆隆地在加速，试图驶出泥潭。法尔扎纳飞快地抬起头，看见卡车正在泥里挣扎，她继续往包里塞垃圾。卡车被困住了。

过了一会儿，她抬起头，看到斜坡上，一台推土机正倒着向山上的空地驶来，[1] 离她越来越近。拾荒者在她周围横冲直撞。她懒懒地向司机挥了挥手，继续捡拾垃圾。

听到推土机的声音，她抬起头来。它停了下来，又重新启动往山上开，朝着她的方向。见推土机驶来，一些拾荒者慌忙散去。她向前迈了一步，被什么东西绊了一下，差点儿跌进旁边黏糊糊的垃圾里。她惊讶地低头一看，发现一根电线缠住了她的脚踝。她在空地上使劲地跺脚，试图甩掉电线，却被缠得越来越紧。她抬起脚，转了转。电线卡住了脚。推土机越来越近。她坐在空地上，用力地解脚上的电线，却怎么也解不开。推土机朝她开过来了。

她小心翼翼地站起来，向司机挥手，示意她在车后面。那根糟糕的电线又把她拽了回来，她差点儿绊倒。她捡起石头朝司机扔去，表示她在那儿。结果没打中。她冲他大喊停下来，但他还是慢慢地朝着她倒车。

车已经快到那块空地了，法尔扎纳还呆呆地定在那里。她伸长脖子，大声呼喊，试图吸引驾驶室里司机的目光。她已离车很近，能看到他戴着耳机。她想，他可能在听音乐，听不见她的喊声。她疯狂地向他挥手。推土机靠得更近了。她看见他戴着太阳镜。他看不见她，她想。

突然，法尔扎纳绊了一跤，摔倒在车前泥泞的空地上。海德尔·阿里认为是魔鬼附身，故意把她绊倒。这时，推土机碾过了她的左大腿。她尖叫着，挣扎着，试图用肚子撑着从推土机下面爬起来。推土机铲起一车垃圾，向前推进。法尔扎纳痛苦地倒在地上。

一些拾荒者也朝着司机打手势，拼命叫喊。他们不知道谁的黑夹克被轧在了推土机下面，于是喊着不同的名字。当推土机下坡时，拾荒者们走近，看谁被碾轧了。推土机把一车垃圾推下坡后，又开始往回倒。司机没有看到周围的人在疯狂地挥手。

车慢慢地开回来，从法尔扎纳身上轧了过去。这一次，推土机一直开到她身体的左侧，几乎快轧到她的胸部。杰哈娜和其他拾荒者大喊，试图引起司机的注意。看到一片混乱，司机终于停下了推土机。一个瘦骨嶙峋、胡子拉碴的年轻人从驾驶室里跳了出来，走到车后，发现轮胎下血肉模糊，法尔扎纳浮肿的脸出现在车前，身体的大部分被压在车下。她吃惊地瞪着他，眼珠子都快瞪出来了，血正从她的耳朵和鼻孔中淌出来。司机转身就往山下跑，一些拾荒者在后面追。出于恐惧，他跑得飞快，把他们落在后边。几分钟后，他们放弃了，转身回来查看法尔扎纳。

杰哈娜和其他人挤在周围，静静地注视着地上肿胀的头颅和轧碎的身体，已成一摊血肉，混着垃圾的泥水。周围疯狂的垃圾争抢突然停止了。拾荒者们手足无措。杰哈娜听到周围有人说，这是杰汉吉尔的妹妹。他们呼喊他。有人看到他刚才在附近买垃圾。

市政工作人员听到骚动，走出办公室。杰哈娜也大声呼唤杰汉吉尔。听到杰哈娜的声音，杰汉吉尔以为小弟拉姆赞又旷课了，来山上胡闹。他顺着杰哈娜的声音往山上走，想着如何把拉姆赞拖回家，狠狠地揍一顿，让他再也不敢到山上来。他看到一小群人围着他的姐姐杰哈娜，旁边停着一辆推土机。推土机下面，有个人血肉模糊，黑夹克、鲜艳的绿色和蓝色衣服。走近一看，只见一个人皮肉松散，骨头突出，肿胀的脸上满是血迹。鲜血浸透了周围的垃圾。她的右手还抓着半袋塑料瓶。杰汉吉尔突然意识到，他看到的人是法尔扎纳。

杰汉吉尔飞奔到驾驶室，把推土机从她身上挪开。食腐鸟俯冲下来，盘旋在撕裂的肉体上空。一根乳白色的小腿骨暴露在外。鲜血从耳朵和凸出的眼睛里流淌下来。杰哈娜呆呆地看着，不知所措。

大家建议杰汉吉尔把法尔扎纳送到离山不远的沙塔迪市立医院。他叫停了一辆刚刚清空垃圾的卡车。朋友们帮他小心翼翼地把被轧得粉碎的法尔扎纳托起来。他把她放在驾驶室的后座上，开着卡车穿过山上泥泞的道路，驶向高速公路。萨哈尼赶到那块空地时，他们刚离开，她只看到法尔扎纳被轧在垃圾堆里的痕迹。

杰汉吉尔的一个朋友坐在驾驶室，和他一起护送法尔扎纳。他回过头，盯着她左臂涌出的血和撕裂的肉。“看看她的胳膊，杰汉吉尔兄弟。”他说。

“看看她的全身。”杰汉吉尔苦笑着说。

在沙塔迪医院，杰汉吉尔推着法尔扎纳从后门奔进急诊科，从病人中挤过去，不安地等在科室外。被他拦住的医生一看见法尔扎纳就往后退。他们告诉杰汉吉尔，她活不下去了，他们帮不上什么忙。医院没有能力处理这么重的伤。他们建议他把法尔扎纳送到锡永医院——这是该市最大、最繁忙的公立医院之一。

杰汉吉尔要求派一辆救护车把法尔扎纳送到锡永医院抢救。医生打电话叫救护车，然后给法尔扎纳简单包扎一下，准备转院。杰汉吉尔在外面等待父母，等待救护车，等待治疗所需的钱。此刻，法尔扎纳命悬一线。

杰哈娜回到家，告诉海德尔·阿里山上发生的一切。海德尔·阿里认为是魔鬼袭击了女儿。他说，魔鬼纠缠着法尔扎纳已经好几个月了，在推土机向她驶来的那一刻，故意把她绊倒。魔鬼处心积虑地戕害她，现在终于得手了。他急忙从朋友和邻居那里凑了些钱。大家赶到沙塔迪医院时，救护车还未到。法尔扎纳的家人和邻居一起围着医生和工作人员进行交涉。

救护车终于来了。车沿着高速公路缓缓地行驶。天上飘着小雨，下午的交通拥挤不堪。法尔扎纳听到了医生的声音。“我活不了。”她对杰汉吉尔说，吃力地呼吸着。“别担心，”她哥哥不断地安慰她，“别担心。”

在锡永医院，他推着她穿过纷乱的急诊科。医生们在法尔扎纳的周围拉上帘子，隔成一个小检查室。医生给她戴上氧气面罩；她每吸入一点氧气，都是那么缓慢，那么痛苦。推土机已经刺穿了她的肺，里面充满了空气。

医生在检查报告里写道，她的左臂和左腿骨折，全是开放性伤口。左小腿骨露出腿外，左大腿遍布淤青、凝结的伤块，右小腿也有创伤。胳膊断了几处。扫描结果显示，肝脏和肠子受到损伤，内出血导致腹部积血，背部和骨盆骨折。报告称，法尔扎纳身体里几乎所有骨头都已错位。

医生把手电筒靠近法尔扎纳的眼睛。她的右眼可以跟踪手电光，但左眼不行。在沙塔迪医院，看到她的脸肿胀，有挫伤和瘀伤，医生们尤为担心。他们认为，她的大脑可能肿胀，或受到创伤。由于伤势极为严重，他们不知道从哪里开始治疗。但在锡永医院，医生们首先在她的肋骨之间插入一根管子，抽出里边的空气，然后进行脑部扫描。

医生对等待在检查室外满身尘土的家人和其他拾荒者说，希望不大，但他们会尽最大努力来救她。接下来的三天将至关重要。如果法尔扎纳大脑的肿胀有所减轻，他们就可以开始治疗身体的其他创伤。

自从火灾发生后，杰汉吉尔的玻璃生意和私人垃圾清运业务几乎停止了。他回家拿出所有的积蓄，这些钱他本打算为妹妹做手术，现在，他要去希瓦吉纳加尔警察局，对法尔扎纳的事故提出诉讼。

法尔扎纳的兄弟姐妹们围在她身边，哭着。他们弯下腰，听见她反复说："我活不久了。"她低声道歉："给大家添麻烦了。"亚斯明和萨哈尼告诉她，会为她祈祷。"你会好起来的。"萨哈尼含着眼泪，贴着法尔扎纳的耳朵轻声地说，虽然她并不确定。

重症监护室外的走廊里挤满了数百名拾荒者。他们穿着泥泞的衣服，踩着超大号的胶靴，在医院的地板上留下泥脚印。一些人是法尔扎纳的邻居或朋友，另一些人不确定里面受伤的人是谁，前来查看。受害者可能是他们当中的任何一个人——那些在卡车倾倒垃圾后，推土机铲走垃圾前，靠抢拾垃圾以维持生计的拾荒者。这场事故随时可能发生在他们身上，虽然他们在工作时竭力不去想。法尔扎纳的悲惨遭遇让他们想起了自己的一生：在卡车下搜寻垃圾，跳上正在行驶的车辆，边捡垃圾边躲避推土机，在铲车将要把他们和垃圾一起铲走时才匆忙走开。他们紧紧地抓住倾卸卡车，当推土机离他们太近的时候才躲闪一旁。一些人的手指被轧碎了，还有一些人被卡车轮胎轧伤而导致残疾。在等待法尔扎纳的消息时，他们分享了各自侥幸逃脱的故事和不为人知的噩梦。

医生给法尔扎纳输血，静脉注射药物，等待她身体的反应。那天晚上，一名警官来到医院取证。在作为诉状附件的医疗报告中，医生记录了她的大部分创伤，称其非常严重。这名警官没有和法尔扎纳交谈，而是听取并记录了杰汉吉尔、杰哈娜和沙基蒙的陈述。其他警官也已经去过山上的空地，和那些亲眼看见推土机碾过法尔扎纳的拾荒者交谈过。他们起诉该司机因鲁莽和疏忽驾驶酿成重大事故，给当事人带来了严重伤害。如果他被判有罪，将面临最多两年的监禁，并被吊销驾驶执照。

警方从垃圾山入口登记处获得了早晨进入垃圾山的该推土机的车牌。司机名叫穆罕默德·哈希姆·汗（Mohamed Hashim Khan）。那天早上见过他的拾荒者说，他是个身材苗条的年轻人，眼睛炯炯有神。警察局最近刚搬进一片庞大的综合建筑群入口处的一幢多层白楼，巧合的是，他就住在那片建筑群里。电梯坏了，附近也没有吃饭的地方，但是这里没有弥漫不散的难闻气味，也不会灌入没及膝盖的浑浊季风水，不像山脚下的破旧警察局。

警察穿过拥挤的单间公寓大楼，来到哈希姆·汗的房间。这个综合建筑群占据了垃圾山社区和高速公路之间的一大片地，比生活在露天街道有了很大的改进。盘踞在孟买人行道和铁轨附近的居民陆续搬到这里，平生第一次有了自己的水泥房子和家庭住址。哈希姆的哥哥打开门，告诉警察，“小家伙”还没下班回来。警方连夜搜寻。第二天早上，哈希姆·汗独自走进了警察局。

一名警官记录了哈希姆·汗的陈词。五年前，他离开村子，和哥嫂住在一起。今年 26 岁，在山区已经开了好几年的推土机。那一天，他像平时一样，早上 7 点开始工作，整个上午都在山坡上铲垃圾。中午刚过，一辆卡车在他附近的空地上清空了垃圾，下山时，车陷在了泥泞的路上。他便开着推土机往回走，为卡车清路。

他在垃圾倾倒空地上费劲地铲泥土和垃圾时，从后视镜中看到拾荒者们冲他挥手叫喊。他听到动静马上停车下来，发现推土机下有个女孩。他说，她戴着耳机，没有听到推土机越来越近的声音。他以为那些人也在向她招手，警告她，但她却待在原地，没有注意到呼叫的人群和越来越近的推土机。他跑回驾驶室，开着推土机向前走，不知道车碾过了她的身体。

出事后，他非常害怕，一直逃到山门口，坐在市政办公室外面的一棵老榕树下。这棵树曾是垃圾运输铁路的终点，运到这儿的城市废弃物填满了沼泽地，堆成了山。他注视着市政办公室，这座小平房像往常一样嘈杂。没有人在搜寻他。他歇了一会，徒步回家。他来到警察局，告诉警官，自己来自首。警察便逮捕了他。

山上的工作停止了。一些拾荒者去医院守夜，另一些人因为恐惧和愤怒停止了捡拾垃圾。警卫不间断地巡逻，阻止捡垃圾的人进山。年纪较大的拾荒者去非营利机构向发放身份证的工作人员求助。法尔扎纳的事故让拾荒者心中酝酿了多年的怒火燃烧起来。整个城市依赖他们去清理，却对他们一直视而不见。拾荒者计划去抗议，去见市政官员。他们中任何一个人都可能像法尔扎纳一样，像地上的垃圾一样，被碾得粉碎。他们敦促官员惩罚肇事司机，补偿法尔扎纳的家人，保护在山上工作的拾荒者的安全。

事故发生在城市用地上。而法尔扎纳根本就不该出现在那里。政府官员获悉，向警方报案的杰汉吉尔侵占了山上的一块用地。他更应该受到惩罚，而不是得到赔偿。对拾荒者来说，这是个令人痛心的警示：他们生活在一个非法的影子世界中，是入侵者，而不是合法公民。法尔扎纳是潜行在山上的影子人群中的一员，幽灵折磨她，山上弥漫的毒气侵害她。无人关注，无人倾听。她在废弃物中寻觅宝藏，却和垃圾一起被碾成齑粉。

山上的市政工作人员看到了法尔扎纳被推土机碾轧。我听说，他们在每日登记簿上记录了这次事故。然而，当警方要求提供备忘录时，他们拖了几个月仍未出示。除了肇事司机，那个“小家伙”，没有人为她的不幸负责。

哈希姆·汗来到警察局的第二天就出庭受审。他的兄弟交了保释金，他便被释放回家。拾荒者听说他的兄弟阿扎德（Azad），是一个上门服务的电工。他借钱交了 2 万卢比的保释金。哈希姆传话，请求提供新的工作来偿还法尔扎纳及其家人，而警方则在法庭上对他提起诉讼。

法尔扎纳一家在祈祷和等待中度过了生命中最漫长的三天。海德尔·阿里坐在马赫杜姆·沙·巴巴神殿的饰有金银丝细工的白色走廊里，祈祷着。他带回一朵玫瑰，放在重症监护室的法尔扎纳的枕头下。杰哈娜守在她的床边，其他人在外面焦急地等候。护士们用眼药水让法尔扎纳瞪大的眼睛慢慢收缩。

拾荒者们每天都守在锡永医院的混乱拥挤的走廊里，等待法尔扎纳的命运。亚斯明也在人群中。每当医生们走出重症监护室，一股空调的凉风从门里涌出来，她便觉得胃里被吞噬了一个洞，心里忍不住想，医生要来告诉他们，法尔扎纳走了。

17 生死之间

三天后，医生通知法尔扎纳的家人，她的头部损伤正在愈合，脑部扫描图像清晰。他们将开始把她支离破碎的身体重新缝合起来，这将是个漫长而艰巨的任务。海德尔·阿里相信，定是马赫杜姆·沙·巴巴说情，女儿才得以重返人间。

手术在进行，日子陷入一片阴霾。法尔扎纳时而清醒，时而昏迷。肿胀的眼睛慢慢缩回到眼眶里。她痛苦地大喊，只有在镇静剂的作用下慢慢昏睡，哭声才减弱。然而，很快又醒了，躺在医院冰冷的金属床上，在剧痛中哭号。

有时，法尔扎纳似乎回到了他们的世界，询问朋友，要些冷饮。但其他时候，杰哈娜觉得，妹妹的哭喊仿佛来自幽冥世界。那些幽灵们曾经拽着她的四肢，把她拖到推土机下。杰哈娜看着法尔扎纳支离破碎的身体，疑惑她是否堕入了无法触及的地狱，仿佛生和死在她的体内搏杀。杰哈娜替法尔扎纳盖上毯子。

法尔扎纳记得自己在手术室外的绿色长廊醒来，等待手术。她独自等了好几个小时，害怕地哭了。后来医护人员赶到，把她送回了病房：手术室外排队的人太多了。然后她又被推到手术室外，等了好几天才进去。手术后醒来，发现自己身上包了一层又一层的绷带。胸部被支架箍住。左腿也被固定，以帮助小腿骨复位。她几乎不能动弹。

为了让手术继续下去，杰汉吉尔动用了他多年精心积攒的存款，这些钱来自垃圾生意，他私人的垃圾清运场，以及贾维德·库雷希的资助。钱不够时，他卖掉了自己的摩托车，它曾闪耀着他在小巷的成功。他的生活迅速下沉，但一心只想着法尔扎纳。多年来行走在山脚下的小巷，我曾多次看到这样的情景。山上的命运变幻无常，没有什么可以依靠，唯有爱的光芒照亮了山的阴影。生命无常，唯爱永恒。杰汉吉尔的积蓄渐渐花光了，海德尔·阿里走到法尔扎纳的病床前，轻柔地摘下她的耳环，然后卖掉。"如果她撑不过去，金子又有什么用？"他后来对我解释。

拾荒者开始远离垃圾山，或被警卫阻止进入。他们四处抗议，为法尔扎纳寻求帮助，也为了让公众看到他们这个群体。他们听说，碾轧法尔扎纳的那辆推土机属于当地一家公司，于是去公司法人代表的办公室外抗议。他并不在那里。后来才知道这位法人代表根本就没有推土机。他们又去别的地方继续抗议。几十年来，他们一直隐藏在市政当局、警察、城市、垃圾车和推土机后面。但随着山上频繁的火灾，越来越严密的安保措施，和法尔扎纳的悲惨遭遇，一切都已改变。现在，他们开始努力抗争，为了光明正大地活在这个世界上；为了让某些人看到他们；为了当他们靠近时，别人不再躲避；为了当他们被车碾过后，有人能承担责任。

在市政办公室，官员们也在进行一场较量。他们依照奥卡法官的最后期限，制订了垃圾发电厂的建设计划。根据这个计划，将在2016年9月举行标前会议。[1] 届时，将与感兴趣的公司进行磋商，听取它们的建议，然后在10月底（大约两个月后）邀请首次投标。顾问们建议，只有拥有多年建设大型垃圾发电厂经验的公司方可申请。但是，迪奥纳尔工厂将成为印度最大的垃圾发电厂，以前没有人承担过如此庞大的建设项目。有消息说，从8月到9月，市政府官员会见了来自中国、韩国和巴西的公司。据说，他们将与印度公司合作。

不过，这些公司高管在会议上表示，他们担心工厂会重蹈塔塔瓦的覆辙：没有垃圾可以焚化，没有地契，没有建厂资金，也没有市政府的支持。曾经失败的阴影，市政府仍在进行的仲裁，成为提案无法摆脱的障碍，减弱了这些公司的兴趣。回到山上的拾荒者越来越沮丧。他们设法找到推土机的主人，把他带到海德尔·阿里面前。然而肇事者却说，法尔扎纳根本不应该出现在山上。推土机几乎和他住的房间一样大。车靠近时，她为什么不走开？她疯了吗？听说她是个疯子。

萨哈尼听说推土机老板告诉市政官员，如果他们的推土机轧了人，被要求支付赔偿金，他们就不来山上工作了。他们知道，推土机必须不停地工作，垃圾车才能像往常一样，继续从城里运出垃圾，送往山上。这不应该是我们的问题，萨哈尼听说推土机老板曾对市政官员说。官员曾在一个非正式场合表示，推土机老板已向谢赫夫妇支付了治疗法尔扎纳的一些费用，但海德尔·阿里矢口否认。

海德尔·阿里决定让杰哈娜留在医院陪护法尔扎纳，其他人回去工作，为法尔扎纳的治疗筹钱。他大部分时间都待在家里。看到女儿破碎的身体，他哭得很伤心，杰哈娜不得不把他送走。

几次手术后，法尔扎纳从重症监护室被转移到医院的 E 区。她时而在剧痛中晕过去，时而清醒。病房里住了 30 多位女病人，弥漫着病人的气息。杰哈娜在房间里看着那些“可怕”的病人，心惊胆战。她们都遭遇了事故或烧伤，正在恢复中。

医生早上来查房，每隔几天就会给法尔扎纳拆换纱布绷带，为伤口敷药。换药时，法尔扎纳的惨叫声无人能比。杰哈娜转过身去。他们解开长长的纱布绷带，露出裸露的几乎散架的粉红色身体。医生检查她的伤口是否干燥，撒上药粉，擦上药膏，重新包扎。可怜的法尔扎纳，整个病房的人都在看着她，听着她的惨叫。每当回忆起那些换药的日子，杰哈娜都不禁苦笑。

医生离开后，法尔扎纳常筋疲力竭，昏昏沉睡，杰哈娜则去取药，拿回检查报告单。其他病人的亲属和她聊天时问，法尔扎纳为什么缠着那么多绷带？夜晚，杰哈娜蒙眬欲睡，法尔扎纳痛苦地呻吟。杰哈娜是兄弟姐妹中的老大，也是六个孩子的母亲。她瘦骨嶙峋，严肃刻板，神情坚定。在山坡上，她常常三言两语，就能让勇猛、难以拦阻的法尔扎纳乖乖听话。但在医院里，她只能无助地看着法尔扎纳在黑暗的病房里呻吟、哭叫。她无法像以往那样让法尔扎纳恢复理智。

杰哈娜后来说，当法尔扎纳被压在推土机下时，她以为幽灵终于离开了法尔扎纳。但在病房的漫漫长夜里，杰哈娜仿佛又看到了张牙舞爪的撒旦。灯熄灭后，杰哈娜感到一股阴气在法尔扎纳身上打卷儿。当法尔扎纳合眼入睡时，总是发现自己站在推土机前。那天上午，阴云笼罩着灰蒙蒙的山。她大声呼叫司机不要往后倒车。她大喊，她在后面。

法尔扎纳大声呼唤母亲，呼唤上帝，让自己逃避正在逼近的推土机。看到它越来越近，汗水湿透了她的身体。她嘴里唤着里亚兹（Riyaaz）的名字。杰哈娜认为法尔扎纳可以看到她无法看见的人。她疑惑，是不是法尔扎纳体内的幽灵在说话，或是从她不眠的眼睛看到了什么。法尔扎纳觉得嘴里发干。杰哈娜给她买了塑料包装的果汁。她狠狠地吸了一口冰凉的果汁，挣扎着蜷起长长的四肢，因为没有拉扯缝线或伤口，她慢慢睡着了。如果她转错了方向，或动作太快，就会痛苦地号叫几个小时。杰哈娜在地板上铺上床单，躺下来。她轻声地哭着，等待法尔扎纳入睡，通常会等到黎明时分。

一天下午，杰哈娜的大妹萨哈尼来了。她和杰哈娜在法尔扎纳睡觉时聊天。杰哈娜问萨哈尼是否知道里亚兹是谁。萨哈尼提醒她，巷子里有一个和她年龄相仿的男孩，名叫里亚兹·谢赫。他父亲因手伤不能工作后，他便辍学到山上捡垃圾。她们已经很多年没见过里亚兹了。

萨哈尼离开后，杰哈娜发现法尔扎纳醒了。她不记得自己在睡梦中喊过里亚兹或推土机司机。但法尔扎纳提醒杰哈娜，多年前自己来山上工作时，她们就认识里亚兹了。他也在下午来捡垃圾，常常在别人离开之后，还在工作。

2009 年 8 月，一个暴风雨的早晨，杰哈娜和法尔扎纳上山时看到山顶上有一小群人。姐妹俩走上前，看到拾荒者们浑身湿透，站在深及膝盖的泥地里，围着里亚兹。他躺在垃圾堆里，脸和身体都被轧平了，身上有宽宽的轮胎印。拾荒者们猜测，一定是市政当局在季风的日子使用的一辆大型推土机碾过了他。他们把他送到拉贾瓦迪医院，但到医院时，他已经浑身冰凉，死去多时了。前一个雨夜，他大概一直躺在垃圾堆里。

法尔扎纳听说他的母亲夏奇拉整个上午都在潮湿的山坡上找他。他母亲以为，也许里亚兹在山上捡垃圾，一直工作到夜幕降临，所以在山上过夜了。也许他累了，不想拎着一个空垃圾袋回家，所以睡在山坡上，等待次日清晨从酒店驶来的垃圾车运来贵重的垃圾。她问拾荒者是否见到她的儿子睡在垃圾堆里。他穿着一条棕色的裤子，在泥泞的山坡上可能已经褪色了。当她听说一个穿棕色裤子的人被送到医院时，她急忙赶到医院。里亚兹的死亡证明称他是意外死亡。法尔扎纳眼前总是浮现出那个灰蒙蒙的早晨。她告诉杰哈娜，合眼睡觉时，她看到了里亚兹被轮胎轧扁的脸。

几个月来，夏奇拉的丈夫整天坐在儿子的墓前，而她则在班加拉加利小巷游荡。自从我在2013年遇见她以来，她就像死了大半，憔悴得像个幽灵，脸上总是挂着眼泪。除了借我们贷款，在街角开了一家小店外，她从未离开过那条小巷，无论是村子里举行婚礼，还是她的母亲生病去世。“我怎么能把他一个人丢在这里?”她对我说，“万一他来找我呢?”10年以后，她还是这样念叨。里亚兹的影子也这样纠缠着法尔扎纳。

法尔扎纳痛苦地游离在生死之间，杰哈娜疲惫地守护着她。每天傍晚，阿拉姆吉尔的一个朋友就会走进病房，蓬松的头发映着窗外正在变暗的金色夕阳，略显苍白。来探望法尔扎纳的拾荒者越来越少，但他还是每天都来。杰哈娜经常让他去取止痛药，或者帮法尔扎纳撑上枕头。他忙得团团转，头发乱蓬蓬，显得个子高了几英寸。他大步流星地走进来，好像要弥补什么似的：也许是个子不够高，或许是白天不能来照顾法尔扎纳。

他简直成了法尔扎纳的影子。她的胳膊缠着绷带，动弹不了。他给她喂饭，按摩头和肿胀的脚，直到她睡着。他轻轻地捋着绷带，生怕拽痛她，把她惹哭。他好像是她的肢体，替她倒水，取毯子。他轻轻地坐在法尔扎纳身旁。杰哈娜听不见他在她耳边轻声说些什么。但有时法尔扎纳的脸上会浮现一丝笑容。

杰哈娜第一次看见这个男孩是在起初涌入医院的人群中。当时，小巷的拾荒者挤满了医院的走廊。小巷里她认识的大多数人都在那儿，她在寻找杰汉吉尔或阿拉姆吉尔的时候从他身旁经过，几乎没有注意到他。法尔扎纳被转移到病房后，他和阿拉姆吉尔一起来探望她，后来就单独来了。

每天晚上，当夕阳隐退，灯光亮起时，法尔扎纳就在床上不安地辗转反侧。男孩来了，满身尘土，晃着蓬松的头发，夕阳在脸上映出金色的条纹。他坐在法尔扎纳的床边。杰哈娜看到他们拌嘴，交谈。她不知道他是否应该留在这儿。每当法尔扎纳的药用完了，他主动去把药买来，还从自助餐厅带回果汁。杰哈娜开始让他照看法尔扎纳一会儿，她则可以离开病床，休息片刻。

她走到外面的走廊里，看着拿着床单和羊毛睡帽的夜间护理人员匆匆走过。那天她第一次想到了她的孩子们，想知道他们是否吃过晚饭。多年来，她每天晚上都想方设法地为他们做一顿饭吃。现在，她几乎不去想了。杰哈娜曾试图让她的丈夫去工作。

但是，纸牌游戏、随之而来的蔓延在山边的流言蜚语、酒精和毒品，让他的脑子里充满了猜忌和各种阴谋的想象。他总是对杰哈娜大发雷霆，老怀疑她会和别人在一起。他漫无目的地跟在垃圾车后，挣的钱只够自己私藏起来花。他仔细搜寻那些埋在垃圾里的宝石色酒瓶，在垃圾卸货场待到很晚，喝光酒瓶里早已发酸的残酒。

他像那群狐朋狗友一样，用发胶把头发向后梳得溜光，眼圈发青，骨瘦如柴。他们占据了法尔扎纳和朋友们在山上聚会的棚子。这些棚子用干树枝和树叶搭建，如今已经废弃了。有时，我走在山坡上，看到他们躲在黑暗的棚子里，光溜溜的、僵硬的头发，一排排玻璃般的眼睛茫然地瞪着我。我走到远处，转过身，看到阳光下，他们呆滞无神的样子，脊背不禁感到一阵寒意。他们的精神和身体都因酗酒而萎缩，他们总是怀疑，无法控制自己，愤怒和粗暴的拳头全部砸在自己的女人身上。

杰哈娜曾试图去山上捡垃圾以维持家庭的运转，但丈夫的怒火经常把她拉回来。想到漫漫长夜，她围着一个空炉子，不知晚餐在哪里，而他在门外转来转去，不让她跨出门槛，她禁不住泪如雨下。最后，当孩子们问她要几个卢比去买一袋薯片或饼干，她就让他们去外公海德尔·阿里的家。

杰哈娜陪护法尔扎纳的日子很痛苦，经常彻夜无眠，却让她摆脱了持续的焦虑和无米为炊的烦恼。法尔扎纳的挣扎反倒让她平静下来。她超越了自己的烦恼，开始思考别的事情。站在走廊里，她想起了法尔扎纳无数个夜晚的哭泣和呻吟。她意识到，纳迪姆（Nadeem）的意思是“同伴”，是法尔扎纳每天晚上念叨的一个名字。那个同伴——那个因为一头蓬松的金发而显得高大的小个子男人，是来照顾法尔扎纳的——成为她的影子，她的四肢。

他主动提出每天晚上带来沙基蒙做的晚餐。法尔扎纳一看就恶心，几乎不碰晚餐。杰哈娜坚持要她吃饭，两姐妹因此争吵起来。纳迪姆出面调停。他做了一点饭喂她。几个星期以来，法尔扎纳一看到食物就反胃，现在开始觉得食物太清淡了。她突然想吃点辣的。一天晚上，他带着自家做的晚饭回来了。他让母亲做了一份浓郁的羊肉咖喱饭。

他迟到时，法尔扎纳就有气无力地打他。他整夜坐在她身边，看着她哭泣，帮她翻身，轻声柔语地陪她说话，直到她睡着。法尔扎纳因为轻微的动作而痛苦地尖叫，杰哈娜和他在一旁痛心地看着。在日出前，她终于入睡了，而纳迪姆还要去上班。黎明时，他开着垃圾车，在城市的微光中，一趟接一趟装满垃圾，然后倾倒在山上。

18 纳迪姆

2016年9月下旬，雨季渐退，法尔扎纳从医院回到了家里。孟买即将回到骄阳四射的夏季，温暖干燥的风将卷起灰尘，在城市上空形成一层尘霾。风裹挟着高温，可能再次点燃弥漫在山上的气体，燃起熊熊大火。在尘土飞扬的烟雾里，拾荒者看到山坡上出现了军人。他们站在新建的瞭望塔上，用双筒望远镜观察着四周，监视着整个垃圾山区。

法尔扎纳回到了山脚下，勉强能撑起身体。杰汉吉尔和阿拉姆吉尔小心翼翼地抱着她穿过狭长的小巷，把她放在家里的地板上。手术已经做完，医院治疗费让海德尔·阿里花光了所有的积蓄，可法尔扎纳还没有痊愈。亚斯明和拉基拉学会了在家为她换药，以避免往返医院的奔波和昂贵的花销。敷药时，法尔扎纳痛得大叫，邻居们都闻声过来。沙基蒙弯着腰坐在她身边，把那些窜到家里捡板球和足球的男孩子们赶出去。孩子们都呆呆地盯着法尔扎纳畸形的肢体。

从9月到10月，市政府官员向所有潜在的竞标者递交了治理垃圾山、缩小山上毒气光环的计划。他们征求了一些公司的建议，并提出了相应的整改计划。但市政府与塔塔瓦之间的纠纷，以及仍在进行的诉讼，为会谈蒙上了一层阴影。山上的大火，像影子一样游荡在山上的拾荒人群，以及山上混乱不堪的过去，谁敢接手这个烂摊子？这座垃圾山能改变吗？他们有些担心。

随着投标的日子渐渐临近，火焰的幽灵也来迎接他们。几天前，市政府雇用了马哈拉施特拉邦安全部队——这是一支受过警方训练的突击队，受雇保护设施、公司和富人——来保护山区的安全。

海德尔·阿里站在界墙旁，注视着这些身着军装、头戴突击队棒球帽和墨镜的新警卫。他们看起来比山上以前的守卫都要高大。他眯着眼睛对着午后的阳光，试图破译他们的巡逻时间表。他们什么时候休息吃午饭？什么时候能走到山的另一头，好让他溜进山里？什么时候开始轮班？似乎总有人守在那里。这些新警卫们要来清除曾经萦绕在山上的幽灵、火灾和入侵者，为工厂的建设做好准备。

一天晚上，因为跟踪那些不间断巡逻的警卫，海德尔·阿里很晚才回到家。他看到法尔扎纳站起来，倚着纳迪姆。他们已为她找到一根拐杖，让她可以拄着站起来，蹒跚走几步。现在，拐杖被扔在地板上。在去山上的路上，海德尔·阿里听到人们在议论法尔扎纳。她会永远留下疤痕吗？她能治好吗？他们尤其关心的问题是，谁会娶她？她能生孩子吗？听说她身上的骨头全断了。她真是捡回了一条命啊。她以后就这样生活吗？好几个月来，海德尔·阿里一直在躲避纳迪姆。这个男人和法尔扎纳约会是失礼的。法尔扎纳幽灵缠身，被推土机碾碎，挣扎在死亡线上，再加上一个不相干的男人晚上来拜访她，这会完全扼杀她的婚姻前景。但纳迪姆让她重获新生。

海德尔·阿里决定要彻底了解纳迪姆。那天晚上，法尔扎纳已睡下，阿拉姆吉尔摊开四肢躺在旁边的地板上。他呼唤儿子过来。阿拉姆吉尔走了出来，身体僵硬，满面倦容。纳迪姆也跟着出来，回自己的家去了。阿拉姆吉尔告诉父亲，纳迪姆来自帕德玛纳加尔，这是紧靠垃圾山的最后一个社区，位于一片荷花沼泽地。他的父亲是一名泥瓦匠，在城市向迪奥纳尔扩张过程中，赚了不少钱。有一段时间，他甚至来到山脚下，远离了垃圾营生。他把纳迪姆兄弟们送到附近的一所私立英语学校。小女儿出生时患先天性心脏病，在市里的几家医院治疗。她渐渐长大后，他们发现她听不见，也不会说话。纳迪姆兄弟们逃课，他从山上把他们拽回来。失望之下，他把他们转到了市立学校。三个男孩很快就退学了。从那以后，阿拉姆吉尔经常在山上见到他们。

纳迪姆的父亲于2016年4月死于癌症。几天后，纳迪姆当了一名垃圾车清运工，以偿还父亲患病期间的医疗费。他经常在阿拉姆吉尔开的卡车上工作。黎明开始照亮这座城市时，他们疾驰在空荡荡的街道上。吹拂着清晨的微风，他们几乎没有注意到满载垃圾的卡车散发出的恶臭。他们开车前往库尔拉中心郊区的本市最大的零部件商店和汽车修理厂，一趟趟地装卸煤烟渣滓。他们把城市鞋匠的廉价橡胶鞋底、水产市场的饵料，倒进他们的卡车。他们看到一个购物中心从低矮的天际线拔地而起，一幢幢高楼大厦矗立在沼泽地的尽头，形成一个闪闪发光的新金融区。他们也去萨基纳卡和波瓦伊，那里的低矮的湖边住宅正在被公寓楼、呼叫中心、科技初创企业和灯光柔和的咖啡店取代。纳迪姆把垃圾中有用的东西留下来，和阿拉姆吉尔一起拿出去卖。阿拉姆吉尔开车的时候，纳迪姆探出窗外注意路况。他们一趟趟装满库尔拉老城和波瓦伊地区的垃圾，然后运往迪奥纳尔垃圾山。渐渐地，两人成了朋友。

阿拉姆吉尔白天也开着车前灯，朝着遥远的山边行驶。薄雾笼罩着蜿蜒的山路。他一直按着喇叭，好让对面驶来的卡车透过雾气看到他们。大火让山上的生活陷入了一片混乱。新的垃圾覆盖着烧焦的垃圾，灰烬里露出隐藏的宝贝。就在那时，纳迪姆第一次看到一个高挑、苗条的女孩从垃圾车里拉出瓶子、玻璃和金属丝。她很漂亮，在争抢垃圾的混战中势不可当——但她根本没注意到他。朋友们告诉他，那个女孩肯定是法尔扎纳：杰汉吉尔和阿拉姆吉尔的小妹妹。难道纳迪姆以前没见过她吗？

杰汉吉尔是贾维德·库雷希的手下。他精力旺盛，喋喋不休，他的势力正在山上崛起。如果纳迪姆打算以后开垃圾车，就必须向阿拉姆吉尔学习驾驶。这兄弟俩，他谁也惹不起。接近法尔扎纳很困难。然而，趁兄弟俩不在的时候，纳迪姆目送着法尔扎纳挤进争抢垃圾的人群，渐渐远去。

一天下午，纳迪姆开着已卸空垃圾的卡车缓缓驶下山坡，准备返回城里。这时，他看见了站在山下的法尔扎纳和法哈。他把车停在她们身旁。“要帮忙吗？”他问。法尔扎纳认出他是阿拉姆吉尔的长发朋友，半敞开的衬衫里总是露出鲜艳的网眼背心。法尔扎纳和法哈坐到后座上，打算去市政办公室附近的垃圾销售店卖掉垃圾。他们沉默着，看着窗外的垃圾山从眼前掠过。他把她们放在目的地，开车离去。

那天以后，纳迪姆开始觉得法尔扎纳在垃圾清理场注视他。一天下午，她和朋友们聊天时，咯咯地笑了起来，似乎指了指他又长又直的头发。他像触电般，心猛地一沉。几天后，他的卡车到达清理场时，他两侧的头发剃得短短的，头顶的头发蓬松卷起。法尔扎纳用力地点点头表示赞许，然后转身钻进从卡车上倾泻下来的垃圾堆里。

一位卡车清洁工在清理场上走近法尔扎纳，问她：他的朋友纳迪姆很喜欢她。她也喜欢他吗？“我会考虑的。”她一边回答，一边把车上的垃圾塞进她的袋子里。她开始逗留在纳迪姆的卡车周围，和其他拾荒者争抢车上的垃圾。她用赚来的钱买了中式炒面。它混合了卷心菜片、辣酱和印度香料，又酥又脆。这两种东方饮食文化的交融让法尔扎纳和法哈的舌头变成了橘色，辣得眼泪直流。休息的时候，法哈常用胳膊肘碰碰法尔扎纳：纳迪姆就站在她们身后的马路对面。法尔扎纳能感觉到他在看她。

不管她在哪里，都能听到纳迪姆的来电铃声。一回到家，她就从法哈的包里掏出在山上捡到的已修好的手机，查看他的电话，然后藏起来，希望不要被杰汉吉尔或阿拉姆吉尔发现。接着开始分拣当天的垃圾。有时，电话铃声响起，法哈就把手机推到她面前，她会轻松地聊几句，然后挂断。在纳迪姆向她表白几个星期后，她接过他的电话，说她也喜欢他。

山上火焰升腾，山脚下的小巷飘浮着烟雾。无人机在山坡上空盘旋，电视摄制组在底下随行。燃烧的垃圾将他们团团围住。法尔扎纳在垃圾倾倒场等纳迪姆，但他的卡车经常被派往穆隆德垃圾山。有时，他来到倾倒场找她，她却已经被山上的警卫赶回家了。因为总是错过对方，他们争吵起来。法尔扎纳不断尝试穿过山上的大火和浓烟，避开警卫，去山上找他。她发烧了，沙基蒙以为是撒旦附身，在她胳膊上缠满了护身符。但什么也不能把她留在家里。

平日晚上，纳迪姆会跟着阿拉姆吉尔来到他的垃圾销售店，帮着整理垃圾，称重，给卖垃圾的人付钱，但山上的大火让生意萧条起来。因为没什么活，他们早早就锁了门，到阿拉姆吉尔家聊天。法尔扎纳在旁边转来转去，也不太理他们，偶尔会转身告诉他们，所谓他们的朋友被警卫殴打了，有人通过贿赂警察晚上溜进山里干活，等等，都是谣传。卡车司机对拾荒者又了解多少呢？

法尔扎纳和纳迪姆终于设法来到垃圾场，在烟雾的笼罩下悄悄地一起走着。炽热的太阳炙烤着法尔扎纳的嘴唇，燃烧的垃圾烫伤了她的脚底，剥落了一层皮。烟熏得她咳嗽，喉咙和胸口发痒。纳迪姆给她带来了瓶装水。

一天下午，纳迪姆来到垃圾清理场，法尔扎纳正等着他，手里拿着一个透明的小塑料袋。抬头看到她脸上的笑容，他疑惑地看了看袋子，里边装着一个礼物——一粒生米。“仔细看看。”她对他说，接着又重复了一遍。在哈吉·阿里神殿，她让人把他们俩的名字写在米粒上：纳迪姆和法尔扎纳，永结同心，共享一粒米。

法尔扎纳 18 岁生日来临的时候，雨水浇灭了山上的大火和浓烟，淋湿的垃圾开始膨胀。她成年了，在家人熟睡后，她和纳迪姆通话，让他来见自己的父母，向她求婚。父母已经开始给她找婆家了。她在米拉·达塔尔的神龛里挂了绿色的手镯。如果他不赶快来求婚，她就会嫁给别人了。纳迪姆来到她家，却回避着她的父母和大哥杰汉吉尔。他等着考上驾照，找一个好工作，希望能打动她的兄长们。法尔扎纳夜里时睡时醒，黎明前就去山上。

阿拉姆吉尔的妻子亚斯明起了疑心。一天下午，她拐弯抹角地询问法尔扎纳那个常到家里来的矮个子男人。"他的鼻子看起来就像面糊掉进热油里的帕科达。"亚斯明对法尔扎纳说。她还没找到机会细问阿拉姆吉尔，只听他说过纳迪姆刚来车队，想跟他学习驾驶。"纳迪姆喜欢你吗？"她问法尔扎纳，但没有得到回应。"他太矮了，配不上你。"她鼻子哼了一声。法尔扎纳在六姐妹中个子最高，她应该找一个比纳迪姆更好的男人。

一天早晨，纳迪姆开车来到山上，一路上，水瓶在脚边滚动。法尔扎纳在等他。她从车上捡完垃圾后，纳迪姆把水递给她。她咕咚咕咚地喝着，水滴顺着长长的脖子淌下来，她边说边笑，几乎没工夫喘口气儿。下午晚些时候，他从城里拉完一趟垃圾回来，没有见到她，也没见到通常围在卡车周围的拾荒人群。一个捡垃圾的告诉他，有人在清理场被推土机碾轧，倒在地上奄奄一息，其他人送她去医院了，很快就会回来。受伤者可能活不长。

山上流传着各种各样的故事。纳迪姆曾听说，有的孩子被山上的野狗吃掉了，而孩子的母亲还在人群里争抢垃圾。有人因为帮派争斗在僻静的山顶被刺死。有个歹徒为了躲避警察，用一条废弃的地毯把自己裹起来，在山里躲了好几天。在这期间，他改过自新；再次出现时，已是附近清真寺的一名教士。山上的故事，很难说哪些是真实的，哪些是杜撰的。

后来，纳迪姆听说被压在推土机下面的是法尔扎纳。他上班中途离开，在医院的走廊里徘徊了好几天，却没见到她。朋友们渐渐地回去工作了，但纳迪姆一直等在门外，直到阿拉姆吉尔出来告诉他，法尔扎纳要见他。纳迪姆听说，就在医生下达可怕的预后时，她还在喃喃地叫着他的名字。在接下来的几个星期里，纳迪姆晚上在医院陪护，白天开垃圾车上班，以维持家庭的正常运转。他时常感到头晕目眩。日子一天天地过去，他的母亲和海德尔·阿里都在晚上等待纳迪姆回到他自己的家。但他仍穿梭在医院走廊、病房，然后是海德尔·阿里的家。

那天晚上，海德尔·阿里意识到，法尔扎纳冒着熊熊的大火去山上工作，烟熏得她发烧、咳嗽，住进医院还在呼唤的那个人是纳迪姆。他让阿拉姆吉尔把那个年轻人叫来。他问纳迪姆，为什么他每天都来？他应当知道法尔扎纳的身体被轧得血肉模糊，现在还伤痕累累。纳迪姆告诉海德尔·阿里，他在医院熬过漫漫长夜，并不是为了离开法尔扎纳，他要娶她。听到这些话，海德尔·阿里泪水盈眶。

几个星期以来，纳迪姆的朋友们一直提醒他，法尔扎纳可能会终身残疾。这还不是唯一的障碍；他的大哥告诉他，不要接近山里的女孩。得知他们的恋情后，他警告纳迪姆："离开她，兄弟。"但纳迪姆答应了法尔扎纳，又对海德尔·阿里作出了承诺。杰汉吉尔一直想让他的妹妹嫁出大山。但是他知道，消息在婚姻市场传播得很快。法尔扎纳成了这样，谁还会娶她呢？再说了，她也不肯让步。对于她的婚事，她只有一句话："如果不能嫁给他，我就去死。"

双方开始筹措婚事。纳迪姆告诉海德尔·阿里，他会让他的母亲接纳法尔扎纳。然后，他会把住在村子里的叔伯们接过来。他必须征求家中长辈的同意，尽管他们从未住在一起。海德尔·阿里让阿拉姆吉尔去向纳迪姆的母亲提亲。亘古不变的礼仪将取代在烟雾缭绕、不断上升的垃圾山上许下的诺言。

市政府准备登广告，为棘手的垃圾山项目寻找合适的竞标者。企业对标前会议的兴趣一直不冷不热。一位市政工程师告诉我，他们常参加研讨会，学习撰写样板招标书，以吸引投标者。他们已经对这个项目做了一些改进。但是，既要满足市政府的要求，又要吸引潜在的竞标者，非常困难。建造该工厂的公司将支付一大笔保证金，以确保工厂的良好运作，五年后才会收回这笔钱。一家印度合作伙伴打算经营这家工厂，但建设如此庞大的工厂在印度史无前例。这些公司担心难以满足市政府提出的条件。

由于塔塔瓦指控该市未能履行已达成的协约条款，而相关仲裁仍在进行中，这让潜在的竞标者深感忧虑。另外，拾荒大军从未远离垃圾山，尽管政府下大力气来驱逐他们。一位参与工厂规划的市政工程师告诉我，"我们确实没有在垃圾山周围真正建造一堵界墙。"但是，若没有界墙划分属地，又有拾荒大军不断破坏新修界墙，如何让新公司在山上立足呢？这不能不让潜在的竞标者忧虑。2016 年 11 月 8 日，市政府发布了在迪奥纳尔垃圾山建设垃圾焚烧发电厂的招标广告。孟买市政府委员桑杰·慕克吉对此项目表示乐观。他对记者说:"这将是世界上最大的发电厂之一。"[1]

几天后，印度的节日季结束了，山上刮起干燥而猛烈的风，植物很快枯萎了，山变成了棕色，浸在垃圾里面的雨水蒸发后，山被抽瘪了。风吹过山坡时，若撞上从慢慢腐烂的垃圾中散发出来的易燃气体，夹在垃圾中的爆竹，或被太阳晒焦的垃圾，极易引起火灾，而此时开标正在进行。警卫巡逻依然严密。海德尔·阿里看着拾荒者悄悄地爬上山坡，被守卫们发现后，围着用棍子暴打，然后被赶回去。他把这些令人忧愁的故事藏在心里，讲给晚上来家里串门的朋友。他们也叙述了发生在自己身上的故事。一阵寒意蔓延在小巷里。

从城市另一头来的拾荒者在黎明前溜到无人巡逻的深山里。几天后，被警卫发现，然后接着寻找新的地方捡垃圾。秘密地点越来越少。海德尔·阿里听说越来越多的朋友开始上夜班，在警卫早晨上班之前收工回家。所以警卫开始了夜间巡逻。海德尔·阿里坐在屋外的长凳上，下巴抵在支起的膝盖上，凝视着萨哈尼和亚斯明用捡来的木屑烧饭后留下的银灰色的灰烬。因为法尔扎纳的伤病和山上日渐惨淡的生意，一家人的生活已难以为继，他已经好几个星期没有买煮饭的食用油了。自从停止支付有线电视费后，整日在屋里喋喋不休的肥皂剧就沉寂了。沙基蒙的缝纫机和搅拌机也都坏了。萨哈尼带来了研钵、研杵和磨碎的酸辣酱，就着煤气灶上烤的薄饼吃。早些时候，海德尔·阿里让我看他的房屋税账单——为了获得市政当局对居住权的承认，他必须纳税。他在此居住三年了，但没交一分钱的税。他对我说，“如果他们来驱逐我，我就得纳税。”

市政府计划在2017年1月之前提交投标书，4月后开始动工。工厂建成大约需要三年时间。奥卡法官下达在2017年6月之前关闭垃圾山的最后期限几乎是徒劳的，但毕竟取得了一些进展。官员们希望这能让垃圾山再维持一段时间。

19 备　婚

几周以来，纳迪姆的母亲沙欣（Shaheen）一直在等提亲人上门。她以为儿子夜不归宿是因为他朋友的妹妹出了事故，住进了医院。邻居们问她是否知道自己在为未来的儿媳做饭，因为她不喜欢医院的食物。看着纳迪姆对着墙上的小镜子没完没了地整理头发，沙欣心里明白，这都是因为医院里的那个女孩。

阿拉姆吉尔终于登门拜访了。沙欣告诉他，他们家的房子与海德尔·阿里家的不同。小巷里的房子都建在垃圾上，而他们家第一个在砖石基座上建起了房子，这是家境比较殷实的标志。雨水从山上流下来，穿过小巷，而他们的房子高高地矗立在流水之上。万丈高楼也是平地起。沙欣刚过门的时候，只有边墙，季风吹，雨水淋。她后来告诉我，独自在家时，她拿着一根棍子，坐在屋前的空地上，把那些撒旦挡在屋外。慢慢地，纳迪姆的父亲修了前后墙，又加盖了一层楼。全是砖砌的，非常坚固。不像法尔扎纳住的那个简陋的阁楼——她听别人说的。法尔扎纳嫁到他们家是攀高枝了。

双方同意沙欣几周后来探望法尔扎纳，纳迪姆的叔伯们在纳迪姆父亲去世一周年后也会来参加婚礼，认可这桩婚事。海德尔·阿里听到这个消息后，整个下午都在班加拉加利小巷踱步，担心法尔扎纳是否能被未来的婆婆看上。为了纳迪姆，法尔扎纳挣扎着从床上爬起来，痛苦地迈开腿走路。只有和他在一起，她才能拥有别人以为她永远无法得到的生活。要是她能通过婆家的婚前考验就好了。但是她这个样子，怎么可能呢？海德尔·阿里忧心忡忡。

几周前，海德尔·阿里看到小巷里挂起了一串串彩色的装饰灯，从他的门前经过，一直延伸到山里的帕文·谢赫（Parveen Shaikh）家。帕文身材娇小，戴着眼镜，一脸的阴郁。多年来，她靠捡垃圾，供两个儿子上了高中。她每每以此为荣。每天晚上，她会检查他们的口袋，以防犯罪团伙用金钱或毒品引诱他们。"儿子们一天天长大，我日日担心，连吃饭都没有胃口。"她常对沙基蒙说。沙基蒙无言以对：除了最小的儿子拉姆赞，她的另外两个儿子连学校的门都没进过。

帕文的大儿子伊斯梅尔在一家手机公司当收银员，小儿子是一名裁缝，常将下脚料交给母亲拿出去卖。几天前，帕文做晚饭的时候，伊斯梅尔带着他的新娘回来了。他们是同事，已秘密结婚了。帕文想在村子里找一个温顺的女孩做儿媳妇的梦破灭了。既然新娘已进了家门，她只好为他们操办婚礼，招待亲戚朋友，在小巷里张灯结彩。

法尔扎纳和伊斯梅尔一起长大，他只比她大几个月。她决定去参加婚礼宴会。此外，她还想看看那个让帕文梦想成空的新娘。整个班加拉加利小巷都在谈论她。法尔扎纳说她在父母去之前就出发，早去早回。婚宴就设在小巷的入口处。海德尔·阿里无法拒绝她。

法尔扎纳挑了一条蓝色长裙，一件缝着金线的上衣。萨哈尼帮她穿好衣服。对镜整理头发时，法尔扎纳觉得自己的喉结鼓了出来，很难看，脸僵硬，有些变形。她把镶有金色流苏的蓝色杜帕塔头巾紧紧地裹在脸上，遮住脖子，在脸上扑上粉，让皮肤显得光亮。她从房间走出来的时候，海德尔·阿里几个月来第一次看到女儿曾经的样子，只是瘦得像一个影子。

海德尔·阿里端上一杯茶，坐在屋外的长凳上。法尔扎纳和法哈沿着小巷缓缓地走向婚宴大厅。他听见法尔扎纳在哭。这些天，她的哭声一直响在耳边。他没有在意。但哭声越来越大。他放下茶杯，伸长脖子朝着小巷望去。法尔扎纳扶着法哈，正一瘸一拐慢慢地往回走。泪水弄花了她脸上的脂粉，离开时的容光焕发和兴奋之情荡然无存。萨哈尼扶她进屋，坐在地板上，替她整理衣服。

法哈解释说，走在半路上，法尔扎纳裙子上绣的扇形褶皱的一条长长的金线勾住了她小腿上的缝合线。她弯下腰，试图把它解开，但是拉拽使伤口开裂。她感到小腿一阵阵地痛。小巷在眼前旋转。

法哈和法尔扎纳都哭了。她的手心全是汗，扶着姐姐时，手直打滑。她站起来，把姐姐的胳膊架在自己肩上，搂着她，一瘸一拐地往回走。当萨哈尼和法哈试着把法尔扎纳的裙子从小腿上脱下来时，她的尖叫声响彻了整个屋子。海德尔·阿里在屋外束手无策，潸然泪下。他听见她们叫她忍着别动，好解开金线。

然后，房间里静了下来。她一定是把那件衣服脱下来了。他长舒一口气。然后是一阵长久的静默。她一定是睡着了，他想。他啜了一口茶，茶已温凉。

然而，他却看见法尔扎纳穿着一件浅粉色的宽松的沙丽克米兹走了出来。她已重新梳理好头发，化好妆，准备再次出门。她错过了婚礼，无论如何也不能错过婚宴，她告诉他。她还是那个永不放弃的法尔扎纳，他边想，边看着她再次向班加拉加利小巷走去。

纳迪姆一到晚上就来家里。法尔扎纳把手搭在他的肩上，慢慢地向前走。她比他高吗？所以她的手才能那么舒服地搭在他的肩膀上？亚斯明问法尔扎纳。法尔扎纳说，他因为搀扶她才弯腰，她自己也要微微地弯腰。他们在屋里散步的时候，法尔扎纳常突然停下脚步，转身问纳迪姆，他会送她什么结婚礼物？他说，到时她就知道了。婚礼的光芒突然在眼前闪烁，她必须抓住它。

她加入了“库拉阿斯曼”（Khula Aasman），试图治好她的跛脚。这是一个为小巷女孩们开设的免费足球课程。迈赫伦和其他一些女孩都想在下午之前完成烹饪，装满水，绣完刺绣，这样就可以在一片小空地上玩耍了。因为法尔扎纳加入的球队必输无疑，大家央求她坐在旁边，看她们玩。但法尔扎纳穿了件浅蓝色T恤，上面印着“库拉阿斯曼”，意思是“广阔的天空”。比赛每星期举行两次，每次开赛前，她就坐在那儿，等着被选中。她告诉她们，医生建议她进行一些锻炼。她乐于走着，跑着，然后筋疲力竭地回家。

她沿着小巷，先步行到姐姐们的家，然后再到朋友们的家。

这样就可以在沙欣来之前治好她的跛脚，法尔扎纳想。一天下午，她沿着 90 英尺路去一位朋友家。她低着头，努力伸直自己的膝盖。猛地抬起头，发现一辆推土机正缓缓地朝她开过来。它越来越近，轰隆隆的声音在她耳边回响。她站在原地。它步步逼近。她泪如雨下。她无处可去，它正向她碾轧过来，就像在梦中。

一位邻居看见法尔扎纳站在一辆推土机前哭泣。它正在倒着行驶，碾轧融化的混凝土，修补被雨淋得坑坑洼洼的道路。邻居把她送回家。她几乎哭了一个下午。晚上，当纳迪姆和其他人走进房间时，她告诉他下午的情形，“简直就和梦里一模一样”。他让她坚持行走。

他离开后，她按摩着膝盖，以缓解疼痛和肿胀。想要结婚——恢复以前的面容，像以前那样走路——她想要的是不是太多了？法尔扎纳不由得烦躁起来。纳迪姆每天晚上都来看她。他们互相打趣：纳迪姆声音轻柔，法尔扎纳嗓门较大，他的温柔让她变得开朗起来。他怂恿她站起来，走起来，动起来。

法尔扎纳没有任何被魔鬼附身的记忆，也一直不太相信鬼魂的存在——或者任何让她回忆起过去的事情。但随着沙欣来访日子的临近，她让海德尔·阿里和亚斯明整理好她的护身符，并增加一些新的祷文，祈祷驱除那些令她手抖、腿瘸的余孽。法尔扎纳发愁，穿什么衣服好？如何端坐喝茶而手不颤抖？她让萨哈尼买了对浅绿色的玻璃手镯，搭配玫瑰粉色的沙丽克米兹，上面绣着栩栩如生的玫瑰花蕾，以及鲜绿色的枝叶。沙欣来的那天，她要穿戴得漂漂亮亮，希望纳迪姆的母亲看到的不是法尔扎纳现在的样子，而是一个脱胎换骨的美丽姑娘。

市政府在报纸上刊登了建设垃圾焚烧发电厂的广告。官员们惴惴不安，希望投标方能忽略庞大的垃圾山及其混乱的过去，看到工厂建设的光明前景。他们调整了招标条件中的条款，宽慰潜在的投标者，工厂可以营利，塔塔瓦的麻烦也不会来困扰他们。他们等待竞标者的到来。

当官员们向法院委员会提交他们的计划时，一些成员曾担心他们过于雄心勃勃。他们认为，即使20年后，经营该工厂的特许权到期了，工厂也可能赚不了钱。难道政府不能先建一个小型发电厂吗？况且焚化炉需要燃烧干燥的垃圾，然而家庭垃圾未经分类就被一股脑地装上垃圾车，富裕人家扔弃的垃圾最有价值，却连垃圾桶都没有，也不知道如何处理垃圾。所有的东西，从食物到鞋子，再到剃须刀片、废旧电池、注射器、药片条和尿布等，都混在一起，倾倒在山上。调查显示，孟买只有不到10%的垃圾被分类处理。

我从旧报纸上获悉，自1970年代以来，这座城市和迪奥纳尔垃圾山就已安装了焚化炉，有一个焚化炉的历史甚至比那些垃圾山还早。[1] 但是，在焚化炉的建设还处于困境时，拾荒者就已经把所有运到山上的垃圾拆分了，变废品为生产原料。普加瓦拉斯人（phugawalas）搜寻塑料，琼巴夸拉斯人（chumbakwalas）捕捞金属，钦迪瓦拉斯人（chindiwalas）捡拾布屑。他们把垃圾带回小巷，再进行分拣，转售，制成新的产品。

政府加强了家庭垃圾分类。要求房屋管理部门在辖区空地将可生物降解的垃圾进行分离并堆肥，只允许将干垃圾用卡车运往迪奥纳尔、穆隆德或坎尤尔马尔格。违者将被罚款，或吊销其建屋牌照。顾问们计划在山上用筛子和磁力分离器来分离垃圾，而不是靠拾荒者，从而向工厂提供可用于焚烧发电的垃圾。报告称，山上的影子拾荒大军将被取缔，但他们可以在工厂或小巷的清洁部门找到更好的工作。政府在等待垃圾焚烧发电厂开始投标。

萨哈尼不知道该如何告诉妹妹，她走得越多，腿就跛得越厉害。12 月初的一个晚上，我跟着萨哈尼爬上摇摇晃晃的金属楼梯，来到法尔扎纳住的阁楼。她醒了，躺在床上，穿着一件蓝色的沙丽克米兹，矜持地蒙着头。萨哈尼掀开被子，撩起法尔扎纳宽松的衣服，向我展示从脚踝延伸到大腿和臀部的粉红色伤口。这些伤口塌陷在缺损的肌肤上。手臂上也有长长的伤口缝线。萨哈尼按了按法尔扎纳肿胀的膝盖和脚踝，问我："她这个样子，谁会娶她?"她为妹妹即将面对婆婆的考察而苦恼。

第二天，沙欣来到法尔扎纳面前。她体态丰满，性格温柔，也许是因为从未在山上劳作，也从未与人争抢垃圾。两人很少说话，却觉得彼此相识。纳迪姆曾对母亲说过，法尔扎纳不能提重物，也不能蹲着洗衣服。沙欣对法尔扎纳说，"我们一起管理这个家。"她下楼告诉海德尔·阿里，她同意了这门亲事。后来她对我解释，"如果我拒绝，会伤透他们的心。"纳迪姆的叔伯们会在 2017 年 4 月他父亲去世一周年时来拜访他，并最终批准了这桩婚事，她告诉海德尔·阿里。

海德尔·阿里接下来考虑的是如何才能尽量推迟婚礼，如果不能取消的话。沙欣告诉他，这是她过门后家里举办的第一次婚礼。他们是个大家庭，许多人都会来参加婚礼。然而，海德尔·阿里甚至连婚礼的一半费用都付不起。他再也找不到可以借钱的人了。他甚至不能向儿子杰汉吉尔开口：他已承担了法尔扎纳的主要医疗费用。

海德尔·阿里将法尔扎纳的婚礼定在了 2017 年 6 月，他有将近八个月的准备时间。他急需钱，但山上的工作仍然不稳定。自从几周前有拾荒者在垃圾里捡到钞票以来，警卫就不让他们上山干活了。海德尔·阿里听说有人发现了一个装满钞票的麻袋。消息传开后，警察来了，没收了钞票，并告诉捡钞票的人，那些钱一文不值。为了防止恐怖分子印制假钞，破坏印度经济增长，印度总理辛格禁止使用大额纸币。于是那些在城里藏匿多年的钞票开始到达垃圾山；钱突然变成了垃圾。在警卫和警察阻止他们进入山区之前，拾荒者以远远低于面值的价格出售这些纸币。为什么装在袋子里的钱到达他们这儿时，就变得毫无用处了呢？海德尔·阿里百思不得其解。

一天晚上，在家聊天时，海德尔·阿里告诉表弟巴德雷·阿拉姆，“总理要给我们颁发身份证。”有了身份证，海德尔·阿里就可在山上随意行走和工作。他想，如果身上有总理发的身份证，警卫就不能赶走他们。这就是他对新发布的固体废物条例的理解。志愿者曾告诉他，根据这些条例，拾荒者要参与城市废弃物的管理。

这对表兄弟聊起了如何在法尔扎纳婚礼前重振刺绣作坊的

事。海德尔·阿里温和地表示，尽管他决心继续从事刺绣业，但昨天还是去山上工作了，只是山上可选择的活已经不多了。他们向我们的信贷员申请新的贷款，但我们已经停止了对小巷里的拾荒者发放贷款，因为我们看到那些人在连连失败的生意中举步维艰。他们用贷来的钱支付几个星期的家庭开支，很难偿还分期付款。为了偿还我们的债务，他们经常转向附带更多强制偿还条件的高利贷，从而在债务的泥潭里越陷越深。一些人不堪重负就消失了，像穆哈拉姆·阿里和纳格什那样。一些人从手推车小贩做起，然后开一个店，最后发展到办刺绣作坊；而另一些人，如海德尔·阿里，则回到垃圾山继续捡垃圾。[2] 看着拾荒者拆东墙补西墙，无法偿还贷款，我们停止了在山区和孟买的贷款业务，转向农村地区。在那里，我们可以通过培训来改善借贷，以确保业务的正常运转。

海德尔·阿里看着房间角落里的黑色袋子，告诉巴德雷·阿拉姆，自己收集了22磅压扁的塑料瓶。巴德雷·阿拉姆迷惑地看着他。海德尔·阿里双手一摊。他还能做什么呢？法尔扎纳的婚礼不远了。

海德尔·阿里最小的孩子，10岁的拉马赞走了进来。“我永远不会把他送进山里。”海德尔·阿里告诉我。拉马赞是家中唯一早上自己醒来，煮好茶，7点半前就去上学的孩子。说到他，海德尔·阿里的眼睛闪闪发光。拉马赞上学系的领带和背的书包挂在墙上的钩子上，旁边挂着法尔扎纳的背带。听到父亲的夸赞，拉马赞说，他喜欢去山上。海德尔·阿里假装恐惧地瞪大了眼睛。“我去那里杀鹳。”拉马赞安慰他的父亲。在乌尔都语，那是“放风”的意思。

快到年末了，垃圾山不再收获那些奇怪的纸币，山上又堆满了垃圾。随着新的粉色和橙色纸币进入市场，旧纸币的灰色市场萎缩了。拾荒者不再等待官方为他们颁发正式的身份证。山上的安保措施放松了，他们又回到山上去工作。官员们警惕着山上可能爆发的火灾，并随时准备灭火。工厂投标的最后期限是2017年1月5日。然而目前还没有一个投标者。

20 亚斯明

1月的一个傍晚，凉风习习。亚斯明接受医学试验后回到了家。她用得来的报酬付了房租，搬回到原来的房子。孩子们回来了，带回母亲不在时寄存在垃圾销售店和其他人家处的一些零碎东西。亚斯明闭眼休息，迈赫伦重新安顿好家，把每个人的衣服叠好，放进金属衣柜，把碗碟整齐地排列在厨房柜台上。

第二天下午，我来到达班加拉加利小巷，发现在狭窄的入口处，有一群人在排队。人群中，我碰到一个贷款人。他告诉我，在入口处的对面，开了一家免费诊所，每个人都想去里面看病。我抬起头，看到诊所的门楣上挂着一个牌子，上面画着一辆自行车，背景是红色和绿色。这是社会党的标志。据说，印度甚至是亚洲最富有的孟买市政府几周以后就要举行选举了。这位贷款人提醒我，是否听说亚斯明已回来了？孟买的选举机器闪闪发光，穿梭在小巷里。但选举的承诺几乎从未到达亚斯明的房子。它仍笼罩在垃圾山的阴影中，在黑暗的边缘摇摇欲坠。而一直守在家里的迈赫伦正从一个少女直接跨入成年。

我走进亚斯明的家，屋里弥漫着蒸米饭的微甜香味。亚斯明穿着一件向日葵色的沙丽克米兹，上边有粉色和金色的褶皱滚边。她笑着告诉我和沙里布以及迈赫伦，有些妇女没有通过医学测试，不得不回去。但她服用避孕药后，却毫无感觉。几周后，她还会回去检查药物是否有任何副作用，挣的钱可以再支付一个月的房租和其他开销。

厨房的柜台上落下一个阴影，迈赫伦回头看到长她两岁的哥哥萨米尔站在门口，挡住了阳光。身后的夕阳给他的轮廓镶上了一圈金边。他浑身上下满是泥土，看上去就像一张棕褐色的照片。腿上还淌着鲜血。迈赫伦给哥哥沙里布盛饭，他抬起头，一脸不悦的表情，但不是冲着她。

沙里布说，他早上去山上时，听到一阵尖叫声。转过身，看到几个警卫正围打一个拾荒者。棍棒像雨点般落下，这个人蜷缩一团。当棍子抡到空中时，这个人伸直身子喘气，警卫们朝他的肚子猛踢，他疼得弯下腰。一群拾荒者站在周围和山坡上观望。当沙里布气喘吁吁地赶到时，警卫们停了下来，那个被打得在地上翻滚、浑身是土的拾荒者倒在他们脚下。那是萨米尔。

沙里布恳求警卫们放了萨米尔。沙里布向他们发誓，弟弟再也不会上山了。沙里布把弟弟带走，两人走下斜坡，然后萨米尔一瘸一拐地去市场捡垃圾。因为垃圾清运车几乎无法到达那里，市场上的垃圾箱已经溢满了。他回到家时，腿还流着血。亚斯明让他在周五祈祷和上阿拉伯语课之前把血洗干净。每当她接受完医学试验，拿着钱回家来，她会继续把孩子们从垃圾山的阴影中拽出来。萨米尔吃完迈赫伦端上来的米饭，然后在她整理好的衣柜里乱翻一气，终于拼凑了一套黑色衣服，匆匆和沙里布离开了家，差点儿错过了祈祷。

迈赫伦整理好衣柜，开始专心地为一件纱丽缝上金色的花朵。这时赫拉来了，后边跟着她的婆婆和嫂子。她的嫂子穿着红色沙丽克米兹，头戴一条红绿相间的饰有自行车图案的头巾，好像把诊所门楣的木板挂在了肩上。整个上午，母女俩都穿行在小巷里，为社会党拉票。

社会党是北方邦的执政党，传统的投票基地是北方邦的穆斯林和亚达夫人社区（印度教的一个教区，常被列为印度低种姓地区之一）。随着拾荒者的到来，该党的势力在山脚下的社区蔓延，那里成了该党在孟买的唯一据点。这个城市的两个主要政党——控制了城市及其财富近20年的印度人民党和湿婆神军党——大都远离小巷，在城市里进行激烈的竞争；多年之后，印度人民党已经不再是曾经那个资历浅的合作伙伴；它的势力已经逐渐控制了中央和各邦政府，现在则将目光投向了孟买——印度最大、最富裕的城市之一。马哈拉施特拉邦年轻的首席部长德文德拉·法德-纳维斯从巨幅竞选广告牌中走了下来，微笑着在孟买各地进行竞选。他们作出的承诺之一就是利用废物发电。迪奥纳尔项目的招标日期已经过了，仍没有任何公司投标，但承诺还徘徊在那儿，毫不动摇。

社会党的议员曾反对修建这座工厂。他们说，工厂会使他们的选民患肺病；多年吸入城市的垃圾恶臭已大大降低了他们的肺功能。而且工厂不会给拾荒者提供他们期盼已久的工作。市政府在湿婆神军党和人民党的控制下，批准了建厂计划。这两个政党代表了城市的利益，把城市废弃的垃圾运到远离城市视野的垃圾山。他们决定把工厂就建在垃圾山区，只要有人投标。

城市的触角伸到了亚斯明的家——部分是通过官方手段，但更多的是通过非官方途径，用生硬的官方语言来表达。那天下午，她们正在聊天，一伙收债人在门口索要电费：他们非法给小巷的住户供电。迈赫伦让他们过一会儿再来，她去借钱。

几天之内，亚斯明几乎花光了自己接受医疗试验赚到的钱，不得不又回去再次接受试验。沙里布的背上起了鲜红的疹子。在阿什拉的学校附近盖房子时，他身上的疹子在阳光的暴晒下迅速蔓延，越来越红。看到情况变得严重，老板把他打发回家了。沙里布痛苦地躺在家里的地板上，辗转反侧。

迈赫伦负责一家人的饮食。为了能够使用免费的市政供水，她煞费苦心。她必须走出长长的小巷，来到 90 英尺路，挤进围在湿滑的市政运水车周围的嘈杂人群里，确保自己遇上一位愿意帮她拿水罐的人。当然，她也可以从偷接自来水的邻居那里买水，但他开的价太高，她买不起。

迈赫伦低着头给袖子绣花，一直忙到下午。家里已没有任何食物，她生怕兄弟们问她午饭吃什么。亚斯明回来了，比预期的要早：她被检测出贫血，被拒绝参加试验。她恳求他们接受她，因为她急需钱，但还是被打发回来了，只得到一些路费。已是初冬的黄昏，而迈赫伦还没有买食物，也没有生火做午饭。在那个漫长而安静的午后，我看着她绣花串珠。她的面庞日渐消瘦，淡褐色的眼睛显得很大。金色的绣花映在她的眼睛里，她饥肠辘辘。

唯一让她看起来像个 12 岁的孩子是谈起她收集的那些布娃娃。从同一所房子不断地搬出搬进，她已丢了很多娃娃。我问她有没有想过这些布娃娃是怎么遗落到山上的。她说："那些人一定是无聊了，对吧。没关系。我们得到了它们。"这也算是城市来到他们家的一种方式吧。

小巷里挂满了政党的旗帜。亚斯明试图在选举活动中找一个差事。她的一个朋友带她去参加该市的一场竞选集会。在会上，她听到州代表说，垃圾山周围的小巷里已经通了自来水。虽然她家没有水，但她还是应声鼓掌。后来她听说，参加集会的价格已经上升到800卢比（10美元多一点）——远远高于她第一次参会。她想，如果她能参加一些集会，就不需要每个月去接受医学试验了。但是，申请加入高收入集会的人很多，她再也得不到那种机会了。

她用最后一点钱买了药膏，治疗沙里布的皮疹，然后给迈赫伦一些刺绣活，而不是钱。我下午晚些时候来，像往常一样，带了一包饼干，建议我们边吃边聊。"我不饿！"迈赫伦淡淡地拒绝了，然后转身继续工作。我问她在做什么，她站了起来，展开一块比她还长的金色纱丽镶边，大概够他们吃顿晚饭了。

在解释为什么让迈赫伦去做那些复杂的镶边和衣袖刺绣活时，亚斯明告诉我，参加医学试验让她的身体越来越虚弱。她知道，巷子里的街坊邻居都在议论她为何长期在外，把迈赫伦独自锁在家里；谈论她古怪的作息时间和时不时拿到的神秘收入。她知道他们认为这些是穆哈拉姆·阿里离开她的原因。

亚斯明想送萨米尔去戒毒。他神志不清，说话吞吞吐吐，脑袋不停地晃来晃去。她怀疑这不仅仅是因为他咀嚼那些让牙齿染色的古特卡烟。但是她没钱时，萨米尔总能从口袋中掏出钱给她。所以她决定先把迈赫伦送出小巷，然后再送他去治疗。迈赫伦被困在大山的阴影里，没有上学。她四处觅食，努力为大家寻水。她变得越来越安静，出落得越来越晶莹剔透，光彩动人，债主们在她身边凑得越来越近。亚斯明想让她尽快离开这儿。

一天下午，亚斯明决定去迈赫伦的学校，打探女儿是否能返校复课；如果不能，是否可以开一个转校证明，好让女儿去远离山区的其他学校上学。母女俩戴上杜帕塔头巾，紧紧裹在胸前，穿上拖鞋，转身关好房门。“都能进去一个人了。”亚斯明指着门，咯咯地笑起来，像个孩子。门的底部木板脱落了，留下了一个洞。迈赫伦把木板松松地放回原位，这样若有入室偷窃者，会以为门关着。然后两人走出了小巷。

新建的橙色和绿色的校舍位于一个公园的对面，有一个很大的门厅，墙上挂着国家领导人的照片，其中大多数人迈赫伦都不认识。她们走上楼梯，墙上画着马拉地语和乌尔都语的标语，提醒孩子们不要乱扔垃圾。还有一张海报，画着一些孩子在采石场敲石头，旁边的标语鼓励他们去上学，而不是去工作。但迈赫伦只能猜出文中的意思，就像母亲一样：她看不懂这些文字，尽管她在中学之前一直学习乌尔都语。从楼梯平台墙上的几何形状的格栅里，可以看到外边的垃圾山。迈赫伦每到一个平台，就停下来央求着要回家。亚斯明催她继续上楼。

爬到四楼时，迈赫伦气喘吁吁，却显得如释重负。那天是星期五，学校已经早早放学了。她们下楼往回走时，迈赫伦对母亲说，离开学校一年多，这是她第一次回到学校。她曾告诉朋友和老师，自己将要转到一所私立英语学校。他们取笑她，下次见面时，她可能只会说英语。从那以后，她的朋友们已进入高年级，学了很多的乌尔都语和英语。“如果碰到他们，我该怎么说?”迈赫伦问道。

她们离开学校，走进挤满了手推车小贩和购物者的小巷。从教学楼上俯瞰，小巷的一切尽收眼底。扩音器里响起了周五的布道声，成群的苍蝇在巷子里打转。“如果你睡前祈祷，你将永远不会独自入眠。神将和你在一起。”一个声音高叫着，盖过了周围购物者的喧闹声。她们朝家里走去。

几周后，湿婆神军党在市政府选举中领先于人民党，但没有获得足够的席位来推选市长；两党将再次携手合作，实现这座城市日益增长的雄心壮志。正如人们所料，在城市残羹剩汁堆起的垃圾山阴影笼罩下的小巷里，社会党获得了胜利。但在城市的其他地方，它几乎没有任何影响力。城市和垃圾山仍将属于不同的世界。

21 延 期

在市政顾问的项目网格时间表中，2017 年 3 月布满了蓝色的斑点记号，表示中标公司完成工厂设计的日期。法院下达的最后期限是 6 月末；在这之前，表上大量的蓝色记号将会变成绿色和橙色，意味着焚烧城市垃圾项目的正式开工。各种颜色标记像起伏的波浪，在漫长的网格时间表上向前推进，但工厂的建设却停滞不前。距离修建垃圾焚烧发电厂，停止在迪奥纳尔山倾倒垃圾，并对其进行整治的最后期限还有两个多月，市政府却请求法院再延长四年。[1]

社会活动家拉伊·夏尔马向法院递交了请愿书，声称奥卡大法官下达的命令——修建界墙，安装监控摄像头，禁止倾倒建筑垃圾——几乎都没有实现。几个月来，他拍摄到人们穿过断墙，自由进出垃圾山。同时，他发现那里的建筑垃圾越来越多，而且垃圾山上没有任何灯光。[2] 法庭委员会获悉，由于在邻近小巷的山区周围加强了安保措施，拾荒者利用搜寻到的橡胶和塑料做成木筏，渡过小溪，进入垃圾山。委员会要求沿着小溪边的红树林安装带刺的铁丝网，或修建一堵墙。不过，两者都还没有实施。[3] 夏尔马反对延长最后期限。在停止向迪奥纳尔山倾倒垃圾的最后期限（6 月 30 日）的前几周，法院确定了审理这两份请愿书的日期。

在奥卡法官下达建筑禁令和最后期限将近一年半后，听证会在 13 号厅开庭，由新任命的维巴·坎坎瓦迪法官和奥卡法官组成法官席。我坐在后面几乎听不见，于是就慢慢地向前移动。我以前几乎从未去过法院，但看到奥卡法官站在法庭指定的中心位置时，我感觉移除垃圾山的日子终于要来临了。

为了公众利益而提起诉讼的请愿书，比如夏尔马的请愿书，被送到了奥卡法官的那张华丽的高架椅前。这些请愿书生动地描绘了孟买的伤痛，以及这座城市在崛起过程中各种梦想之间的冲突。人们的烦恼各不相同：城市拥挤的监狱；数百万人组成的管弦乐队在节日期间不分昼夜地演奏；居民们烹饪肉食，而邻居信仰的神明甚至禁止他们闻这些味；来自遥远的垃圾山的烟雾飘进了不断上升的城市塔楼。我看到奥卡法官试图在拥挤的城市为无尽的梦想腾出自由的空间。

请愿者、律师和政府的各类工作人员挤过去，逐一向奥卡法官陈述已延续数年的顽疾。在法庭拥挤的人群中，唯一的安慰是空调，这是十多年前钱德拉胡德法官在裁定迪奥纳尔垃圾山的命运时安装的。迪奥纳尔垃圾山的案件已沉积多年，山里的拾荒者影子大军只不过是一个导火索。当这些案宗又呈现在奥卡法官面前时，他砰的猛拍了一下桌子。

奥卡法官问道，按照垃圾处理规定，全国各地的垃圾倾倒场必须在两年内进行整改，为什么孟买还要继续在山上倾倒垃圾四年？长期负责该案件的市政府律师阿尼尔·萨卡雷说，孟买市正在实现奥卡法官的目标，并在垃圾处理方面取得进展；夏尔马是在蓄意阻挠。

身材矮小的夏尔马穿着宽大的衬衫和高腰裤，站在他的律师身后。他轻推了推他的律师。律师说，夏尔马曾要求去山里视察，但市政府没有安排，所以他就自己去了。他在山上拍照，并写了一份报告递交给法院，详细说明了奥卡法官的命令如何未在山区执行。奥卡法官要求市政府允许夏尔马和他的律师查看垃圾山的登记簿，并将下次听证会定在6月29日，即禁止在迪奥纳尔倾倒垃圾的最后期限的前一天。

夏尔马走出法庭，来到旁边的柱廊。一位市政工程师把他拉到廊外的阳光明媚的院子里，亲切地和他聊了起来。他告诉夏尔马，这一次，他们设计的迪奥纳尔山垃圾焚烧发电厂将会启动，但丝毫没有提到因为没有任何公司竞标，招标日期已经延长。他说，孟买的城市垃圾可以产生足够的电力。在焚烧之前，只需烘干几次，以减少湿度。繁忙的法院周围有一些小贩走来走去，手里提着热气腾腾的水壶，裤兜里塞着小玻璃茶杯。他从一个小贩那里给夏尔马买了杯茶。

“我们生在这里，一辈子都住在这里，”工程师亲切地对夏尔马说，“我们知道哪些项目在孟买会奏效。”虽然他并没有去看看其他城市如何处理垃圾。喝完最后几杯茶，他详述了这个项目将如何改变这座城市和迪奥纳尔垃圾山区。他一边说，一边模仿那些让他看看邻近城市如何有效管理垃圾并因此而获奖的人们。他们不知道孟买有多大，情况有多复杂，他继续说。他们需要夏尔马的帮助，来启动他们的发电厂项目——这些诉讼案件只会消耗精力，推迟工厂的建设。夏尔马听后只是点点头。

几天后，夏尔马和他的律师去查看市政府的报告，发现在过去几个月里，倾倒在山上的建筑垃圾比普通垃圾还要多。[4] 他很惊讶，为什么垃圾商会因为在山上非法倾倒垃圾而入狱，而市政府自己却在山上大量倾倒垃圾？政府官员说，倾倒的建筑垃圾完全在允许范围内，而且还可以扑灭山上的大火。

在接下来的法庭听证会上，两支法律团队都在紧张地等待。奥卡法官正在盘问前一个案件中代表该州的律师。报纸上都在报道曼朱拉·谢蒂的死亡事件。她是孟买亚瑟路监狱的一名 38 岁的女囚犯，1996 年因谋杀她的嫂子而被判终身监禁。她的狱友们声称，在索要自己应得的早餐鸡蛋和面包时，她遭到狱警的残忍殴打并致死。

奥卡法官透过眼镜继续看这些案卷，然后从中挑出几页，抬起头，大声地念他在几个月前发出的改善城市监狱的命令。他们执行这些法令了吗？律师们说——就像迪奥纳尔垃圾山一样——根据奥卡法官的指示，已经成立了一个委员会，来改善监狱的基础设施和过度拥挤状况，并将在几个月后提交一份报告。奥卡法官打断他的话，提高了嗓门。他认为，即使再过几个月，也不会取得任何进展。法庭里的律师和请愿者从他们自己的诉讼文件中抬起头来，看着愤怒的法官，静默了一会儿。案件可以在法庭上拖延，但在这座城市里，拖延可能会导致突发事件和死亡——如山上的火灾，谢蒂的死亡。掩盖在这些案件背后的是无数人的生命。他们的人生轨迹有时会因事故、火灾和暴力而突然改变，终结，或堕入永远的黑暗。

轮到了迪奥纳尔垃圾山的律师们进行听证。奥卡法官指示夏尔马的律师推荐视察垃圾山并向法庭提交报告的垃圾管理专家的名字，然后他把关闭垃圾山的最后期限延长到几周后进行的下一次听证会。

多年来，夏尔马走遍了孟买的垃圾填埋场，也遇见了一些垃圾管理专家。听证会结束几天后，他就开始给他们打电话。根据法院的指示，他邀请他们视察迪奥纳尔垃圾山，但没有人愿意指证市政府。山里似乎藏着这座城市的秘密，没有人愿意揭开。

尽管城市试图加强对废弃物的控制，然而垃圾还是不断地冒出来。似乎没有人知道这座城市产生多少垃圾：据一份报告估计，这个城市每天产生约9000吨的垃圾。报告的结论是，随着孟买人继续迁往郊区的乌托邦，垃圾也会随之而来。在未来20年，垃圾量每年增长1%。[5]而迪奥纳尔垃圾山几乎可以容纳这些垃圾。这个结论符合市政府在法庭上表达的观点，即垃圾山可以再持续维持相当长一段时间。

但据较早时期委托的另一项研究估计，该市每天产生1.1万吨垃圾和近2500吨建筑垃圾。该研究被收录在垃圾焚烧发电厂厚厚的招标文件中。[6]

总之，市政府委托的研究报告表明，垃圾问题还没有严重到必须关闭迪奥纳尔垃圾山，暂停一切城市建设项目的地步。而建设垃圾焚烧发电厂有足够的盈利空间。就这样，孟买的垃圾量神奇地膨胀或缩小，以适应反复无常的垃圾管理计划。

孟买市爆发了一桩丑闻：一家垃圾车承包商起诉市政府不支付账单。而市政府的调查显示，他为一些子虚乌有的垃圾虚开账单。[7] 他把泥浆与垃圾混合，以增加垃圾的重量，并因虚报垃圾量而获利。他将部分非法得利用来贿赂市政府官员。几年来，官员们与承包商沆瀣一气，虚报垃圾量，获得高额利润。洛希亚报告对 1 月的火灾进行了调查，发现垃圾山的地磅被固定设置显示 15%的垃圾超重，致使承包商额外付钱。[8] 由于承包商虚报垃圾量，政府在设备、运输和垃圾处理方面增加了不必要的开支，并且为投机商的影子垃圾支付费用。

摄像头和自动称重机被放置在垃圾车卸载货物的地磅上，以确保从卡车上倾倒出来的是垃圾而不是泥浆，公共汽车和人力车被禁止入内。收费登记开始受到严密的监控。但问题似乎没完没了。当我和一位年迈的退休市政工程师讨论垃圾山棘手的处境时，他问我："你住在房子里的时候会修葺房子吗？"多年来，他一直负责管理迪奥纳尔山和城市的垃圾。"垃圾不断地涌入迪奥纳尔，我们该如何治理？而我们还在源源不断地制造垃圾。"

22 婚　礼

2017年4月，纳迪姆的叔伯们来看望法尔扎纳。前一天，海德尔·阿里惶恐地打电话给纳迪姆，询问如何向他们解释法尔扎纳的伤疤和跛脚。纳迪姆叫他不要提，只需告诉他们，已让阿拉姆吉尔提亲了。有了纳迪姆的指点，海德尔·阿里才平静下来。现在，他正跟纳迪姆的叔伯们聊家常，谈论村子里的情况，回忆两家人来山脚下定居前的陈年往事。

法尔扎纳走进屋子，端坐在他们面前，低垂着眼睛。她穿着一件桃红色和金色的库尔塔长袍，长长的袖子遮住了伤口。头上盖着杜帕塔，姐姐们在上面别了发夹，以防滑落。海德尔·阿里告诉纳迪姆的叔伯们，她一直待在家里，学过阿拉伯语，还懂一些经文。

纳迪姆的叔伯们同意了这门婚事，只是要求提前举行婚礼，以便他们可以参加。婚礼定在2017年5月21日，离斋月的第一次斋戒还有六天。海德尔·阿里心里明白，不能再因囊中羞涩而推迟婚礼。沙欣告诉海德尔·阿里，自己的娘家亲戚住在纳西克，夫家亲戚来自更远的阿科拉，他们大多数人会挤进越野车来参加婚礼。他试图让她不要邀请太多人，她却回电话说参加婚礼的人数还要增加。

婚宴的规模不断在扩大。海德尔·阿里租下了小巷入口处的婚礼大厅。在接下来的几个星期里，他四处筹钱。他和杰汉吉尔、阿拉姆吉尔、巴德雷·阿拉姆分别去朋友们那里借钱，晚上还去山上加班。他向亚斯明借钱。亚斯明说她身无分文，但她的一些朋友有一些政治关系。她带海德尔·阿里去见本州代表，后者让助手给他一些钱和一件礼服，作为法尔扎纳的嫁妆。海德尔·阿里不知如何才能在最后几天筹集到婚宴费用，但最后他还是凑齐了。

婚礼那天，萨哈尼和杰哈娜帮法尔扎纳穿上了一件红色礼服，上面绣着沙欣赠送的金色花朵。法尔扎纳头顶着红色杜帕塔婚纱，簪着乳白色晚香玉和红玫瑰。她轻轻地触摸着脸庞周围清凉、柔软的花朵。穿着饰有黄金珠宝和鲜花的厚重礼服，她动作端庄，没有出现任何颤抖或蹒跚。按照杰哈娜的叮嘱，她一直低着头，面无笑容，俨然一个神态矜持的新娘。她浑身散发着芳香，光彩照人。纳迪姆坐在婚礼大厅另外一个房间里，穿着白色和浅蓝色的沙丽克米兹，身上挂着花环。一弯新月印在他的额头上，脸上垂着花纱。

那天晚上，整个班加拉加利小巷的人都涌进了婚礼大厅。亚斯明和孩子们也一起来了，阿什拉穿着穆哈拉姆·阿里上次在市场给她买的新裙子。她们遇到了邻居和山上的老朋友。来参加婚礼的纳迪姆的亲戚更多。每一个房间都挤满了人：这是婚礼成功的最大标志。盛满火红色咖喱肉的餐桌很快就空了。

整个晚上，男人们推搡着纳迪姆，女人们簇拥着法尔扎纳。

他们对着镜头，搔首弄姿地摆各种姿势。签完婚约后，纳迪姆摘下面纱，和法尔扎纳一起迎接客人。纳迪姆的洒满金片的头发梳得高高的，非常显个儿，但他的新娘却高出一英寸。两人都坚持说这是因为她穿着高跟鞋。法尔扎纳比画着自己的肩，说她的身高仅到纳迪姆的肩膀——这也是新娘的标准身高。

客人们簇拥在法尔扎纳的嫁妆周围。沙基蒙向大家展示衣服、超大号的烹饪餐具、凉鞋，还有一些金钉，这是来补偿海德尔·阿里在法尔扎纳昏迷不醒躺在医院时从她耳朵上取下的耳钉。所有这些都摆在一张婴儿床上，这是杰哈娜送的礼物。朋友们想告诉沙基蒙，把他们的礼物也摆上，但很难和她搭上话。“我妈妈哭了一晚上。”法尔扎纳回忆道。沙基蒙的五个孩子都已经结婚了，离开法尔扎纳让她很痛苦。

两天后，法尔扎纳和纳迪姆又穿上结婚礼服，在纳迪姆的堂兄及他的妻子和孩子们的陪同下，去城里度一天蜜月。他们去了哈吉·阿里，那是一座矗立在海面上的白色大理石陵墓，法尔扎纳曾在那里把她和纳迪姆的名字刻在米粒上。他们沿着狭窄的岩石小路散步，海浪拍打着岩石。法尔扎纳刻意走在纳迪姆后面，就像她见过的所有新娘那样。一群肢体残缺的乞丐立在路旁轻声吟唱，请求施舍。当他们靠近时，法尔扎纳不由得退后一步，转过身去。她觉得，他们可能就是自己，自己也可能就是他们。

纳迪姆和法尔扎纳从不同入口进去，将鲜花和锦缎交给守陵人，放在陵墓上。他向他们挥手致意，轻叩他们头上的孔雀羽毛，为他们祝福。然后，他们穿过阳光明媚的院子，来到风吹浪卷的岩石礁。法尔扎纳坐在那里，让浪花的飞沫溅在脸上。纳迪姆请他的堂兄拍下他冲浪的身姿。他们去了一家照相馆，法尔扎纳坐在新月形状的木板上，纳迪姆的小侄子坐在她的腿上。纳迪姆站在她身后，扶着月亮的弦，背后是满天的星星。

几周后一个烈日炎炎的下午，纳迪姆陪着法尔扎纳回到了海德尔·阿里的家。这是斋月的最后一天；雨季已来临，但那天下午，空气闷热而潮湿。班加拉加利小巷弥漫着倦怠的气氛。居民大都在家躲避炎热，因为饥饿而有气无力。

我和海德尔·阿里夫妇在亚斯明家聊天。因为错过了婚礼，我特意来拜访法尔扎纳和纳迪姆。海德尔·阿里解释说，这场事故的原因是撒旦在推土机靠近法尔扎纳时抓住了她。我有些糊涂，问他为什么撒旦要抓住她。“她太漂亮了，连撒旦都想要她。是撒旦诱惑了她。”这是海德尔·阿里的唯一答案。

当纳迪姆和法尔扎纳走进房间，我惊讶地看到她穿着罩袍。她告诉我，这是沙欣在她过门后送给她的。她解开扣子，露出手掌上新做的栗色指甲花图案，上面用英文写着纳迪姆的名字。她害羞地合上手掌。她说，为了准备开斋节，邻居们前一天就送来了梅亨迪甜筒。

海德尔·阿里还沉浸在婚礼的喜悦中；他估计来参加婚礼的客人有 500 到 2000 人。他说，自己几乎没能给女儿买什么礼物，但她却收到了 30 套衣服。沙基蒙在一旁插话道，“纳迪姆随时都可以拿到驾照，他很快就会从清洁工转为卡车司机。”

海德尔·阿里说，他们的生活蒸蒸日上是因为纳迪姆，他的名字和命运押韵。他摆弄着手上的手机，塑料屏幕已破裂。手机里传来一个男人缓慢而低沉的歌声，回荡在房间里。海德尔·阿里告诉我，这首歌的灵感来自《古兰经》。屏幕上，歌手年轻稚嫩，留着薄薄的小胡子。镜头转向一排裹着白色寿衣的尸体被缓缓放入坟墓。“歌手在咏叹命运，”海德尔·阿里对我解释道，“生活由命运摆布。”听到他的话，法尔扎纳移开了目光。

“是上帝指引着我们抵达命运所在的地方。不是我。也不是她。”海德尔·阿里指着自己的妻子。他说自己感谢命运。是命运把法尔扎纳带到她的伴侣纳迪姆身边，逃离了那种令他和沙基蒙忧心忡忡的可怕生活；是命运帮助他用微薄的钱办了场盛大的婚礼。

他摆弄着手机。屏幕上的镜头切换到黑暗的坟场和新挖的坟墓。他又捡起命运的话题。每个人都将归于尘土，不管是住在别墅，还是栖身在他们这样的地方。死亡时只带走几码裹尸布——这就是命运。只有那些填满山丘的垃圾会留下来。他向我解释着经文，一边用瘦骨嶙峋的手指着亚斯明房后的垃圾山。

几周前，我去往纽约市外一片宽阔的海滩，那里仍然散落着人们在很久以前遗弃的东西。我听说，在1950年代，牙买加湾的海滩容纳了纽约市的大部分垃圾。配电板、杯子、盘子和其他由胶木制成的东西半埋在沙子里。胶木是早期一种很容易成型的塑料，不会破裂，也不导电或导热。可以制成各种廉价产品，满足人们的各种欲望，无论是旋转式电话，还是有盖的餐具。这些物品完好无损，却因不流行被弃置一旁，让位于新的玩意儿。它们都被扔弃到海滩上。我捡起一双沾满沙砾的长筒袜。在女性刚进入职业场合的时代，这些长筒袜让办公室的女人们魅力四射。海边垃圾填埋场已经被清空，垃圾被转移到其他地方，但长筒袜还留在那里，缠绕着海滩上的杂草。那些弹性尼龙长丝可以存在半个多世纪。

我经常询问孟买的市政工程师们：倾倒在那里的垃圾经过一个世纪后，还能剩下什么？他们告诉我，只剩下动物骨头和黄金碎片。大部分旧垃圾是厨余，腐烂后会使土壤变得肥沃。自从关注垃圾清运卡车后，我发现他们车上运送的垃圾有塑料外卖盒、用来装谷物的大布袋和塑料袋、装牛奶和果汁的铝箔和塑料盒，还有用来挤牙膏或檀香膏的伸缩管。从卡车里倾倒下来的还有金属条包装的药片，拾荒者捡到后留着自己服用；治疗糖尿病的家用注射器，它们常常刺伤拾荒者；一些永远不会融进土壤的东西。我想知道，迪奥纳尔山的那些垃圾会不会在古老肥沃的土层上溃烂，却永远不会分解？孟买城市令人眼花缭乱的飞速发展却在这个时代留下了这些不朽的痕迹。

在纽约，我还参观了弗雷什基尔思（Fresh Kills）垃圾山。自从停止在牙买加湾倾倒垃圾，这个城市将所有的垃圾转运到这里。这是一个巨大的垃圾城，路上设有交通灯来引导垃圾车在高耸的垃圾山穿行。在入口处，我看到了浴室洗脸盆和花盆的碎片。听说把它们放在阳光下晒干，然后浸入海底，这样牡蛎就可以在它们上面繁殖。垃圾山的名字来自荷兰语，意思是“曾流经这里的清新溪流”。来自纽约城市公园管理部门的导游告诉我，有一天，溪流会再次穿过这些缓缓排放毒气的垃圾山，水里还会有鱼。后来，我读到有关报道，在垃圾山上，腐烂的垃圾表层铺着薄薄一层土壤，那里竟神奇地长着一棵树。[1] 我不禁想问，迪奥纳尔垃圾山也能长出树木吗？鱼类和牡蛎也能在那里繁殖吗？

至今，我仍想象着那些陈旧的、可降解的垃圾变成肥沃的土壤，而那些不断倾倒在这里的层层无法降解的新垃圾却堆成了一座座的垃圾山。只有拾荒者带走它们，重新制成新的物品。但这些天来，山上的警卫向他们索要 100 卢比，才允许他们来山上捡垃圾。海德尔·阿里捡一天垃圾也挣不了这么多钱，所以他大部分时间都待在家里看视频，内容就像给我们讲述的故事。"我还有好多，还有更好的。"他一边说，一边在手机里筛选，继续向我们讲解，"他们告诉你，尽管你积攒一切财富，但命运让我们孤独地离开这个世界。生不带来，死不带走。"

纳迪姆尴尬地转移了话题。他说他下午要回去上班。他要把法尔扎纳带回去。沙基蒙劝他让法尔扎纳留下来，承诺稍后让阿拉姆吉尔送她回去，但纳迪姆示意法尔扎纳离开。海德尔·阿里和沙基蒙把他们一直送到小巷的尽头。第二天是斋月的最后一个星期五，亚斯明留下来作准备。第二天晚上，新月将带来开斋节。这将是一年中最幸运的一天。

23 徘　徊

2017 年 7 月，法院再次审理了迪奥纳尔案件。那一天，拉伊·夏尔马一直等到将近午饭时间才轮到自己听证。看着法庭上聚集的人群逐渐散去，他以为听证会很快就会结束。他和一位垃圾处理专家谈过，安排他视察了垃圾山，由他向法庭报告有关法令是否在垃圾山已执行。在审理迪奥纳尔案件的时候，奥卡法官问律师们是否找到了专家。市政府的律师说没有必要；垃圾山区属于奥卡法官设立的法庭委员会的管辖范围，而委员会的成员包括科学家。为什么法庭要去找外边的人来督察垃圾山呢？

夏尔马的律师说，法庭任命的委员会主席几个月前就辞职了，之前医生告诉他，垃圾山的毒气光环会损害他本已虚弱的心脏。从那以后，委员会就一直没有领导，也很少开会。市政府律师打断了他的话，说事实恰恰相反：委员会一直在寻找继任者，而且已任命了另一位委员为主席。况且委员会已经开过会了。坐在法官席上的奥卡法官和坎坎瓦迪法官困惑地看着双方律师争论着委员会是否依然存在，而垃圾山及其毒气光环问题则悬而未决。

法官们继续尝试各种措施，试图缩小垃圾山的毒气光环。它虽已晃动，但仍悬在山上，笼罩着山脚下的小巷。奥卡法官要求法庭委员会，尤其是委员会中的两位科学家，视察垃圾山，并向法庭报告进展。市政府官员给委员会成员打电话，要求他们确定进山的日期。一位科学家在视察的前一天退出了。在受邀几个月后，委员们听取了垃圾焚烧发电厂的推介。政府官员们仍希望这个工厂能吸引投标者。之后，委员们便前往山上视察。沿途坑坑洼洼的道路和令人眩晕的臭气让他们反胃。他们没能到达终点，但看到了路边高高耸立的垃圾山，它们被季风雨浸泡，被孟买的废弃物染成灰色。一根断了的电线杆连接两边陡峭的山坡。遍地是雨季前修路时废弃的砖块、水泥和混凝土碎片。那天下午，山上的警卫赶走了拾荒者。只有野狗和猛禽围着从车上倾倒下来的垃圾。这些垃圾山就像一个与世隔绝的考古发现，充满了这座城市过气的欲望，在它的四周环绕着的是城市不断拔地而起的玻璃和钢铁塔楼。

视察几周后，奥卡法官登上了新闻头条。这座城市燃烧着各种雄心抱负，利益冲突不断。一切事物徘徊在变革的边缘：似乎要改变，却往往未改变。

在法庭上，夏尔马曾目睹一份请愿书的审理过程。该请愿书要求执行国家有关安静区的规定（按照这个法规，城市的喧嚣将降为耳语）。奥卡法官下令，法院、医院或教育机构 100 码以内，应设为安静区。[1] 然而，在一个人头攒动、拥挤不堪的城市执行这个法令，会使那些不断出现在街头巷尾的节日庆典、游行、哨声、号角、游行、抗议和音乐戛然而止，城市将陷入紧张状态。

几周后，国家颁布新的指导方案，允许各州设立自己的安静区，于是市政府很快就避开了奥卡法官的命令。在喧闹的节日季节，孟买将锣鼓喧天，扩音器充斥大街小巷。但奥卡法官仍坚持己见。该州律师指控他持有偏见，要求他回避。于是，在噪声污染案件中，他被首席法官取代。奥卡的照片很快出现在电视新闻和报纸上，报道该州如何驱逐了一位志在清除各种利益冲突的乌烟瘴气，推动城市发展的法官。律师协会组织了沸沸扬扬的抗议集会，以支持奥卡法官——他们所见过的最强硬的法官之一。于是奥卡法官又回到这个案子中。但胜利的代价是昂贵的。该州虽在高等法院撤回了反对意见，但几天后又向最高法院提出上诉。最高法院最终取消了奥卡法官下达的安静区的命令，并限制他在该问题上通过任何其他法令。[2]

奥卡担任法官已14年，之前做了20多年的律师。他的父亲斯里尼瓦斯·奥卡是附近塞恩地区法院的一名律师，早年去世，之后奥卡接手了祖父和父亲留下的繁忙的法律业务。我猜测，奥卡在职业生涯中一定目击了很多事情，如建设垃圾焚烧发电厂、净化空气等，它们在法庭上不断推进，眼看着将伸张正义，却在到达城市的最后一刻戛然而止。

按照垃圾处理条例规定，在垃圾山的顶部应铺上薄薄一层土壤或建筑垃圾，以保持山体稳定，防止滑坡。比平日更多的建筑垃圾从城市运来，填平了垃圾山蜿蜒的、坑坑洼洼的道路。它们就像平缓的波浪，延伸到垃圾山区，以便消防车可以到达山的尽头。山顶上堆满砖瓦碎片，掩埋了里面燃烧的火焰，城市便看不到垃圾山和笼罩在山顶上的毒气光环，也看不到山路上川流不息的垃圾车队。

火灾和其他突发事件通常让垃圾山曝光在公众眼前。在委员会视察迪奥纳尔山的几个月前，亚的斯亚贝巴的科舍（Koshe）垃圾山发生滑坡，垃圾倾泻而下，掩埋了拾荒者和他们东倒西歪的房子，而幸存者仍在废墟里寻找任何可以卖掉的东西。在崩裂的山间，救护车和担架很难运进去。拾荒者就地取材，利用垃圾制成担架，把伤者和死者抬下山。垃圾山体滑坡可能已导致100多人丧生，尽管没有人确切知道科舍山坡上最终幸存和死亡的人数。[3]

多年来，马尼拉那座高得令人眩晕的烟雾山曾多次发生山体滑坡，掩埋了拾荒者。市政府不堪其扰，将其夷为平地，建造了多功能公寓，用于旅游观光。拾荒者们便转移到了乐土山，那里的垃圾越垒越高，山体滑坡和不为人知的掩埋事件仍在继续。市政工程师告诉我，在迪奥纳尔山，垃圾导致悬浮在山顶上空的毒气光环不断扩大。送到焚化炉的垃圾不能充分燃烧以产生足够的电力。垃圾把火焰压在山体里，那年的雨水虽然减少了，但还是爆发了火灾，尽管没有去年那么严重。

拾荒者们意识到在山上捡垃圾已赚不到什么钱，便试图另寻他处谋生，然而却发现无处可去，不得不又回来。找工作时，杰汉吉尔遇到了一个经纪人，说可以为他找一份垃圾装卸工的工作。他将受雇于一家私人供货商。几年后，将转为市政府雇员，得到一张正式的身份证，一份薪水。还会一直工作到退休，领取退休养老金。这可是巷子里最值得吹嘘的工作之一。

因为被一些工作多年却仍未被正式聘用的装卸工起诉，市政府已经要求供货商，停止雇用垃圾装卸工：正式工人已经多余，政府无法再负担不断涌入的雇工。经纪人只是给杰汉吉尔提供了一个空洞的许诺。在等待所谓的市政工作的时候，杰汉吉尔曾试着偷偷渗进汗兄弟已空出一年多的势力范围。贾维德·库雷希因参与阿提克·汗和拉菲克·汗的有组织犯罪团伙而被捕，这使得他很难获得保释。杰汉吉尔试图在 90 英尺路由汗兄弟把持的一段公路上收费，然而有一天他接到一个陌生的电话，质问他是否和市政当局签署了收费合同。汗兄弟与市政当局签订的在这段路收取停车费的合同多年前就过期了；杰汉吉尔并没有任何合同。那个匿名打电话的人威胁杰汉吉尔说，他会像汗兄弟一样被逮捕。杰汉吉尔惊慌失措，为了不至于官司缠身，他离开了那个是非之地。各种逃离垃圾山的尝试——无论是非法的，还是合法的——现在都失败了，杰汉吉尔只好又回到山上捡垃圾。

下午忙完自己的活后，法哈常去看望法尔扎纳。她发现姐姐经常在家里看电视上的电影节目，她沉浸在剧情里，对法哈日日辛苦地捡垃圾无动于衷。法哈告诉姐姐，自己最近很少见到杰汉吉尔。他总是说：“这次我要做些大事。你等着瞧吧。”法尔扎纳也几乎不回娘家。纳迪姆总是在工作，没法让法尔扎纳回娘家。而且他警告过她，不能独自出门，否则会再次被困在山里，陷入危险。

法哈想，只有纳迪姆能负担得起让法尔扎纳待在家里无所事事。她们的姐姐杰哈娜和萨哈尼为了养家糊口，日日在山上劳作。法哈看到法尔扎纳经常穿着那件绣着玫瑰花蕾和绿色枝叶的粉红色沙丽克米兹。那天晚上沙欣来他们家看望她，她就穿着它，最终得到了对婚礼的认可。她头上裹着杜帕塔，垂到肩上，遮住了脖子上的肌肤。法哈想，这就是远离垃圾山阴影的中产阶级女性的生活方式吧。她所熟悉的那个曾经在山上沐浴着阳光、吹拂着微风的法尔扎纳，现在包裹在四壁是粉红糖果色的纳迪姆的家中。法哈猜，大概山上的一切已经从姐姐的生活里消失了。

有时，当法尔扎纳的杜帕塔头巾滑落时，法哈瞥见姐姐的脖子有些肿胀。她的脸也有些浮肿，眼睛突出，看上去有点像大病初愈时为了让她参加帕文儿子的婚礼，她们为她化妆遮掩时的样子。当时，她的脖子似乎也肿了。法哈回忆说。有时，法尔扎纳的脖子会一边肿胀，脸挤到另一边；而有时，脖子一圈都肿了，脸似乎变得很小。然而，在别人眼里，法尔扎纳的脖子掩藏在薄薄的杜帕塔后面，显得很光滑。

沙欣也注意到法尔扎纳的脖子越来越肿，十分恐慌。她打算让纳迪姆带法尔扎纳去看医生。但这些天，她只有晚上才能见到纳迪姆；有时，根本见不到他。他每天把城市垃圾运送到迪奥纳尔或穆隆德垃圾山，工作长达 10 个小时。几周后，当法哈再次来到纳蒂姆家时，发现法尔扎纳的脖子上又出现了凹凸不平的肿块。她怀疑，姐姐车祸造成的创伤又复发了，正从皮肤下冒出来。

雨停了，山上燃起了大火。连日来，浓烟漫山遍野，弥漫在小巷里。消防车赶来扑灭了山火，以防烟雾飘进城市。离破晓还有几个小时，拾荒者们就醒来了。他们穿过拉菲克纳加尔黑暗的、空旷的、迷宫般的小巷，悄悄地上山。此时，巷子里的商店和赌场还大门紧闭。他们睡眼惺忪地从墙上凿出的裂缝溜出去，趁着夜色爬上垃圾山。他们跟在垃圾车后，借着手电筒光，寻找塑料瓶、小玩意和电线。

奥卡法官已传令在山上安装照明灯，然而至今山上仍是一片漆黑，只有一些摄像头在闪烁。如果碰上警卫，拾荒者就躲在黑暗的角落里；如果没有，就一直干活，直到天亮时警卫来山上巡逻。在黎明的第一缕曙光中，他们满载而归。当太阳升起的时候，小巷里的女人们把垃圾倒在屋外，坐在一起，整理袋中的垃圾。她们扔掉泥土和废弃物，把不同薄厚的塑料和玻璃堆在房屋周围。如今这些垃圾将不得不运到更远的地方出售：沿着界墙修建的长长一排又深又宽的垃圾销售店，曾经塞满了阿提克·汗和拉菲克·汗的垃圾，现在已被法院查封了。

小巷街道两旁曾布满汗兄弟的摄像头，一切生活都在他们的严密控制下。但是女人们却愉悦地回忆起曾被黑帮主宰的生活。“他们替我们和警察打交道。不然，谁会听我们说话？”一个女人说，一边分拣身边那一堆垃圾。多年来，汗兄弟住在小巷附近，在拾荒者需要的时候借钱给他们，收购他们的垃圾，雇用他们的孩子，并为他们提供有线电视。

她们告诉我，山上的警卫之所以不断巡逻，反反复复修建界墙，原因是一个叫法尔扎纳的女孩，而不是汗兄弟。一个女人说：“那天我就在现场。下雨了，山坡很滑。法尔扎纳的脚被什么东西缠住了，不能动弹。推土机从她身上轻轻碾过。”这位拾荒者回忆的时候，重复了“轻轻”这个字眼，并用食指和拇指碰了碰，表示推土机碾轧法尔扎纳的轻微程度。

“法尔扎纳后来结婚了，还四处走动。她现在已经好了。不能因为她就关闭垃圾山。”这些女人似乎不知道法庭正在审理垃圾山的案子。另一个女人插话说，她从小就在山里捡垃圾，她母亲也在那儿干活。“我们还能去哪里？”她反问道。她们好像从未想到应该向市政府寻求帮助。

我是来见穆哈拉姆·阿里的，恰好他和几个朋友路过，便坐下来和我们一起聊天。他没有提自己在班加拉加利小巷时就认识法尔扎纳和她的父亲。他刚来拉菲克纳加尔小巷不久，人生地不熟，身边这些人都是多年前在山上趁着夜色和他一起淘宝的老朋友，旁边这些女人他似乎也认识。他加入大家的谈话，聊起自己在山上的遭遇。有一次，一个破灯管插进他的小腿。他一瘸一拐地回到了家，腿上全是血，缝了 15 针。他笑着拉起裤脚给他们看。他们还记得这件事吗？他期待地看着这群人。他们早忘了。但是他们都拉起裤腿，卷起袖子，露出伤痕累累的小腿和手臂。他们笑着回忆起山上的往事，交流警卫巡逻的日程表。一致同意最好在太阳升起前，在警卫来上班前，就去山上干活。

我在山脚下的那些小巷走访了几个月，才终于找到了穆哈拉姆·阿里。亚斯明告诉我，她不太确定他的住址。他不接她的电话，只是偶尔给她打电话，说他不在山上捡垃圾，现在做泥瓦活了。他告诉她，他去浦那、新孟买和其他更远的城镇盖房子，已经离开好几天了。然而亚斯明却告诉我，一个朋友看见穆哈拉姆·阿里从拉菲克纳加尔小巷走出来，那个小巷窄得就像墙上的一条裂缝，入口被商店、房屋和一些手推车挡住了。他们还没来得及靠近，他就已经消失在购物和拾荒的人群中了。她打电话问穆哈拉姆·阿里，他们说的那个人是不是他。穆哈拉姆·阿里说，他只是在做泥瓦活的间隙来山上工作，不会待太久，他打算回村子去。但是山脚下的那些小巷里挤满了穆斯林和其他属于印度低种姓阶层的人。他们在村里没有土地，回去后将无所依附。[4]就像十几岁的穆哈拉姆·阿里坐了好几个小时的火车来到垃圾山谋生一样，那些人也曾经历了漫长的旅程，来时一无所有，抵达终生贫困。

穆哈拉姆·阿里看起来很憔悴，但仍像以往一样潇洒。他告诉我，自己很少住在这儿。他曾在村子里待了几个月，学着向父亲那样，给村民做祷告仪式。他笑眯眯地告诉我，村民们向他求助，认为只有他才能治愈那些疾病。一个朋友深夜来访，让他去医治他的奶牛，它因为产前阵痛已叫了一晚上。穆哈拉姆·阿里说，他诵经祈祷不到一个小时，它就生了一头小牛。他告诉我，自己使用了强大的托纳祈祷仪式。当他吟诵祷告词时，一股刺鼻的芥末味弥漫了整个房间。几分钟后，气味减弱了，他们的烦恼也随之消失了。他似乎能通过这种方式解决大多数问题——除了他自己的问题。因为妹妹的婚礼，以及在城里贷款欠下的债越来越多，他卖掉了原来在村子里买的地，还有在山上淘到的金项链。然而，他的妹妹自杀了——穆哈拉姆·阿里认为她的丈夫谋杀了她。他报警打官司，更加重了他的债务。他只好又回到山上，搜寻那些已被城市拾荒者拿走的宝藏。除了山里，他无处可去。

他告诉我，有时，山上的警卫在黑暗中发现他高大的身影，会向他投掷棍棒，猛地击中他的小腿或膝盖窝，疼得他倒在地上。他想，如果法尔扎纳没有在山上出事故，这些警卫也不至于如此凶猛。

在长长的、支离破碎的垃圾山环形界墙的另一端是帕德玛纳加尔小巷。法尔扎纳正蜷缩在家里的电视机前，脖子挤到脸上，目光呆滞，时常反胃呕吐。等到纳迪姆下午休假的时候，沙欣让他带法尔扎纳去附近的沙塔迪市立医院。也就是法尔扎纳被推土机碾轧后，杰汉吉尔送她去的第一家医院。

他们在拥挤的走廊里等了一个多小时——法尔扎纳穿着罩袍，又热又痒；纳迪姆急着回去上班。医生开了检查处方。检查结束后，两人就离开了医院。回家的路上才意识到，忘了咨询法尔扎纳脖子的问题。几天后，纳蒂姆和法尔扎纳无奈地又回到医院。医生拿着化验结果告诉他们，法尔扎纳怀孕了。

法尔扎纳带回家的医疗档案显示，她以前没有患过任何疾病。在拥挤的检查室里，法尔扎纳告诉医生，她没什么可报告的。她相信，垃圾山对她身体的伤害已经消失了。没什么可说的。

24 遥遥无期

2018 年年初，听证会在高等法院再次开庭。20 多年前，法院接到第一批关闭垃圾山的请愿书；10 年前，奥卡法官开始审理此案；而垃圾开始填满迪奥纳尔沼泽地距今已 120 年了。1 月初的一个早晨，奥卡法官的办公桌上摆满了迪奥纳尔垃圾山案子的文件，这真实反映了一直以来市政府试图缩小垃圾山的努力如何陷进摇摇欲坠、高耸入云的废弃物里而无法前行。院子里起雾了，让人联想到笼罩着山顶的那片难以撼动的毒气光环。

奥卡法官看了看诉讼文件，询问州政府的律师们，州政府曾承诺向市政府提供两块土地，用于修建新垃圾填埋场，以取代迪奥纳尔垃圾山，现在是否已经兑现？州政府和市政府的律师均摇头否认。

市政府的律师表示，市政府已经向州政府支付了预付款，但无法接受州政府十多年前提供的那片位于新孟买的土地，因为居民在那里生活了几十年，不愿搬迁。奥卡埋头查看文件，要求州政府律师翻到他们提交文件的第三段，质问道，那儿的居住人口远远多于十多年前，市政府怎能把垃圾倾倒在那里？况且部落居民一直定居在那里，他们甚至阻挠官员去勘测他们的土地。

州政府律师答道，那片土地共38英亩，只有五英亩有人居住。可以把居住区隔开，其余部分交给市政府倾倒和处理垃圾。“但是那片土地已经被部落蚕食得支离破碎。”奥卡指着他们提交的厚厚的书面材料中间的很多画线处，提醒州政府律师。下次听证会将在几周后开庭。在这之前，他要求州政府律师考虑重新安置这些居民，或者另寻他处作为市政府的垃圾填埋场。

在2月11日的第二次听证会上，市政府律师谈到了那条贯穿整个填埋场的天然气管道。按照规定，管道上不能覆盖垃圾。那么管道能避开这块地吗？律师们展开了辩论。

接着，奥卡法官又去视察州政府批给市政府的另一块土地，它位于该市即将关闭的穆隆德垃圾山附近。一些市政地图已经将其标记为垃圾倾倒场。但几年前，当官员们测量土地时，受到中央政府盐业委员会的阻挠。他们说，那片土地是盐田，他们拥有它。多年来，州政府为争取这块土地一直在打官司。盐业委员会却拒绝将土地移交给州政府，除非他们败诉。而州政府已经承诺将土地划拨给市政府。

3月15日，距离奥卡法官发布禁令还不到两年，最高法院批准孟买可以建设新的项目。[1]但并没有推翻奥卡法官的禁令，只是提供了六个月的施工窗口期，旨在“探索安全施工的可能性”。这项法令立即消解了城市开发商的紧张情绪。夏尔马和法庭调解委员会督促孟买垃圾大篷车不要把垃圾运往迪奥纳尔垃圾山，而是倾倒在离城市很远的采石场，以履行其“防止灰尘在空气中扩散”的责任。委员会主席的位置仍空缺，有人提醒奥卡法官，最后一任主席辞职是因为担心山上的空气会侵蚀他的肺。“任何人都会出现这个问题，所以他们必须去山上实地看一看。”奥卡微微一笑，要求法庭尽快推荐委员会主席的人选。

然后，他又回到取代迪奥纳尔垃圾山的问题。政府已花了将近 20 年的时间来寻找新的填埋场。“那片地已经被部落占有，为什么州政府还坚持把填埋场建在那里？”他问该州律师拉姆钱德拉·阿普特。阿普特的回答是，政府将会清理位于卡瓦莱地区的那块土地，购买土地所有权，并尽快将其全部移交给市政府。奥卡法官指着文件上的一行字，上面写着这块土地上有 79 栋房子。他问这位律师，“根据你的经验，阿普特先生，这会导致多少诉讼案？”奥卡法官指出，搬迁居民的诉讼案往往会拖延数年，这将使迪奥纳尔山的案件变得扑朔迷离，诉讼文件堆积成山。如果土地转让受阻，垃圾将不得不继续倾倒在迪奥纳尔山。

几天后，电视屏幕上又出现了迪奥纳尔山熟悉的画面：在黑暗的穹庐下，火焰四射，浓烟滚滚。短短两周内，这已经是第二场火灾了。十几辆消防车昼夜不停地喷水。尽管市政当局在山顶上堆满了建筑垃圾，但这仅仅有助于减小火势，却无法熄灭在腐烂的垃圾中打卷的火焰。孟买印度理工学院环境工程教授阿努拉格·加格博士是法庭委员会的成员。他曾要求用泡沫来灭火，而不是水。因为水会渗透，挟裹山上的垃圾流入小溪，造成污染。然而，由于没有找到消防泡沫承包商，消防人员还是继续往山上喷水灭火，被污染的水从山上流入小溪。[2]

6 月 29 日，季风暴雨袭击了这座城市。律师们用诉讼文件掩着头，从法庭的露天庭院匆匆穿过。透过法庭另一端的一排排玻璃门，可以看到附近椭圆广场的草坪泛着绿莹莹的光。

一个身材高大、满头银发的请愿者身着一尘不染、笔挺的白衣服，走上前来，开始陈述：“先生，我们崇拜无形的上帝，却破坏有形的自然。”几个月后，这个城市将迎来甘帕蒂节，庆祝甘帕蒂神来到人间。随之而来的是铺天盖地的装饰华丽、闪闪发光的巨型象圣像。10天后，当庆典结束时，这些神像将被送到大海，远离物质世界。

据说能带来好运的神像逐年增加，它们在海洋里慢慢地分解、溶化。熟石膏浸入海水，堵塞海水的流动。闪亮的化学涂料能给城市的人们带来短暂的快乐，却在海面上形成了长长的、荧荧发光的有毒波纹。每年，当那些神像涌入大海时，死鱼和死海龟就会被海水冲到孟买的海滩上。政府规定，给受到浸泡和损坏的神像拍照是非法的。现在，巴格万吉·莱亚尼——他的名字的意思是神，他是一位理性主义者，也是该市最著名的公共利益诉讼人之一——向法庭提交了一份藐视呈请，起诉州政府没有遵守国家禁止浸湿神像的法规。

10年前，在莱亚尼提起诉讼后，政府遵照法院的指示制定了这些法令。然而，即使打赢官司也无济于事，因为法令无法触及神灵，就像无法到达垃圾山一样。现在，曾向法庭提起100多个公共利益诉讼的莱亚尼，像10年前的雷恩医生一样，又向法庭提出藐视呈请，要求在迪奥纳尔山执行法院的命令。奥卡法官继续追问州政府律师，该州如何确保在本年度遵守国家有关禁止浸湿神像的法规？他给了他们两周的时间作出回应。然后，他回头对交锋多年的能言善辩的莱亚尼说："请愿者将对法庭进行陈述，陈述内容必须符合规定。"法庭转到了迪奥纳尔案件。

几十年来，迪奥纳尔案多次近乎结案。每当我看着奥卡法官有条不紊地推进工作——设定最后期限，检查是否执行，催促如期执行——我都有这种感觉。每一次，我都感到垃圾山在颤动，马上就要移动了。只需再过几周，市政府就要移除垃圾山了。几个月过去了，山没有动。我又想，只需再过几个月，市政府就要移除垃圾山了。山还是没有动。每一次的拖延都让这座山继续承载着涌入的垃圾。山越来越高，越来越危险。我听说奥卡法官曾审理过一个类似的案件——为高等法院寻找一个新的办公地址。先是在一个遥远的郊区批示了一块地，然后又在新的金融区附近规划了一块地，但高等法院至今还在原址。[3]

7 月 11 日，第二次听证会开庭。孟买的倾盆大雨已持续数周，城市积水严重。一名浑身湿透的律师快步穿过法庭，来到奥卡的法官席。他要求修葺 1993 年设立的孟买债务追讨法庭，它是全国仅有的几个债务追讨法庭之一，旨在帮助出借人从破产的公司那里收回应得款项。"先生，那个法庭就像个游泳池。我今天早上在那儿。水没过了我的膝盖。他们不会否认吧？"这位律师接着说，债务追讨法庭唯一的法官还住在印度的另一个城市加尔各答，因为政府没有在孟买给他提供住处。他还说，那个法官上次来参加听证会时，自己付了酒店房费。他从宽松的外套口袋里掏出皱巴巴的酒店账单。

中央政府的律师辩护说，政府当然希望孟买债务追讨法庭能行使职责，而且已经发布了招聘新法官的广告，取代被困在加尔各答的法官，但没有人来应聘。“怎么可能有人应聘？”奥卡微笑着反问道。他曾要求限期翻修法院的办公室和法庭,[4]然而多年来却一拖再拖，及至法庭积水成池，法官滞留在加尔各答，众神痛苦地困在天地之间，遥远的迪奥纳尔垃圾山不断膨胀，垃圾清除之日遥遥无期。

在别处，在不断扩张的德里城市的边缘地带，一些垃圾山奇高无比，几乎触及环城输电线。埋头捡垃圾的人若不慎碰到这些电线，就会触电而死。暴雨淹没孟买法庭的前几天，德里的一座垃圾山发生山体滑坡，垃圾倾泻而下，导致一名拾荒者死亡。这场事故让最高法院开始关注首都的垃圾山问题。最高法院责成德里市政府缩小垃圾山规模，解决城市垃圾问题。[5]

在 7 月 25 日举行的第二次迪奥纳尔听证会上，奥卡法官首先审阅了州政府当天上午提交的回复。读后，他抬起头来，一脸惊讶。州政府回复说，穆隆德的土地被租给了一个私人盐商。在那里采盐的盐商已向孟买高等法院起诉了盐业委员会。这个案子已在这个布局凌乱的法院大楼里持续了十多年，而奥卡法官竟不知情。他问阿普特律师，市政府得到那块地的可能性有多大。“前景黯淡？还是非常黯淡？”

由于奥卡法官在法庭上不断推进，位于新孟买卡瓦莱地区的那个遥远的村庄，几年前被划拨给市政府，以取代迪奥纳尔垃圾山，如今已拆迁完毕。几个月后，我去那里时，只见一片绿野，只有溪流和空空如也的房屋，以及山上耸立的哈吉玛琅神殿。当法尔扎纳在锡永医院徘徊在生死之间时，阿夫萨娜去了那个神殿，据说哈吉玛琅是保佑平民的圣人。她带回来一个手镯，把它戴在法尔扎纳的手腕上。阿夫萨娜相信，是这对手镯把法尔扎纳拽回人间。

就在法尔扎纳举行婚礼之前，法尔扎纳、阿夫萨娜和姻亲们穿过最后一段岩石峭壁，来到神殿。他们感谢圣人赐予法尔扎纳奇迹般的生活。姐妹俩坐在悬崖边，沐浴着微风，沉浸在一望无际的绿色田野和闪闪发亮的涓涓细流中。那是法尔扎纳少女生活的最后片段。当时她们并不知道，有一天，腐烂的垃圾山和她们的灵魂会来到这片土地。

当法尔扎纳在神殿朝圣时，山下小村庄的村民们正在会见他们的代表。代表们承诺，将保留村民的家园。村民想要提起诉讼，但代表们以为没有必要。他们认为这个城市源源不断的垃圾大篷车不会颠簸两个小时，把垃圾倾倒在这里。此外，他们可能好几年都无法偿清律师的诉讼费，甚至从这里去法庭都很困难。但由于奥卡法官对市政府施加压力，代表们空手而归。那年秋天，当我去参观的时候，警察已经把村民赶进了铁皮房子里，那些房子建在那片地的边缘，热得像蒸笼一般。

大约一年后，我聆听了奥卡法官给法律系的学生做演讲。[6]他说，他记不起来自己为什么在大约40年前改学法律。起初，他只能接到那些请不起好律师的诉讼案——这些案子根本没有打赢的希望。“当你和这样的当事人建立了良好的关系，你就会明白生活的意义。在成为一名法官后，我意识到……我们的法律体系面临的真正挑战不是案件的激增，而是某些案子被排除在外。”奥卡法官表示，虽然印度法院因为未判决的案件堆积如山而备受诟病，但更大的问题是，许多当事人，比如像法尔扎纳和卡瓦莱地区的村民，他们在法庭上是隐形的。

随着雨水的消退，温暖的冬天来到了孟买。然而，究竟是把垃圾倾倒在法尔扎纳居住的迪奥纳尔山，还是卡瓦莱地区的绿色山谷，依然迟迟未决。市政府的律师请求宽限时日。在圣诞假期的一次听证会上，市政府的律师宣布，该市至少还需要三年时间才能把垃圾清运目的地从迪奥纳尔山转到别处。市政府曾七次延长迪奥纳尔垃圾焚烧发电厂的投标期限，但依然没有投标者。塔塔咨询工程师的一份报告显示，之所以没有一家公司竞标建造这座工厂，其中一个原因是，他们希望迪奥纳尔没有那些高耸的垃圾山。移动这些垃圾山是一项非常昂贵而艰辛的工程，会让工厂难以运作。市政府已经放弃了这个计划，决定在迪奥纳尔建造三个较小的垃圾焚烧发电厂。第一个工厂要到 2023 年才能完工。法院将把迪奥纳尔垃圾山的使用年限延长到新年假期后，届时，奥卡法官将再次审理此案。

25 你一无所有

2018年夏天，法尔扎纳一直感到胃胀。她的喉结肿大，脸也肿起来，时常发烧。清晨，纳迪姆出门上班后，她大部分时间都会坐在电视机前的床上看电视，一直看到昏昏欲睡，闭上眼睛。她沉浸在1980年代印度动作片的音乐里和剧情里。梦幻英雄死了，情人团聚了，片尾出现了鸣谢。法尔扎纳醒了，换了频道，仍待在原地。

纳迪姆陪法尔扎纳去沙塔迪市立医院时，沙欣提醒纳迪姆，让医生检查法尔扎纳的脖子。但不知何故，每当来到挤满孕妇的诊室，法尔扎纳总是疲惫地忘记了看脖子，而纳迪姆又急着回去值班。有两次，他们在回家的路上才想起，她的脖子被严严实实地裹在头巾里和飘动的黑色罩袍里，还未让医生检查。

法尔扎纳的肚子越来越大，脖子越来越肿，在家里逐渐减少了活动。她的脖子僵硬，脸显得阴沉，没有生气。手臂发痒，布满了长长的粉红色疤痕，这些疤痕都是医生在精心缝合她的骨头时留下的。法尔扎纳再一次坐到医生面前，揭开她的罩袍和头巾，露出肿胀的脖子。她卷起袖子，让医生检查她的胳膊，一边轻声解释道，“一辆推土机曾从我的身上碾过。”

医生惊讶地抬起头来。她让法尔扎纳把她在锡永医院的治疗记录带来。第二次诊治时，医生翻看了纳迪姆让海德尔·阿里送来的厚厚的档案。一个挺着大肚子的孕妇站在法尔扎纳身后，等着她腾出闪亮的检查凳。外面排队的人也探进头来。医生合上档案，让法尔扎纳转到锡永医院去诊治。医生没有检查她的旧伤口，这让法尔扎纳长舒一口气。她又回到家里的电视机前，心不在焉地挠着发痒的胳膊。

为了把法尔扎纳带回家分娩，海德尔·阿里得给纳迪姆一家送礼。为了攒钱买礼物，他开始去山上捡垃圾。一天下午，他在小巷遇到亚斯明。他告诉她，生活已今非昔比。山上的警卫开车碾轧他的垃圾袋，索要高昂的手续费。交完费后，他一上午捡垃圾卖的钱便所剩无几。几周前，法哈在清理垃圾时发现了一条金链子，但海德尔·阿里没有提这件事。后来法哈告诉我，金项链是假的。她耸耸肩说，最近，山上的垃圾里总是充斥着假冒伪劣的东西。

由于山上值钱的东西越来越少，穆哈拉姆·阿里为寻找工作，远走他乡，然而却空手而归。他住在一所空房子里，新娶的妻子因厌倦了他的致富梦想而离开了他。他打电话给亚斯明，询问他是否可以搬回来，与她和孩子们一起生活。亚斯明问海德尔·阿里：“如果他又不辞而别，怎么办？”她轻声地说，几乎在自言自语：“我对他已经不抱什么希望了。”

夏天渐渐地远去，纳迪姆忙得不可开交，没日没夜地开着垃圾车，穿梭在城市和垃圾填埋场之间。法哈陪法尔扎纳去医院做检查。她们沿着垃圾山边缘的那条长长的、断裂的界墙走着。看着人们从裂缝处翻过界墙，爬上山坡。她们生命中的大段时光曾在那里度过，观看板球比赛，躲避那些在炎热的山坡上游荡的水牛，跟在垃圾卡车后捡垃圾。如今，只剩法哈一人在山上工作。

经过杰汉吉尔交出的停车场时，法哈告诉法尔扎纳，杰汉吉尔现在似乎正忙着一项新业务。她只知道和垃圾无关。他告诉大家，自己这次要做一件非同寻常的大事——能让他从此远离垃圾山的生活。他和商业伙伴（听起来像个女人）以及手下喋喋不休。在垃圾山周围，杰汉吉尔和其他一些人在帮派不断扩张的非法势力范围的边缘互相角力。

法尔扎纳分娩期临近，海德尔·阿里漫不经心地干着活，等着纳迪姆把她带回家。7 月 8 日，沙欣打电话告诉海德尔·阿里，孩子就要出生了。那天深夜，法尔扎纳生下了一个女孩。她从睡梦中醒来，看到姐妹们围在婴儿身边，惊呼孩子长得和纳迪姆一模一样。沙欣给孩子盖上被子，这是她用从山上捡来的碎布片拼成的。然后，她宽厚地同意他们把法尔扎纳从医院接回海德尔·阿里家。

沙基蒙撕开白布，在里面装满孜然和姜黄，扎成两个小包，一个系在婴儿的手腕上，另一个系在法尔扎纳的手腕上。在孩子刚出生的这几个月，母女俩可能会受到疾病、悲伤或幽灵的侵害，而这些药包会将幽灵困住，在法尔扎纳和婴儿周围铸成一道屏障，保护她们不会堕入魔掌。

这两个药包让母女俩紧密相连。法尔扎纳从早到晚对着孩子叽叽咕咕地说个不停，直到嘴里的“古迪”（意思是“小娃娃”）的调子变成了“菩提”（意思是“老太太”）。她喃喃低语，轻轻地捏着婴儿的鼻子或脸颊，忍不住哭了起来。“你听到了吗，宝贝？你身上所有的东西都是你父亲给你的。所有的东西。”法尔扎纳抱起孩子，轻轻地摇着，安抚着。

几周后，法尔扎纳回到了家。沙欣又用从山上捡回的碎布给孩子缝了几床被子。她从家里取出最大的一块布做被里，用颜色很深的碎布做被面，马拉地语和印地语把这种颜色叫作巧克力色，也叫栗色、棕色、李子色或深紫色；还有翠绿色的布片，颜色就像雨后山上的小草；还有粉色布片，颜色很深，近乎紫色。她还用淡粉色的布给被子包了边。沙欣看到法尔扎纳的模样很吃惊。她的脖子肿得很厉害，脸都僵住了，不能动弹，只能从眼角侧着看东西。

几天后，法哈打电话给法尔扎纳，让她打开新闻频道，她说：“新闻里有哥哥。”杰汉吉尔的脸用头巾蒙着，出现在电视新闻中，画外音透露了他的姓名和年龄。警方破获了一个包括杰汉吉尔在内的五人犯罪团伙，并释放了一名被该团伙绑架并索要赎金的儿童。

由于生意接连陷入困境，自己在山上侵占的垃圾清运场也被夷为平地，杰汉吉尔最后孤注一掷，制订了一个雄心勃勃的计划，以逃离垃圾山生活。他在小巷的一个朋友把他引荐给一个女人，这个女人的姐夫是城里的一个富商。警方后来指控她，企图绑架姐夫的儿子，以获得赎金，并分赃给杰汉吉尔和他的朋友。[1]

据称，在案发当晚，这个女人把男孩带到杰汉吉尔和他的朋友那里，后者用围巾蒙住男孩的脸，将他捆绑，塞进一辆人力车，然后开往山脚下的小巷车库。一路上，男孩哭个不停。他们原打算把他关在那里，喂他止咳糖浆和冷饮，直到拿到赎金。然而，当他们解开他脸上的围巾时，才发现被绑架者不是那个男孩，而是他 13 岁的哥哥。杰汉吉尔想，这反倒可以让他们赚到更多的钱。他排练了如何打勒索电话。但就在他们要得手时，警方突袭了那个车库，解救了男孩，并逮捕了杰汉吉尔和他的同伙。

桑杰纳加尔小巷铺天盖地都是杰汉吉尔被捕的消息。拾荒者从报纸、电视以及手机上看到了他被遮住的脸。海德尔·阿里没有钱请律师，也没有钱交保释金。我试着给他打电话，但小巷里的拾荒者的手机只有在他们走运的时候才闪烁：他们只有在运完垃圾后才会给手机充值，所以海德尔·阿里的手机通常都是处于停机状态。一天下午，我在他家门外碰到了他。注意到我上下打量的目光，他告诉我，杰汉吉尔不在家。我问他杰汉吉尔被捕的事。他说："如果我在现场，我就会告诉你。"大约一个小时后，见我还在那里，他便陪我走出了小巷。他说："儿子的事，我确实一无所知。"他的声音因为羞愧而嘶哑。一路上，我们都默默无言。

几天后，沙基蒙和海德尔·阿里夫妇提着一个装饰着彩色丝带的金属摇篮，来到了沙欣的家。为了买这个摇篮，他一直在攒钱。他把它靠在墙上。法尔扎纳怀孕期间，常常无精打采，扶墙而立。现在她四处走动，整理孩子的东西；把脏衣服堆在一起，等着嫂子去洗；把洗过的衣服叠好。她一边哄孩子睡觉，一边和她说话。“宝贝，妈妈说话，你都懂，是吧？你的鼻子长得像谁呀？你的眼睛像谁呀？”

杰汉吉尔被捕几周后，法尔扎纳的喉结肿大，挤压到脸上，我陪她去奈尔医院，找萨蒂什·达拉普医生诊治。他是两年前给法尔扎纳做外科手术的医疗团队负责人。他翻阅着她的发黄的档案，询问她的近况，回顾她的手术治疗，并检查了留在她骨头里的金属支架。

法尔扎纳点了点头，解开罩袍，露出脖子，怀里还抱着婴儿。当医生轻轻按压她脖子周围的肿块时，她疼得缩回了脖子。她对医生说，自己确实发烧了，而且很疼。医生告诉我，必须提取肿块里面的液体，进行化验。可能是癌症，也可能是肺结核。

几天后，法尔扎纳回到医院做手术，法哈抱着婴儿陪着她。医生把法尔扎纳带进手术室。过了一会儿，护士叫法哈进去。法尔扎纳脖子上缠着纱布，上面满是血和黄色药膏，她无助地轻声抽泣着，口水顺着脸颊流到金属床上的橡胶床单上。摘掉罩袍的法尔扎纳紧紧地蜷缩着腿和手，身体变成一个细长的V字形。她穿着那件宽大的粉红色库尔塔上衣，装饰着缎子滚边和蕾丝花边，在夕阳下闪闪发光。

法哈看着姐姐，轻轻把孩子放进她的怀里。法尔扎纳的眼泪滴落在女儿柔软的、近乎光光的脑壳上。“宝贝，你知道你的眼睛像谁吗？”她轻声地问，露出微弱的笑容，眼泪还挂在脸颊上。她紧紧地抱着孩子，咿咿呀呀地和孩子说话，边流眼泪边喂奶。

法尔扎纳慢慢地张开手掌，抓住床，站了起来。她穿上罩袍，抱起孩子，和法哈一起回家。她们站在医院对面的公共汽车站等车，看着傍晚的天色逐渐暗淡，慢慢变黑。这天是甘帕蒂节的圣像浸泡日，五颜六色、大腹便便的圣像在汽车和公共汽车的车流中缓慢移动，路旁的钻孔机正在狭窄的道路上挖洞，修建孟买地铁，路上尘土飞扬。法尔扎纳怀里的婴儿号啕大哭。巨型鼓的咚咚声，钻机和喇叭的轰鸣声，此起彼伏。交通因施工而堵塞，施工又因交通而暂停，两者相互交替，管弦乐队在一旁伴奏，以庆祝孟买的节日。法尔扎纳抱着婴儿走到街上，寻找开往家方向的公共汽车。她看见它们停在远处，慢慢地朝她驶来，却又转头离去。

纳迪姆打来电话：为什么法尔扎纳还没到家呢？她还在医院附近？公共汽车怎么这么久才到？她真的去医院了吗？法尔扎纳回到家时已近午夜。第二天，纳迪姆还在为前一天晚上的事生闷气。他把她送到海德尔·阿里家，嘱咐她远离垃圾山，远离那些男人，远离危险。法尔扎纳抱着孩子，在娘家睡了好几天。为了消除纳迪姆的担心，她大部分时间都待在家里，远离那些高耸入云的垃圾山。

一天下午，沙基蒙坐在山脚下，看着法尔扎纳抱着孩子从身旁走过。“我现在还怎么工作？”她问我。“儿子在监狱里，女儿生病了。我们担心得要死。”她说，深深地吸了一口未经过滤的香烟。看着夕阳变成粉红色，缓缓地沉入山丘，她说想把海德尔·阿里送到90英尺路的治疗师那里。

法尔扎纳抱着孩子，去医院领取检查结果。医生告诉她，她得了肺结核。他会给她开一些药，她必须每天服用；如果停止用药，感染将变得致命，即使重新用药，也不会产生疗效。法尔扎纳不耐烦地打断了医生的话，说她会去离家较近的医生那里治疗。

法尔扎纳知道，肺结核一直折磨着拾荒者。她目睹了海德尔·阿里的表弟巴德雷·阿拉姆如何被肺结核毁了健康。巴德雷在他们家的阁楼里住了好几个月，后来回到了自己的村子。他们已经有两个多月没有他的消息了，海德尔·阿里担心他已经死了。大约一个星期前，巴德雷·阿拉姆再次出现，他的脸颊变得饱满，脸上闪闪发光。他说，治疗师的祈祷仪式和妻子的精心护理治好了他的病。但法尔扎纳知道，不是每个人都能像他那样恢复健康。她儿时的一些朋友，在父母患肺结核病逝后，也来到山上工作，结果也患了同样的病，被垃圾山的毒气吞噬。

几天后，法尔扎纳裹好孩子，提着一个装满衣服和毛巾的袋子，和阿拉姆吉尔一起去亚瑟路监狱看望杰汉吉尔。之前，阿拉姆吉尔每次探监，杰汉吉尔都嘱咐他，要好好照顾法尔扎纳。阿拉姆吉尔取笑他，问他是否还有其他兄弟姐妹。杰汉吉尔低声地回答："嗯……当然有……"阿拉姆吉尔打断他："但是你最爱她。"杰汉吉尔只是说："让她来见我。"

法尔扎纳被领进一个有玻璃屏障的房间。杰汉吉尔走了进来，坐在玻璃的另一边。法尔扎纳在玻璃这边对着电话轻声问道："你好吗，哥哥？"杰汉吉尔看着婴儿，点了点头。法尔扎纳抱起孩子，让她靠在玻璃屏上。"你的女儿？"他问。法尔扎纳点头说："是的。"杰汉吉尔说："她很可爱。"然后兄妹俩彼此凝视着。他们拼命逃离垃圾山，企图摆脱它的阴影，但那片山坡却一直徘徊在他们的生命里，紧紧地攥住他们，把他们拖回去。监狱守卫走进来，提醒法尔扎纳该离开了。"你现在没事了吧?"杰汉吉尔问道。法尔扎纳点了点头。

几天后，奈尔医院的一个医生打电话问我，法尔扎纳是否定期吃药，并询问她的银行账户信息，以便把结核病患者的政府补贴转账给她。我去她家拜访时，她正逗着孩子玩。他们给孩子起名为阿耶莎（Ayesha），意思是智慧。我得知她停药有一段时间了。"吃药让我头晕，眼前一片漆黑。"法尔扎纳说。萨哈尼后来告诉我，纳迪姆不再给她买药了。

法尔扎纳时常发烧，又逐渐烧退；脖子肿胀起来，又似乎缩小了。她却不理会，只是埋头照看婴儿。孩子越长越高，越来越胖，总是咧着嘴笑。"宝贝，你的笑容不是你的，知道吗?"法尔扎纳挠了挠她的鼻子，惹得阿耶莎哈哈大笑。法尔扎纳总是和孩子说话，口误不断，阿耶莎一会儿是个婴儿，一会儿又成为一个老太太，但没有任何东西是属于她的。一切都来自她的父亲，来自他们身后矗立的垃圾山，来自城市的垃圾车队。

你知道吗?连你的鼻子都不是你自己的。老女人，老女人，你一无所有，明白吗?

后　记

2019 年的第一周，我沿着宽大的石头楼梯，走上法院二楼。奥卡法官负责的案子已重新调整，他所在的法庭也搬到了新的地方。迪奥纳尔案依然由他来审理。

我拐过昏暗的楼梯平台，看到法庭的门前立着一块大理石匾牌，上面刻着自由斗士提拉克（Bal Gangadhar Tilak）的名言。1908 年，他被判犯有煽动叛乱罪。[1] 在丁肖·达沃法官作出对他不利的判决后，他说："人类和国家的命运将由一个更高的权力主宰。如果我从事的事业因为我的受难而非我的自由变得更加繁荣兴旺，那么这样的判决也许就是天意。"

1897 年，孟买及其毗邻的浦那（提拉克居住的地方）暴发瘟疫。人们对英军以抗疫为名，[2] 擅入民宅，妨碍居民正常生活，伤害他们的人身安全，日渐不满。提拉克在他的报纸上隐晦地抨击了英国的抗鼠疫运动。政府的律师指控他激化了紧张局势，并煽动谋杀了浦那瘟疫委员会主席兰德。也许是命运的捉弄，当时还是律师的达沃为提拉克的煽动叛乱罪辩护。最终，提拉克被判入狱 18 个月，在孟买和浦那激起了民愤。几周后，运送垃圾的专列开始将孟买的废弃物运到迪奥纳尔的沼泽地。瘟疫消退后，城市重现繁荣，资源被消耗，产生的垃圾被扔弃、转运，最终来到远离城市视野的遥远的沼泽地，而且越积越多，越垒越高。

在迪奥纳尔成为孟买的垃圾填埋地的第120个年头，人们试图解决垃圾山问题，缩小笼罩在城市上空导致各种疾病的毒气光环，然而这些努力却在法院走廊尽头的法庭里陷入困境。我转过楼梯拐角，来到奥卡法官的新法庭，它非常宽敞，显得空荡荡的。我听到从法庭尽头传来奥卡法官低沉的声音："他们在哪儿找到尸体的？"他在审理一起刑事案件。

接着，传来熟悉的"砰"的一声，奥卡法官又一次把迪奥纳尔卷宗重重地摔在桌子上。政府计划在穆隆德附近修建垃圾填埋场，一些民众上诉，然而官员却瞒报这些案件。"他们是否已被处罚？"奥卡法官质问道。"建设现代化新垃圾填埋区的土地什么时候能移交？最重要的是，迪奥纳尔垃圾山到底什么时候能关闭？"看到奥卡法官又一次大发雷霆，市政府律师忙回答道："很快就处理完毕。"现在，大多数垃圾清运车都开往位于坎尤尔马尔格的现代化垃圾山。站在迪奥纳尔山区外围的山顶上，我看到一座座垃圾山连绵起伏，延伸到小溪边。这些垃圾山将在明年被拆除，垃圾将被用作堆肥。

2019年4月9日，奥卡法官发布了一项命令：今年将是迪奥纳尔垃圾山的最后一年。[3] 2019年12月31日后，禁止再向那儿倾倒垃圾。原有的垃圾将逐渐被清理、运走，或者用来发电、堆肥。命令发布的第二天，奥卡法官被调任为邻近的卡纳塔克邦的高等法院首席法官。

我继续视察垃圾山，走访山脚下的小巷，期待着垃圾不再运往迪奥纳尔垃圾山，垃圾焚烧发电厂的合同被正式公布，新的垃圾填埋场开始运营。开往迪奥纳尔的垃圾车队减少了，但并非完全停止。一些市政工程师告诉我，我所期待的一切很快就实现了。

在山上，我遇到了杰哈娜。我问她，是否听说垃圾山终于要关闭了。她却反问我，是否听说过阿西夫。我点点头，虽然并不确定是否见过他。拾荒者们告诉我，阿西夫14岁，在学校上学，下午来山上工作。一个多星期前，他在山上被警卫巡逻队追赶。他的伙伴们都溜回了家，他却朝着小溪的方向一直奔跑。巡逻队在他后边追赶。接着，他消失了。

阿西夫的朋友们回到拉菲克纳加尔小巷时，他的母亲阿夫萨娜问他们，他在哪里。他们告诉她，阿西夫很快就回来了。也许警卫拘留了他；也许他正躲着警卫，等着他们离开后再回来。傍晚，她出去找儿子，一夜未归。她去哨所询问儿子的下落，但那里的警卫说没有看见。第二天，阿夫萨娜去警察局报案。她跟着警察来到山坡，却没有找到阿西夫。警察和山上的警卫搜索了好几天，仍不见阿西夫的踪迹。“他是乘木筏逃走了吧？”他们问她。“不可能。”她回答道。自那以后，阿夫萨娜总是梦见儿子。他笑着对她说，他就在附近。我去拜访阿夫萨娜时，她告诉我，她一定要找到儿子。

每天一大早，阿夫萨娜就和上白班的拾荒者一起上山。炎炎夏日下，她在荆棘丛生、光秃秃的灌木丛里寻找。她来到昔日的垃圾倾倒场，那里已不再倾倒垃圾了，齐胸高的红树林，被塑料垃圾缠绕。夜班拾荒者开始工作时，她又回到山上寻找。然而依然没发现儿子的踪影。

阿夫萨娜借钱租了一条船，在垃圾山边的小溪上漂荡，到处查看阿西夫是否陷在小溪的淤泥里，或是被塑料、水里游动的树根缠住，或是被排入小溪的污水冲走。

有人说，阿西夫定是为了躲避警卫，跳进小溪里。阿夫萨娜说，那他现在应该已经被冲上岸了。山上谣言四起。甚至有人猜测，他可能被图谋人体肾脏的器官贩子绑架了。但阿西夫仍然出现在阿夫萨娜的梦中。她觉得儿子就在附近。她必须找到他。

几个月来，她每天清晨就离开家，带着儿子的照片，到处寻找，直到天黑才回来。她给我看阿西夫穿着米色萨尔瓦套装的照片：他长着一副娃娃脸，胖乎乎的脸蛋上挂着坚定的笑容。

我多年在山上行走，常常看到装饰着向日葵的童鞋被扔弃在垃圾堆里，亮晶晶的香水瓶里还剩一半的香水，仿佛是被厌倦的礼物。我很好奇，这些物品在主人的生活中扮演了什么角色？——它们是否让远隔千山万水的人们关系更紧密，让接受礼物的人感到更被珍视。我看到阿夫萨娜拿着阿西夫的照片在山上游荡。他进入她的梦里。他就在她的身边。她必须找到他。

在山上的一次考察中，我遇到了阿提克·汗，他是汗兄弟中的弟弟，入狱三年后获准保释。他告诉我，自己与山上的犯罪和火灾无关。那些喽啰们常借用他的名字破坏界墙，导致火灾发生。在谈及自己和兄长拉菲克时，他说：“我们不向任何人屈服，结果却成了别人的棋子。”

法尔扎纳又怀孕了。她的脖子时肿时消，平时遮盖在杜帕塔头巾下。有时候头巾滑落，会露出肿胀的脖子。医生进行产前检查时，发现她脖子肿胀，嘱咐她去做肺结核检查。然而，她去医院只为了生个男孩。

我后来只在法庭上见过杰汉吉尔。他的孩子们化了妆，穿着讲究地来法院参加庭审，仿佛见父亲是个隆重的庆典。他对我说："我没有打过电话，他们怎么能指控我索要赎金呢？"为了逃避责任，他总是千方百计地寻找法律的漏洞。

我走在班加拉加利小巷里，有时会听到有人喊我的名字。我倏地转过身，看到路旁一个金头发少年侧着身，冲着我咧嘴笑。那是亚斯明的小儿子萨米尔，他站在巷子里，背对着阳光，低垂着头倚在肩膀上，以他特有的姿势问候我。他一直在附近捡垃圾，溢满的垃圾箱是他生活的来源。穆哈拉姆·阿里终于永远地消失了。亚斯明去参加医学试验时在火车站跌倒，摔落了门牙，也失去了青春的最后一丝痕迹。接着，她患上了肺结核，被禁止参加医学试验；赫拉也患上了同样的病。迈赫伦辍学后，于2020年11月订婚，那年她17岁。

一天下午，我从一个拐角走进弥漫着茉莉花芬芳的巷子里。一个女人正在给大家发放鲜花，让她们编成花环，由她拿到城里去售卖。萨尔玛站在人群里，等着领取。之后，我跟着她回家。她拖着脚，缓缓地走着，我也慢下脚步陪着她。她告诉我，每年冬天，她的眼睛里都会出现小疙瘩，什么都看不清。"阿斯拉姆还好吗？"我问。她低声地说："他两周前走了。"多年来，肺结核、酒精，和其他在山上染的不良嗜好一直缠绕着阿斯拉姆，吞噬了他的生命。

维他拜在城里做过几份清洁工的工作。她向老板贷款，治疗孩子的疾病，支付从屋顶摔下来的孙子的手术费，修葺倒塌的房子。她得不停地工作，不停地还债，不停地挣钱。她东奔西跑，忙作一团，眼睛就像我初次见到的那样，闪闪发亮，尽管我看到她的手臂松弛，步履缓慢。

我经常在走访结束时来到海德尔·阿里的家。他用从山上淘来的东西招待我，给我讲他打算攒钱保释杰汉吉尔。有一次，他请我坐在柔软的黑皮沙发上。我猜想，那张沙发可能来自一对富有的年轻夫妇。我像往常一样坐在他对面的地上。他告诉我，打算卖掉房子，为杰汉吉尔聘请律师。“那让他们住哪儿?”我问道。我指的是在这座房子里进进出出的几代人。“到时再说吧!”他答道。这时，杰哈娜16岁的女儿穆斯卡安弯着腰，犹豫地走了进来。她蜷起身子，躺在我旁边的地板上。海德尔·阿里告诉我，穆斯卡安患了肺结核，正在恢复。我想起她在法尔扎纳的婚礼照上的模样——高挑身材，容光焕发，像猫一般优雅迷人。

我再次拜访海德尔·阿里的时候，见穆斯卡安睡在原先放置沙发的地板上。“那个沙发去哪儿了?”我问。海德尔·阿里笑了。藏在沙发里的臭虫在房间里出没，把每个人都咬了，他不得不把它扔出去。海德尔·阿里一会儿要用瓷茶具沏茶；一会儿要用水晶玻璃杯喝水——为他递东西的人从躺在地板上的穆斯卡安身上跨来跨去，让穆斯卡安无法安睡。

当我又一次去海德尔·阿里家的时候，他用钢杯给我沏茶。由于前屋被大雨冲垮，他不得不推迟了售房计划。他问我，是否听说穆斯卡安在三天前去世了。那时，她连来他家的力气都没有了。她躺在山边杰哈娜的家里，苍蝇在身上嗡嗡地飞，她却无力驱赶。午后的阳光洒进屋里，晒干了她的嘴唇。杰哈娜告诉我，她去给穆斯卡安倒水喝，转身回来，却发现她已经永远地走了。

由于工作不稳定，海德尔·阿里去了他曾居住过的村庄，并带回村里的指示：每个人都要记住自己祖父的名字。2019 年 12 月，印度政府通过了《公民修正案》。法案规定，无法提供书面文件和公民身份证明的穆斯林将被依法关押在拘留营，或被驱逐出境。在法尔扎纳居住的小巷外，我看到竖起了一条横幅，上边写着：他们想让我们离开印度。告诉我们，难道我们因为家里闹鬼就应该抛弃家园？

海德尔·阿里修好前院后，又重新开始实施出售和保释杰汉吉尔的计划。法尔扎纳在家里不断地背诵曾祖父的名字。没人知道官员盘问时他们应提供哪些信息——那些可以令他们成为合法公民的信息——因为他们不确定自己是否有合法的文件。他们背熟了自己所了解的一切信息，准备接受盘问。如若不能通过盘问，他们可能成为自己国家的非法居住者。

几个月过去了，旨在确保关闭垃圾山的听证会仍未开庭，这让夏尔马焦虑不安。此后，最高法院再也没有将此案列入听证会。为期六个月的城市新建项目的窗口期一直在延续。

2019 年 12 月，听证会在孟买高等法院重新开庭，由达马希卡里法官主持迪奥纳尔案。他说，设定最后期限不是法院的职责。市政府正着手关闭垃圾山。鉴于垃圾处理厂等项目的建设确实需要时间，他于 2019 年 12 月 19 日通过了延长垃圾山使用期限的法令。[4] 2020 年 11 月 6 日，市政府通过了一项建造垃圾发电厂的计划，将会消耗迪奥纳尔山的 600 吨垃圾——低于当时每天到达垃圾山的一半垃圾量。[5] 他们认为，工厂需要三年时间才能建成。

2021 年 2 月，印度政府宣布了一项 400 亿美元的计划，旨在缩小垃圾山（“遗留垃圾”）的规模，控制建筑垃圾，减少该国日益恶化的空气污染。

哈希姆 · 汗因疏忽驾驶致人伤残的案件从未开庭审理。他仍在保释中。

致　谢

我能完成《山的故事》，要感谢班加拉加利居民，他们欣然接纳我，让我走进他们的家园和生活中。记得2016年年初，我再次来到这里，不是为了给他们提供贷款，而是想聆听更多关于他们的故事。“话语并不能帮助人们理解山上的生活。带上摄像机吧！”萨尔玛·谢赫曾这样建议我，并和其他人继续领着我穿过群山，走进拾荒者的家庭，参观他们就医的诊所、经营的刺绣作坊和垃圾销售店，以及他们的子女上学的地方，聆听他们对往事的回忆，记录他们经历的创伤和痛苦。

我感谢所有允许我书写他们的故事的人。还有一些人，书里几乎没有提及，或者他们不愿意出现在书里。这些人在我困难的时候伸出了援手，他们是：Shabbir Pathan，Miya Khan，Lilabai Pawar，Shakila Shaikh，Shiva Shaikh，Rauf Shaikh，Akhtar Hussain Mullah，Hussain Shaikh，以及其他许许多多的人。

Geeta Anand每隔两周就会阅读《山的故事》的手稿。有时，我的写作陷入迷茫，仿佛暴风雨来临之前的一团乌云，她给我指点迷津，帮我梳理思路。搬到伯克利后不久，她告诉我，初稿虽杂乱无章，但法尔扎纳的形象却闪闪发光。她在我们之间牵线搭桥，鼓励法尔扎纳打开心扉，倾诉她那些不堪忍受的往事，我才有机会询问、倾听和记录。在她的帮助下，法尔扎纳的故事在我的书里得以重现。迪奥纳尔山延续了100多年时间，也许我要用更长的时间才能回报她对我的帮助和情谊。

我感谢 Taran Khan 的朝夕相伴，和我一起战胜写作过程中的种种挫折和失败，聆听我讲述那些萦绕在心头不吐不快的故事。有时，我感觉自己的作品杂乱无章，出版无望，而孟买语言中特有的习语又难以表达，是 Manu Joseph 的鼓励，让我看到隧道尽头的光亮。在他们的坚定支持下，《山的故事》才最终越过了一个个艰难的关隘。

感谢 Cecily Gayford 接纳了这个写作项目，并拓展了我的写作思想，提升了作品的高度。我常常希望自己能够拥有她那样的璀璨才华。一开始，她就敏锐地发现，《山的故事》不仅仅是法尔扎纳一个人的故事，而是涉及更多的人物和事件。她的深思熟虑、润色和打磨，让这部作品有了高度和亮点。

Sophie Scard 是我的作品经纪人，在出版市场日渐萧条的情况下，她一直引领这个项目顺利进行，对此我深表谢意。此外，我还要感谢 Alison Lewis 和 Georgina Le Grice。通过她们，把家园建在垃圾之上的班加拉加利居民才最终把他们的生活呈现在世界面前。而在遥远的世界各地，人们喜新厌旧的欲望堆起了一座座垃圾山，催生出一批批拾荒者。我希望她们的工作有助于传递这本书的主旨：降低物欲，减少制造那些源于黑暗欲望的垃圾。

R. K. Sharma 是我在迪奥纳尔山和废弃物的世界历险的陪伴者。我们一起在山上走访，参观垃圾发电厂，旁听法庭审理案件，对饮茗茶，思考垃圾山的命运。我非常感谢他能与我一起痴迷于迪奥纳尔的故事。为了拨开迷雾，了解垃圾山的真相，我需要查询一些数据和文献。Dayanand Stalin 在此方面提供了帮助。多年来，他引导我办理《信息权》的申请。通过该程序，我收集了数千页的文献，在书中形象地展现了垃圾山的世界。

Khalid Shaikh 博士和 Vikas Oswal 博士在迪奥纳尔山周围开办了维卡斯疗养院，他们以多种方式为书中的报道提供了调研、文本、联系方式及其他支持。

K. P. Raghuvanshi 和 Rahul Asthana 曾担任过负责迪奥纳尔案的高等法院委员会主席，他们对书中的相关内容提供了见解。

Jiraj Phatak，Ajit Kumar Jain，Bhalchandra Patil，Rajiv Jalota，MR Shah，Amiya Sahu 和其他十几位退休或在职的市政官员，以匿名的方式就垃圾山人们的生活、垃圾山的管理，以及让它们旧貌换新颜所面临的挑战，提供了背景和细节。对于他们提供的信息，我都进行了细致的分析。Chandan Singh 迅速、耐心、热情地处理了数百个关于垃圾山文献《信息权》的申请。

来自普拉亚的 Jennifer Spencer 和她的团队提供了山区周围居民的健康和教育数据，这些数据对于研究这一地区发展缺失的背景因素尤为重要。Jokin Arputham 不仅支持万达纳基金会，还讲述了垃圾山周围的贫民在安置、拆除和重新安置过程中发生的奇闻逸事。在我写这本书的过程中，他不幸去世了。我很怀念他对我的指导和分享的故事。该地区的市政当局成员 Rukhsana Shaikh 不辞辛苦，收集了有关生物医学废物处理厂和迪奥纳尔的研究资料和见解。

来自 R. K. Sharma 法律团队的 Vighnesh Kamath 提供了有关文件，并为我旁听的数百小时法庭诉讼的备忘录和笔记做了备份。通过阅读 Rohit De 和 Rahela Khorakiwala 推荐的精彩书籍，并和他们交谈，我才对法庭诉讼有所了解。

我在博德利安图书馆的研究工作得到了 Sukriti Issar 的支持。她帮我回溯了迪奥纳尔从 1927 年——官方引用的日期——到 1899 年的历史，尽管当时她已离开牛津，入职了巴黎政治大学。Nilesh Wadnerkar 帮我在马哈拉施特拉邦议会图书馆借到了有关迪奥纳尔的诉讼记录和报纸文章。

Sarfaraz Arfu 是《印度斯坦日报》的编辑，同时也是一个热忱的孟买观察家，他阅读了本书的手稿，并提供了反馈意见。A. D. Sawant 博士为我耐心讲解了垃圾山的有毒光环及其对健康的影响。Anjali Bansal，Devina Parekh，Tanvi Kant，Shivaji Nimhan，Abdul Rauf Shaikh，Birju Mundada，Kishore Gayke，Prafulla Marpakwar 等人对我的研究提供了宝贵的帮助，Kanika Sharma 和 Abhijeet Rane 在法律程序方面提供了支持。

身体瘦弱的 Sachin Tambe 曾经负责在垃圾山区收取分期贷款，他一直陪着我在大山周围走巷串户，追寻拾荒者的行踪和不断变更的住址，了解他们破碎的生活。万达纳基金会的 Prashant Shinde 帮我申请了无数个文件，并从发函、跟踪到收函，全程跟进。

我的研究似乎永无尽头，而 Biaas Sanyal 一直耐心地核实书中出现的每一个事实，Ashlesha Athavale 也仔细检查了所有的马拉地语文件。她们修正了研究中出现的一些谬误。

此外，写作营地的良好氛围也有助于我梳理多年来收集的采访和研究资料，并在书中重建迪奥纳尔世界。两项罗根纪实文学奖金帮助我启动创作，并几乎完成了《山的故事》。在洛克菲勒基金会的 Bellagio 中心，Pilar Pilacia 和她的团队为我提供了最温暖、最宁静的写作环境，我与才华横溢的作家朝夕相伴，视野也慢慢远离了迪奥纳尔。在 Blue Mountain 中心，我这个孟买人体验到了几乎未曾有过的寂静和内心的平和。迪奥纳尔世界的一幕幕画面慢慢地呈现在我的脑海中，我用文字一一记录下来。我在 Sangam House 开始写这本书。所有的札记被一股脑输入电脑，仿佛和着舞者的节奏，一刻也无法停止。我还要感谢 Dora Maar House，我本应该去那里写作，但由于暴发了疫情，城市被封锁，我未能成行。我希望以后能在那里工作。我要让书中描述的迪奥纳尔世界充满我的大脑，如果不是因为我写作时离它甚远，也许我无法冷静地用语言来表达我的情感和思考。我对于能有如此绝佳的写作环境深表感谢。

写作营地也给我提供了珍贵的机会与一些作家为伴。他们的作品非常美，我远不及。Lisa Ko 和 Kiran Desai 向我讲述了他们在 Bellagio 和 Blue Mountain 的经历：或徒步远足；或划独木舟、乘坐渡轮；或慢慢地享受美餐；或手忙脚乱地发邮件。Suzannah Lessard，Adrian LeBlanc 和 Suzy Hansen 给我的写作提供了非常宝贵的意见。当得知我不打算在作品中出现时，他们建议我用第一人称来叙述故事，发出自己的声音。Risa Lavizzo Mourey 和 Parina Samra Bajaj 让我明白法尔扎纳的病历档案极其凶险，甚至在我以为她已痊愈的时候。Abby Seiff，Melanie Smith 和 Justin Kaguto Go

远程给我的写作提出了一些建议，分享了他们对艺术、城市风土人情的看法，以及从不同角度看待事物的理念。

斯德哥尔摩的瑞典皇家理工学院的 Marco Armiero 分享了他对意大利垃圾危机的一些见解，讲述了发生在这场危机过程中的一些趣闻逸事，并介绍了相关知识。Rajesh Parameswaran 和 Markley Boyer 陪我考察了纽约的垃圾和垃圾填埋场，甚至包括垃圾堆里的艺术。

我还要感谢 Mandy Greenfield，Graeme Hall 以及来自 Profile 的编辑，他们从未让我感到，他们离我的家乡孟买有千里之遥。Shwetashree Majumdar 则在我陷入窘境时不吝相助。

我最应该感谢我的父母和姐姐。父亲和我一起管理基金会，母亲和姐姐则在背后支持我们——她们常常提醒我，要多体谅贷款人的难处。在撰写这本书的过程中，我因挫折而灰心丧气时，他们的爱让我增添力量和勇气；我盯着电脑毫无头绪时，他们的爱似乎从屏幕上跃然而出，让我重拾自信，继续写下去。

注　释

1　死　婴

1. 在各种官方文件中，这些垃圾山区的面积从 270 英亩到 326 英亩不等。据说，市政当局在火灾后向山上覆盖了泥土，使得山区的范围延伸到海里。产权文件显示，垃圾山区面积达 314 英亩。

2. 由市政府任命的 Tata Consulting Engineers 在项目报告中称，最高的垃圾山达 120 英尺。此数据来自无人机测量。

3. 在研究过程中，我听到过一些山上有鬼魂出没的故事。虽然我自己并不信鬼神之说，以为它们更可能是传言者的杜撰，或是罩在山上的有毒气体致幻的结果，但是我能理解，人们往往出于强烈的情感需求而附会鬼神之说。

2　迪奥纳尔

1. 1896 年市政专员年度行政报告中的卫生官员所做的陈述，“其他现象”部分。

2. Gyan Prakash, *Mumbai Fables*, Harper Collins，2011。在接下来的几个月里，Prakash 记录了由于瘟疫和实施驱除瘟疫措施，居民纷纷逃离，致使孟买成了一座“死亡之城”。

3. Myron Echenberg，*Plague Ports：The Global Urban Impact of Bubonic Plague* 1894-1901，NYU Press，2007.

4. 孟买市政专员斯诺在他的报告中说，“韦尔博士试图得出这样的结论，即人们逃离城市的原因是暴发了流行传染病。”

5. ‘Bombay Plague Visitatio’, British Library; https://blogs.bl.uk/asian-and-african/2020/07/bombay-plague-visitation-1896-97.html.

6. 斯诺引用韦尔的实施隔离建议，“交通检查、通信限制，或任何其他指代名称，对进入孟买的每个人进行严格和仔细的检查，并对每件物品进行仔细消毒，但该措施预期会达成怎样的效果却不是很明确”。

7. 1896—1897 年市政专员报告。

8. 市政专员报告中卫生官员的陈述。帕西族妇女包围了一名印度教男孩，以阻止警察将其送往医院。

9. “逃离救护车。一个令人同情的案例。”1896 年市政专员报告。

10. 摘自斯诺的市政专员报告。“卫生部门的官员被指控将病人从家里拖走，然后杀死他们，并以此为快。据说我们的女王陛下因冒犯她的雕像，要求孟买人民祭奠 500 个肝脏来赔罪。一些男人对我说：‘你们以为我们像疯狗，要杀死我们，好像我们真的是疯狗一样。’”

11. 摘自斯诺的报告。Khara Talao 的那个房间塞满 57 人，长 111 英尺，宽 18.5 英尺，没有通风设备。

12. 摘自斯诺报告中“游荡在癫狂中的渴望”章节。

13. 摘自市政专员报告。10 月 14 日，在实施瘟疫管控措施一周后，“一些有影响力的公民”给他写信，说如果执行这些措施，“将会有更多的居民从孟买乘飞机前来”。

14. 韦尔写道，他和斯诺会见警察局长的那个晚上，一群人围堵在外边。警察局长和卫生官员“一致认为，即使卫生工作人员与暴乱者合作，共同应对疫情，也不能确定，在如此恐慌和躁动的时期，孟买警方的出色约束力会起到多大的作用”。

15. 1897—1898 年市政专员报告中执行工程师的陈述。

16. 1898 年市政专员报告中执行工程师的陈述。

17. 根据市政专员报告中执行工程师的陈述，堤岸于 1901 年 12 月 15 日竣工。

18. 执行工程师在市政专员报告中的陈述。

19. 来自《印度时报》的 Proquest 数据库。这些故事可追溯到 1960 年代初，其中一个故事讲的是在孟买市中心的一幢廉租房，离维他拜的房子很近，市政当局拆除了居民的门窗框和瓦屋顶，切断了水、电供应，逼迫他们搬到迪奥纳尔。一些居民拒绝搬迁，执意要留下来。他们去法院起诉，但最终法院判决他们必须搬走。

20. Lisa Björkman，*Pipe Politics*，*Contested Waters*：*Embedded Infrastructures of Millennial Mumbai*，Duke University Press，2015。Björkman 在书中记叙了垃圾山周围的贫民窟从规划、合法定居，到后来被拆除的整个过程。《印度时报》的档案亦翔实地记载了类似的故事。

21. https：//www. livemint. com/Money/f0Rtetble3Chhd5PoAZ2KJ/Loan-approvals-depend-on-borrowers8217-address. html.

22. Shalini Nair，'Gases Spook Comps in IT Park Built on Dump'，*Times of India*，2 April，2007。印度国家固体废物协会的创始人 Amiya Sahu 在采访中说，他通过测试发现，在新建成的公司办公室，飘浮着有毒气体。

3 法尔扎纳

1. 城市固体废物（管理和处理）规则（2000 年）。

4 毒　气

1. 摘自 D. Y. Chandrachud 法官于 2009 年 7 月 7 日在孟买高等法院通

过的法令；https：//bombayhighcourt. nic. in/generatenewauth. php？bhcpar=cGF0aD0uL3dyaXRlcmVhZGRhdGEvZGF0YS9vcmlnaW5hbC8yMDA5LyZmbmFtZT1DT05QVzI2MDgwNzA3MDkucGRmJnNtZmxhZz1OJn-JqdWRkYXRlPSZ1cGxvYWRkdD0mc3Bhc3NwaHJhc2U9MTAwMTIxMjIyNDIw。

2. 来自 Shanti Park/Sorento 的居民于 1996 年提交的反对大孟买市政公司（MCGM）的请愿书。该请愿书依照《信息权法》从 MCGM 获得。

3. 1994 年，国家环境工程研究所进行的一项研究发现，垃圾山周围小巷中的悬浮颗粒物（SPM）在 24 小时内达到 1431Mu/gm^3。国家空气质量标准规定的可接受限值为 24 小时内 200Mu/gm^3。香提公园的居民在反对市政公司的请愿书中引用了该项研究。

4. 请愿者在法庭宣誓中引用了市政府的调查结果。调查发现，垃圾山空气中的铅含量是允许限度的两倍半。

5. Shanti Park ‘Sorento’ Coop Housing Society Ltd 和其他人起诉 MCGM 和其他公司的请愿书。由于夜间的烟雾越来越严重，他们请求警察加强巡逻，派遣消防车和水罐车来控制火灾，并提供投诉电话号码。

6. 在给拉内博士的一封信里，胸科医生 Kumar Doshi 博士详细介绍了间质性肺病，这封信附录在拉内的藐视请愿书里。Vikas Oswal 博士是一位著名的肺科医师，在垃圾山附近的小巷执业。他证实，小巷居民患间质性肺病的比率高于城市其他地区，来就医的一半病人曾有呼吸系统疾病的病史。其他医生也证实了这一点。

7. 在意大利坎帕尼亚省，居住在非法垃圾填埋场附近的男性每 10 万人中有 35. 9 人死于肝癌，在意大利其他地区为 14 人；女性每 10 万人中有 20. 5 人死于肝癌，在意大利其他地区为 6 人。摘自 2004 年 9 月在《柳叶刀》杂志上发表的研究：“与废物危机相关的意大利‘死亡三角’”；https：//www. thelancet. com/journals/lanonc/article/PIIS1470204504015

61X/fulltext。

8. 总价 1050 亿卢比的垃圾填埋场修复项目，源自招标文件。

9. 依据《信息权法》获得该项目以及该项目的招标细节，其中一些信件表达了这方面的关切。

10. 根据法院的命令，NEERI 于 2009 年 3 月致函拉内博士，说发现了高浓度甲醛，而死亡原因则来自此处引用的一项研究：https：//www. downtoearth. org. in/news/gas-chembur-2658。

11. Dipanjali Majumdar and Anjali Srivastava，'Volatile Organic Compound Emissions from Municipal Solid Waste Sites：A Case Study of Mumbai，India'，NEERI，2012.

12. Municipal Corporation of Greater Mumbai，*Human Development Report*，Oxford University Press，2009.

13. 摘自 D. Y. Chandrachud 法官于 2009 年 5 月 8 日在孟买高等法院通过的法院命令；https：//bombayhighcourt. nic. in/generatenewauth. php？bhc-par = cGF0aD0uL3dyaXRlcmVhZGRhdGEvZGF0YS9vcmlnaW5hbC8yMDA5LyZmbmFtZT1DT05QVzI2MDgwODA1MDkucGRmJnNtZmxhZz1O - JnJqdWRkYX-RlPSZ1c GxvYWRkdD0mc3Bhc3NwaHJhc2U9MTMwMTIxMTU0NjA5。

5 塔塔瓦

1. 孟买高等法院于 2009 年 5 月 8 日通过的命令。帕塔克陪同拉内博士来山上视察，发现了牛群和拾荒者，然而缺乏足够的警力来实施管控；电线杆上固定着几盏灯，却大部分都不亮：https：//bombayhighcourt. nic. in/generatenewauth. php？bhcpar = cGF0aD0uL3dya XRlcmVhZGRhd-GEvZGF0YS9vcmlnaW5hbC8yMDA5LyZmbmFtZT1DT05QVzI2MDgwODA1MD kucGRmJnNtZmxhZz1OJnJqdWRkYXRlPSZ1cGxvYW Rkd - D0mc3Bhc3NwaHJ

hc2U9MTAwMTIxMjIyNDIw。

2. Tatva 在印地语中意为“元素”，在马拉地语中意为“原则”。

3. Ajay Saxena 委员会关于公私伙伴关系的报告。

6 杰汉吉尔

1. 2015 年 3 月 19 日，孟买高等法院在 Tavta 请求仲裁时通过的法令；https：//bombayhighcourt. nic. in/generatenewauth. php? bhcpar = cGF0aD0uL3dyaXRlcmVhZGRhdGEvZGF0YS9qdWRnZW1lbnRzLzIwMTUvJmZuYW1lPU9TQVJCQVAyMjY4MTMucGRmJnNtZmxhZz1OJnJqdWRkYXRlPSZ1cGxvYWRkdD0yNC8wMy8yMDE1JnNwYXNzcGhyYXNlPTEwMDEyMTIzNDYzOA。

2. 摘自警方于 2016 年起诉阿提克·汗和拉菲克·汗的案情记录。包括垃圾山小镇尽头的断墙照片。界墙旁边立着一块牌子，上面写着“禁区”。阿提克告诉我，他哥哥的卡车是合法地从正门驶入垃圾山。

3. 阿提克·汗告诉我，拉菲克的卡车由市政府承包，在允许范围内运输垃圾，并在指定地方倾倒垃圾。警方指控拉菲克破坏小巷尽头处的界墙，并非法在山里倾倒垃圾。

4. 摘自孟买高等法院于 2015 年 3 月 19 日在 Tavta 提出仲裁请求后通过的法令。

5. 2013 年 4 月 3 日，马哈拉施特拉邦议会审议。

6. 摘自孟买高等法院于 2015 年 3 月 19 日在 Tavta 提出仲裁请求后通过的法令。

7 厄 运

1. S. K. Goel 委员会于 2015 年 1 月提交的报告。

2. 在市政专员办公室举行的会议上，人们表达了对该工厂的忧虑，相关文件见以下网址：http：//forestsclearance.nic.in/DownloadPdfFile.aspx? FileName=0_ 0_ 5114123712111AdminAppA-III.pdf&FilePath=../writereaddata/Addinfo/。有关这场持续一周的火灾的详细信息，请访问：https：//scroll.in/article/728135/why-are-fires-breaking-out-in-mumbais-garbage-dumping-grounds。

3. 终止 Tatva 合同。这是市政府和 Tatva 正在进行仲裁的主题，在其他文件中也有提及，包括市政专员于 2016 年 2 月 1 日下令调查火灾的 Achrekar 委员会报告。

4. 非营利组织 Pratham 和麻省理工学院的贫困行动实验室进行的一项研究发现，教师若只按照课程内容授课，一些学生——通常是第一代学习者——会落后。这项名为“恰当水平教学”的活动在孟买开展，鼓励教师花一些时间按照孩子的水平授课。该计划最终在全国实施，并被推广到其他一些国家。

8 大 火

1. 来自初级主管 Rajan Anant Patil 的证词。大孟买市政公司的 Achrekar 委员会在报告中调查了 2016 年 1 月爆发火灾的原因。

2. 来自 Deepak Ahire 在 Achrekar 委员会报告中的证词。其他市政官员说火灾爆发的时间是上午 8 点 30 分。消防部门的调查报告显示，他们在下午 12 点 58 分接到电话，下午 1 点 35 分到达现场。

3. 来自 2016 年 1 月的火灾调查报告，由区消防助理 M. N. Dhonde 负责。依据《信息权利法案》获得此报告。Tatva 的高管收到请求对此报告予以评论的电子邮件，但未予以答复。

4. 来自 Deepak Ahire 在 Achrekar 委员会报告中的证词。

5. 空气质量指数由空气质量和天气预报研究系统测量。

6. 由马哈拉施特拉邦污染控制委员会测量，并在 Lohiya 委员会报告中引用（2016 年 4 月 11 日提交）。

7. Tatva 账单于 2016 年 2 月 11 日刊登在《印度斯坦时报》。

8. 来自《铸币报》2019 年 8 月 13 日的一篇报道。报道称，苹果手机的合约制造商富士康将在五年内投资 50 亿美元建造一座工厂，复制其在中国的第二大工厂。该计划被搁置多年，并因中印军队在拉达克的军事对峙，于 2020 年被正式取消。

9 诉 讼

1. 2016 年 2 月 14 日的《商业标准报》。

2. 夏尔马于 2016 年 1 月提交的请愿书。

3. RK 工作室是以 Raj Kapoor 的名字命名的，他是该工作室的演员、导演和制片人。

4. 来自 2016 年 2 月通过的法院命令；HTTP：//bombayhighcourt.nic.in/generatenewauth.php? bhcPAR = cGF0aD0uL3dyaXRlcmVhZGRhdGEvZGF0YS9qdWRnZW1lbnRzLzIwMTYvJmZuYW1lPUNDQUkyMjY5NzEzLnBkZiZzbWZsYWc9WSZyanVkZGF0ZT0zMC8wMy8yMDE2JnVwbG9hZGR0PT ExLzA-zLzIwMTYmc3Bhc3NwaHJhc2U9MTAwMTIxMjMyNjEw。

5. 法院命令称，被禁止的新开发项目仅占该市所有建设项目提案的 18.7%，而老旧建筑的重建项目所占比例为 81.3%，后者可以继续（从 2014 年 1 月 1 日至 2015 年 9 月 30 日）。

6. 来自《印度新闻信托社》的报道；一名 6 个月大婴儿的父母说，自 1 月火灾爆发以来，婴儿一直呼吸困难，并于 3 月死亡。当时的空气质量指数为 319，“非常糟糕”。当局表示，婴儿自出生以来就有呼吸系统问题。

7. 来自迪奥纳尔垃圾倾倒场的初级主管 Dayanand Naik 在 Achrekar 委

员会报告中的陈述。其他人则说，40 个摄像头中只安装了 4 个，而且没有一个能正常工作。

10 黑 帮

1. 当垃圾山小镇尽头的界墙被破坏时，Tatva 写给 BMC 的信。

2. Lohiya 委员会报告。

3. 污染控制委员会的一项调查发现，生物医疗垃圾持续涌入，运载这些垃圾的车辆并没有特殊标记，而四个焚化炉中只有一个达标。委员会质疑，是否应该允许垃圾焚烧厂在拥挤的小巷运营。依据《信息权法》获得的文件显示，该工厂在达标之前关闭了一天，然后又重新启动。

4. 来自 Prada 保存的记录。Praja 是一个从事城市治理研究的非营利组织。

5. 来自警方的案情书。（阿提克 · 汗告诉我，由于官员索要高额贿赂，致使他们无法再获利，所以他们最终放弃了停车场。）

11 萨尔玛

1. Madan Yavalkar 呈给 Achrekar 委员会的报告。

2. 孟买高等法院于 2018 年 10 月 1 日下达的命令。此案先后在特别法庭和高等法院审理，警察和汗兄弟分别陈述了汗兄弟在山上所扮演的角色，这些命令对他们的陈述进行了说明，并拒绝保释。然而几个月后，汗兄弟却获得保释；https：//bombayhighcourt. nic. in/generatenewauth. php?bhcpar = cGF0a D0uL3dyaXRlcmVhZGRhdGEvZGF0YS9jcmltaW5hbC8yMD E-4LyZmbmFtZT0yQkEzMDIwMTcwMTEwMTgucGRmJnNtZmxhZz1OJnJqdWRkYXRlPSZ1cGxvYWRkdD0yMi8xMS8yMDE4JnNwYXNzcGhyYXNlPTExMDEyMTE2NTA0NA。

3. 我后来读到杰汉尔吉在 Lohiya 委员会报告（2016 年 4 月 11 日提交）中发表的声明，声明中说他同意 Javed Qureshi 的陈述，后者称，年轻的拾荒者为了继续工作而吸毒。这些拾荒者经常烧电线来提取铜，有时会因失控而导致火灾。

12　梦　呓

1. 选自《古兰经》著名的 Abdullah Yusuf Ali 译本。

2. 2019 年 9 月，孟买高等法院裁定，安置在环炼油厂区的两个殖民地的城市居民将被重新安置，并获得相应的赔偿金。法院所依据的医学和环境研究表明，随着这些炼油厂和周围工厂的激增，该地区的空气质量已经恶化。一项研究测量到这些村庄的苯含量高达 88. 67Mu/m^3，这增加了患癌风险，会引发其他健康问题。一项较早的研究表明，迪奥纳尔垃圾填埋场的苯含量为 286Mu/m^3。

13　山的鬼魂

1. 我发现，Beatrix Pfleidere 的著作 *Red Thread*（Aakar Books，1994）对了解有关古吉拉特邦的 Mira Datar 神殿的历史、传说和仪式很有裨益。

2. 来自 Tata Consulting Engineers 的项目报告草案和环境许可文件。

3. 来自 Tata Consulting Engineers 的项目报告中的环境许可文件；http：//forestsclearance. nic. in/DownloadPdfFile. aspx? FileName = 0 _ 0 _ 5114123 712111AdminAppA – III. pdf&FilePath = . . /writereaddata/Addinfo/。TCE 的发言人没有回复电子邮件问卷。

14　医学试验

1. 依据《信息权法》获得。

15　垃圾发电厂

1. 来自 Tata Consulting Engineers 的垃圾焚烧发电厂的项目报告。

2. 项目报告中引用的数据来自市空气质量监测办公室。依据《信息权法》获得 2015 年之后的空气质量数据。

16　碾　轧

1. 经法尔扎纳同意，本章节的描述来自锡永医院的医疗文件、警方案情书，以及对法尔扎纳的家庭成员、拾荒者、市政官员等的采访。警方案情书包括法尔扎纳的医疗报告、哈希姆的陈述等。

17　生死之间

1. 来自 Tata Consulting Engineers 项目报告。

18　纳迪姆

1. https：//indianexpress. com/article/cities/mumbai/deonar－tenders－floated－for－waste－to－energy－project－4365155/.

19　备　婚

1. 1897 年，市政专员的报告显示，该市有一个 Garlick 焚化炉。当运送垃圾的专列开始将垃圾运送到迪奥纳尔时，它被当作废品出售。

2. 麻省理工学院的贫困行动实验室的 Abhijit Banerjee、Cynthia Kinnan、Esther Duflo 和其他人做的一项随机对照试验表明，小额信贷有助于增加商业投资，却只让最赚钱的企业增加利润。该研究在 Hyderabad 进行，发现受贷者利用贷款发展业务，而那些已经盈利的业务增长最快。我也发现他们赚取的微薄利润会因突发疾病、婚礼、死亡或乡村旅行而化为乌有。海德尔·阿里、穆哈拉姆·阿里和其他人经常陷在赚取微薄利润、因突发事件失去利润的循环中。

21 延 期

1. Tata Consulting Engineers 为迪奥纳尔的垃圾焚烧发电厂起草的项目报告，2016 年 7 月。法庭诉讼记录来自我自己做的笔记。我旁听了数百小时的法庭诉讼，刚开始坐在后边听，后来移到前边听。我之后读了 Rahela Khorakiwala 博士的著作 *From the Colonial to the Contemporary: Images, Iconography, Memories and Performances of Law in India's High Courts*（Hart/Bloomsbury 2020），发现这被称为“听觉自闭症”。我后来和在场的其他人重新核对了我的笔记。

2. 来自夏尔马向孟买高等法院提起的请愿书。

3. 来自法院委员会在 2017 年 7 月 15 日的会议记录，依据《信息权法》获得。警方官员说，红树林形成了一道屏障，阻止了拾荒者进入，而且法律规定不允许在沿海施工。

4. 夏尔马法律团队检查了运输到迪奥纳尔的垃圾的有关文件，并记录在奥卡法官的命令中。

5. All India Institute for Local Self-Government 在法庭上提交的报告。

6. NEERI 的报告，迪奥纳尔垃圾焚烧发电厂项目报告的一部分，2016 年 5 月。

7. 日常事务委员会报告，《印度快报》，2017 年 7 月 12 日。

8. Lohiya 委员会报告。

22 婚 礼

1. William Bryant Logan, 'The Lessons of a Hideous Forest', *New York*

Times, 20 July 2019.

23 徘　徊

1. 孟买高等法院于 2017 年 8 月 24 日通过的命令。

2. 最高法院于 2017 年 9 月 4 日通过的命令。

3. https：//en. wikipedia. org/wiki/2017_ Koshe_ landslide.

4. 在 *Muslims in Indian Cities*：*Trajectories of Marginalisation*（Harper Collins，2012）这本书的开篇文章，Laurent Gayer 和 Christophe Jaffrelot 引用了全国抽样调查数据，显示穆斯林每月平均支出只有 800 卢比，仅相当于达利特人和阿迪瓦西人。垃圾山周围的居民几乎都是达利特人和穆斯林。而高种姓印度人每月平均支出为 1469 卢比。来自 2004—2005 年全国抽样调查数据。

24 遥遥无期

1. 最高法院于 2018 年 3 月 15 日通过的命令。

2. 来自法院委员会的会议记录。

3. 摘自 Rahela Khorakiwala 撰写的《从殖民到当代》。报纸上报道了高等法院为修建新大楼寻找土地的案例。

4. 高等法院命令，应给予债务追讨法庭提供适当的办公场所。

5. 2019 年 7 月 10 日，最高法院通过了一项命令，称“垃圾山”几乎掩埋了这座城市，并责成市政管理部门解决这一问题。

6. 2020 年 7 月 6 日，在国家法律研究院与法学院学生交谈。

25 你一无所有

1. 针对杰汉吉尔的特别法庭诉讼程序、新闻报道，以及指控杰汉吉尔的案情书。

后　记

1. 孟买高等法院档案；https：//bombayhighcourt. nic. in/libweb/historicalcases/cases/1908%2810%29BLR848. pdf。

2. 孟买高等法院的第一次煽动罪审判的判决；https：//bombayhighcourt. nic. in/libweb/historicalcases/cases/ILR1898%2822%29BOM112. pdf。

3. 孟买高等法院于 2019 年 4 月 9 日通过的命令；https：//bombayhighcourt. nic. in/generatenewauth. php? bhcpar = cGF0aD0uL 3dyaXRlcmVhZGRhdGEvZGF0YS9jaXZpbC8yMDE5LyZmbmFtZT1DQUkyMjY5NzEzMDkwNDE5LnBkZiZzbWZsYWc9TiZyanVkZGF0ZT0md XBsb2FkZHQ9MDcv MDUvMjAxOSZzcGFzc3BocmFzZT0xMDAxMjEy MzI2MTA=。

4. 孟买高等法院法官 S. C. Dharmadhikari 和 R. I. Chagla 于 2019 年 12 月 12 日通过的命令，可在法院网站上查询。

5. Times of India, 5 November 2020; https：//timesofindia. indiatimes. com/city/mumbai/mumbai-bmc-panel-greenlights-rs-1100-crore-deonar-waste-to-energy-plant-plan/articlesh ow/79053083. cms.